RITA

Copyright © Marie Pavlenko, 2023 All rights reserved.
First published in the French language by Flammarion Jeunesse.
Korean translation copyright © 2025 by DONGNYOK PUBLISHERS
Korean translation rights arranged with Curtis Brown Group Limited through EYA Co.,Ltd

이 책의 한국어판 저작권은 EYA Co.,Ltd를 통해 Curtis Brown Group Limited와
독점 계약한 도서출판 동녘에 있습니다.
저작권법에 의하여 한국 내에서 보호를 받는 저작물이므로
어떤 형태로든 무단전재 및 복제를 금합니다.

리타

초판 1쇄 펴낸날　2025년 7월 4일

지은이 마리 파블렌코	편집 김현정 김혜윤 이심지 이정신 이지원 홍주은
옮긴이 이세진	디자인 김태호
펴낸이 이건복	마케팅 임세현
펴낸곳 도서출판 동녘	관리 서숙희 이주원

만든사람들
편집 김현정

인쇄 새한문화사　라미네이팅 북웨어　종이 한서지업사

등록 제311-1980-01호 1980년 3월 25일
주소 (10881) 경기도 파주시 회동길 77-26
전화 영업 031-955-3000 편집 031-955-3005 팩스 031-955-3009
홈페이지 www.dongyok.com 전자우편 editor@dongnyok.com
페이스북·인스타그램 @dongnyokpub

ISBN 978-89-7297-162-7 (03860)

• 잘못 만들어진 책은 구입처에서 바꿔 드립니다.
• 책값은 뒤표지에 쓰여 있습니다.

리 타

마리 파블렌코 지음
이세진 옮김

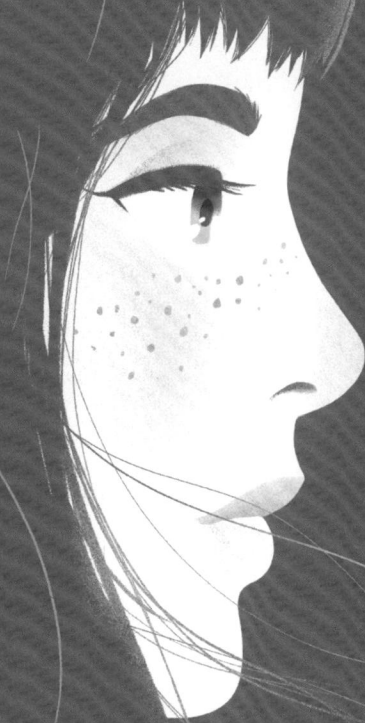

RITA

동녘

일러두기

프랑스와 한국의 학제 차이를 고려해, 등장인물의 나이를 기준으로 학년을 한국 학제에 맞게 조정했습니다.

"내 입술에 머문 그대 이름 외에 다른 노래는 없네."

_ 그리젤리디스 레알,《검정도 색깔이다》

"자유를 누리던 새잡이, 덫에 새 한 마리를 붙잡았네.
눈 덮인 벌판 위에서, 그는 새를 죽이며 노래했지."

_ 모리스 카렘, 〈새잡이〉

● 추천의 글

　혹독한 세계에서 너도나도 아픔을 끌어안고 산다. 병들어 있는 어른들은 자신들이 어떤 상황 속에 아이들을 내버려두고 나왔는지 기억하지 못한다. 어른이 사라져 버린 자리에서 아이들은 살아남고자 안간힘을 쓰다가 버티지 못하고 무너진다. 쓰러진 뒤에야, 그들의 비명을 듣고 나서야 어른들은 무엇을 놓쳤는지 되돌아본다. 후회하는 것조차 늦었다고 통탄한다. 어른들의 답변은 약속이나 한 듯 똑같다. 아이들의 절망에 대해서는 아는 게 별로 없다고 말한다. 알아보는 중이라고, 내가 미리 알았더라면 달라졌을 거라고, '나는 모른다'는 말을 애써 돌려 말한다.

　작가는 우리 모두가 파리 떼라고 말한다. 파리 떼는 삶의 복판에 나타나지 않는다. 늘 지각하고 방관한다. 아픔의 잔해 주위를 윙윙거리며 맴돌 뿐이다. 이 소설은 그 파리 떼 속에서 나비처럼 살았던 한 소녀, 리타의 이야기다. 청소년을 둘러싼 학교 폭력, 가족 내 정서적 학대와 방치, 성폭력, 차별과 혐오를 고발한다. 나비의 날갯짓을 겨냥하며 달려드는 평범한 얼굴의 범죄자들을 그려 낸다. 리타가 고통 속에 떨며 한사코 불길에서 멀어지려고 할 때 그를 지켜 주었던 것은 연인인 비고의 사랑과 돌봄, 또래 친구들의 믿음이었다.

  이 소설이 주목하는 어둠은 우리 청소년이 살아가는 현장과 두려울 정도로 빼닮았다. 리타를 '나쁜 아이'로 만든 그 험악한 기획들이 우리 곁에 있다. 리타들의 절망 앞에서 늦었다는 말만 되풀이하지 않기를 바란다면, 꼭 이 소설을 읽어 보기 바란다. 소설의 후반부에서 솟구치는 분노와 함께 후련한 통증을 느꼈다. 그만큼 선명한 직시가 담긴 작품이다.

김지은 _아동청소년문학 평론가

● 프롤로그

비고

아빠는 늘 빨간 머리 여자를 조심하라고 했어요. 사실 아빤 좀 어수룩해요. 아빠가 하는 말, 특히 오후 5시 이후에 주절거리는 말은 오래된 열차가 삐걱대는 소리 같아요. 앞뒤도 안 맞고 알맹이도 없다는 뜻이에요. 아빠가 올리브 케이크 만드는 법을 떠들어 대든 로또 당첨 번호를 외치든 아무도 신경 안 써요. 심지어 아빠한테 저녁마다 술을 수십 잔 팔아서 먹고사는 인간들도요. 그 사람들은 밤마다 제가 술집에서 아빠를 끌어내는 걸 도와주지만 아빠 이름이나 아는지 모르겠어요. 우리 아빠 이름은 자크(Jak)예요. 할아버지가 글을 잘 몰라서 출생신고를 할 때 그냥 소리 나는 대로 썼대요. 철자 c를 빼먹은 거죠. 그래서 '야크'라고 발음하는 사람이 많아요. 티베트 히말라야산맥 쪽에 사는 소를 야크라고 할걸요? 아빠 인생은 첫 단추부터 그 모양이었어요.

그런데 학교에서 리타를 처음 봤을 때, 아빠가 생각났어요. 아빠가 있었으면 틀림없이 그 고약한 농담을 했을 테니까요. '아들, 빨간 머리 여자를 조심해라. 빨간 머리는 마녀야.'

티무르

리타랑은 그렇게 친하지 않았어요. 비고 덕분에 가까워진 거고요. 비고와 저는 절친이에요. 비고가 인생 처음으로 술을 진탕 마시고 토할 때 제가 머리카락을 잡아 줬어요. 소프네 집에서 파티를 했던 날 저녁에요. 저는 당황해서 비고의 토사물을 레일라의 잠옷으로 허둥지둥 닦았어요. 아, 레일라는 소프의 막냇동생이에요. 저는 그 잠옷을 옷걸이에 다시 슬쩍 걸어 놨죠.

소프가 잠옷에 말라붙은 끈적한 과자 잔해를 발견했을 때의 표정은 죽을 때까지 못 잊을 거예요. 늘 반듯하고 술도 안 마시는 소프는 화가 엄청나게 난 얼굴이었어요. 게다가 이미 거실 곳곳에는 붉은색, 초록색, 노란색—피자, 녹차 쿠키, 과자—웅덩이가 만들어져 있었고, 변기는 화장지로 꽉 막혔고, 레일라가 키우는 햄스터는 우리를 탈출해 집 안을 돌아다니고 있었는데 누군가에게 밟혀 죽을 가능성이 매우 컸으며, 레나는 어떤 키 큰 남자와 소프네 부모님 침대에 누워 있었어요. 그때 우리는 열다섯 살이었고 소프는 엉엉 울어 버렸지요.

한동안 그날을 '재앙의 밤'이라고 불렀는데, 이제 그날 밤 이야기는 잘 꺼내지 않아요.

죄송해요, 집중력이 떨어져서 얘기가 자꾸 딴 데로 빠진다니까요. 다시 리타 얘기로 돌아갈게요. 그 전에 한 가지만 더 말씀드리면, 햄스터 '미스터 조'는 다음 날 아침, 오트밀 박스 안에서 숨쉰 채로 무사히 발견됐답니다.

비고, 소프, 저는 고등학교 1학년 때 3인조 밴드를 결성했어요. 저는 드럼, 소프는 기타, 비고는 베이스 기타예요. 10년 전에 아빠가 베이스 기타를 한 대 샀는데 슬랩 주법을 배우다가 한쪽 구석에 처박아 뒀어요. 제가 그 베이스 기타를 비고한테 빌려 줬고요. 아빠 덕분에 밴드가 시작된 거죠. 우리는 우리 집 지하실에서 실컷 소리를 지르고 웃고 떠들어요.

거기는 우리의 비밀 아지트 같은 곳인데, 비고가 리타를 데리고 나타났을 때 진짜 깜짝 놀랐어요.

헴스 선생

제가 얼마나 도움이 될지 모르겠지만… 최선을 다해 보겠습니다.

리타는 성실한 학생이었어요. 학년 초에 더 그랬던 것 같아요. 철학 수업을 꽤 여러 번 함께하다 보니 눈에 띄었어요.

사실, 제가 빨리 눈치를 챘어야 했어요. 아니, 좀 더 좋은 선생이 없어야 했어요.

우리 동료 선생님들도 다 똑같이 생각해요.

'선생이 돼서는 어떻게 그걸 눈치를 못 채고 그냥 넘겼을까?'

레나

우리가 자주 가는 클라이밍장에 리타를 데려간 적이 있어요. 리타는 근력도 좋고 유연성이 있어서 처음인데도 잘 타더라고요.

처음에 저랑 에메마리는 리타를 좀 질투했어요. 로만이랑은 중학교 1학년 때부터 아는 사이고요. 로만은 우리 집에서 자고 간 것만 오백 번쯤 되고 우리 엄마 아빠와 서로 이름으로 부를 만큼 친해요.

리타랑 클라이밍을 하러 갔을 때 그 애가 재미있고 멋지다는 걸 알았어요. 리타는 짜증 나게 구는 애가 아니었어요. 그리고 아주 친절했어요.

친절이라는 게 얼마나 중요한지 다들 잊고 있는데요. 세상은 늘 최고가 되라고 하죠. 뭐든 제일 잘하고 볼 일이에요. 제일 빠른 사람, 제일 웃기는 사람, 제일 뭐뭐한 사람…. 그러면서 친절한 사람은 다들 만만하게 봐요. 친절은 경쟁력이 떨어지죠. 친절에는 어리석다, 멍청하다부터 온갖 안 좋은 수식어가 달라붙어요.

근데 리타를 만나고서 저는 친절해도 남들에게 만만해 보이지 않을 수 있다는 걸 알았어요. 이 엿 같은 세상에 살면서도 친절한 사람으로 남을 수 있다니, 마법 같은 일 아닌가요?

리타가 보고 싶어요.

로만

새 학년 첫 수업, 철학 시간이었어요. 헴스 선생님은 새로 부임한 분이었죠. 그 선생님은 리타가 새로 전학 왔다는 걸 몰랐어요. 선생님은 그날 빨간색 스웨터를 입었어요. 빨간 스웨터의 철학 선생님이라니 뭔가 기대되지 않나요? 햇살이 창문을 때리고 교실은 찜통 같았는데 선생님은 스웨터를 벗지 않았어요. 저는 흰색 티셔츠 차림으로 땀을 뻘뻘 흘리면서 생각했죠. '흰색이라 다행. 겨땀 자국은 안 보일 듯.'

출석을 부르는데 성(姓)을 건너뛰고 이름만 부르길래 제가 소리를 질렀죠. "그냥 로만입니다! '그냥'이라는 성도 괜찮네요, 선생님!" 애들이 모두 쿡쿡대고 웃었고 선생님은 미안하다면서 한마디 덧붙였죠. "시작이 좋습니다!"

우리는 전날 시간표를 받았는데, 리타는 그때 없었어요. 학교 측에서 리타에게 반을 잘못 알려 줬대요. 여긴 늘 개판이라니까요.

리타가 나타났을 때 그건 정말 '등장'이라고 할 만했어요. 곱슬거리는 빨간 머리, 커다란 초록색 눈, 찰랑찰랑 소리를 내는 팔찌를 하고선 홀연히 나타났거든요. 리타는 꽉 찬 교실을 눈으로 훑다가 마침 비어 있던 제 옆자리를 발견했죠. 전 속으로 생각했어요. '오, 완전 좋은데?'

우리 학교엔 괜찮은 친구들이 정말 많아요. 비고, 티무르, 소프, 레나, 에메마리…. 제 사회생활은 나름 잘 굴러가고 있었어요.

그런데 리타가 나타났을 때, 세상이 파리 떼로 가득한 줄도 모르고 살다가 그 한가운데에 나비가 있었다는 사실을 갑자기 깨달은 느낌이었어요. 그리고 그 나비는 바로 리타였어요.

티무르

00 : 16 : 30

이 녹음… 어디에 쓰실 거예요?

아, 그럼 말을 잘해야겠네요. 혹시 말이 헛나오거나 딴 데로 빠지더라도 얼른 돌아올게요.

우리 할머니 말씀처럼 '초장부터' 말해 볼게요. 고등학교 졸업반 새 학기가 시작됐고 별일은 없었어요. 저는 오랜만에 애들 얼굴도 보고 로만이랑 같은 반이 돼서 기분이 좋았어요. 로만은 재미있는 애예요. 좀 엉뚱하고 셀러리 주스 같은 걸 왜 마시는지는 모르겠지만 애는 참 괜찮아요.

담임은 역사와 지리를 가르치는 뒤장 선생님인데, 저는 2학년 때부터 그 선생님에게 스케일링을 강력하게 추천했어요. 그 선생님 입냄새가 장난이 아니거든요. 제가 장난 아니라고 하면 진짜 장난이 아닌 거예요. 저는 눈이 나빠서 안경 없이는 제대로 보이는 게 없어요. 그런데도 그 선생님 수업 시간에는 교실 맨 뒤에 앉아서

티무르

창문부터 열어요. 입냄새가 어찌나 지독한지 벽에도 배어드는 것 같다니까요. 뒤장 선생님이 책상 사이를 지나 교실 뒤쪽으로 다가올 때면 온몸이 떨려요. 죽을 것 같은 공포가 엄습하죠. 입속에 외계 생명체가 사는 게 틀림없어요. 아주 먼 은하에서 온 박테리아가 그 선생님 몸속에서 서서히 증식하다가 온 세상을 감염시키고, 인류를 멸망시키고, 지구를 정복할 거예요. 안타까운 일이죠. 그것만 아니면 뒤장 선생님은 정말 좋은 분이거든요. 수업도 재미있게 하시고, 선생님 수업을 듣고 나면 늘 더 똑똑해진 기분이 들어서 좋아요.

 그날은 특별한 일은 없었어요. 여름 동안 창문을 못 열게 막아 놓은 줄 알고 살짝 공황 상태에 빠졌던 거 빼고요. 알고 보니 녹슬어 있었더라고요. 있는 힘껏 당기다가 손잡이를 부러뜨렸는데, 조용히 주머니에 넣어 뒀어요. 정말 다행히 다른 창문은 열렸어요. 덕분에 시간표와 선생님 이름을 집중해서 볼 수 있었어요. 입냄새 폭발 때문에 기절할 걱정 없이요. 로만은 뒤장 선생님을 '살락'이라고 불러요. 〈제다이의 귀환〉에 나오는, 천 년 동안 뭔가를 소화시킨다는 그 역겨운 괴물 있잖아요.

 그때 리타는 없었어요. 리타는 개학 날 학교 실수로 다른 반에 갔었대요. 우리 학교 돌아가는 꼴을 보면, 세 살배기 어린애도 이보다는 잘할 것 같다니까요.

 본격적인 사건은 다음 날부터 일어났어요. 여름 향기가 여전히 우리 주변에 머뭇거리고 있었죠. 제가 한 말은 아니고 비고가 그렇게 말했어요. 걔는 시인이에요. 그런데 우리의 랭보는 영어로 시를 쓴답니다. 과장이 아니라, 걔가 쓰는 글은 기가 막혀요. 하지만 비고한테는 그런 얘기 잘 안 해요. 잘난 척하는 꼴은 못 봐 주니까요. 비고 어깨에 힘이 좀 들어간다 싶으면 저는 '재앙의 밤' 때 그 녀석이 부린 추태를 일깨워 주곤 하죠. 토사물 잠옷이라는 단어를 슬쩍 꺼내기만 해도 비고는 찍소리 못 해요.

그런데 개학 날에는 그 일을 언급할 일이 없었어요. 비고는 억지 웃음을 짓고 있었어요. 제가 걔를 좀 알거든요. 뭔가 안 좋은 일이 있는 게 분명했어요.

우리 부모님은 함께 살고 있고 제 생각엔 사이도 괜찮은 것 같아요. 우리 형 오르한은 엄마의 뒤를 이어 약사가 되려고 브뤼셀에서 약학 공부를 하고 있어요. 여동생 아일린은 저보다 일곱 살 어려요. 아일린은 아직도 몰래 인형 놀이를 하고, 발 달린 먼지떨이처럼 생긴 흰색 강아지 비숑이랑 돌고래랑 마시멜로를 좋아해요. 아일린은 귀찮긴 하지만 그 정도면 뭐 나쁘지 않아요. 제가 변장을 하고 걔랑 놀아 줄 때도 있지만 그건 비밀이에요. 엄마는 약사고 아빠는 엔지니어예요. 두 분 다 좀 답답한 스타일이고, 친구도 별로 없고, 솔직히 말해 좀 지루하긴 한데, 그렇다고 불평할 정도까진 아니에요. 우리 가족이 미국 드라마에 나온다면, 우리는 서로를 너무 사랑해서 오히려 수상해 보이는 '이상한 가족'일 거예요.

근데, 비고는 저랑 상황이 좀 달라요.

비고의 엄마는 걔가 열세 살 때 유방암으로 세상을 떠났어요. 비고는 외아들이고 아주 작은 집에서 아빠와 함께 살아요.

우리 학교는 이 지역에 있는 공립고등학교 세 개 중 하나예요. 사립 고등학교도 네 곳이나 있지요. 우리 학교는 평판이 좋고 성적도 우수해요. 근처 소도시와 마을에서도 학생들이 오기 때문에 규모도 크고 학생 수도 많아요. 학교 건물들 사이에 공원이 있어서 날씨가 너무 나쁘지만 않으면, 거기서 점심을 먹어요.

비고는 학교에서 자전거로 45분 거리에 있는 숲 언저리 외딴집에 살아요. 낡고 허름한 집 한 채가 외롭게 떨어져 있죠. 도마뱀이 살고, 벽은 페인트 칠이 다 일어났고, 비고의 방은 우리 집 욕실만 해요. 비고는 절대 집으로 친구를 부르지 않아요. 저도 3년 동안 딱 한 번 가 봤는데 그것도 제가 놀라게 해 주려고 갑자기 찾아간 거예요. 비고가 문 앞에 서 있는 저를 발견했을 때 그 표정은 아직도 잊을 수가 없어요. 지금은 이해가 가요. 가난한 노동자 아들이라는 게 꼬리표처럼 끈질기게 달라붙는 세상이니까요.

비고의 엄마가 돌아가신 건 5년 전이지만 비고의 아빠는 아직도 엄마 옷을 버리지 않고 있대요. 옷장에는 엄마 옷이 여전히 먼지를 뒤집어쓰고 있어요. 그리고 집에 방이 하나밖에 없어서 비고가 열다섯 살 되던 때부터 아빠는 그 방을 내 주고 거실 소파에서 주무신대요. 비고의 옷들은 방바닥에 널브러져 있고요.

비고 아빠가 무슨 일을 하시는지는 잘 모르겠어요. 자꾸 바뀌거든요. 웨이터 일도 했고, 미장공, 이삿짐 노동자, 시장에서 신발도 팔았고, 클럽에서 문지기도 하고, 꽃집 보조 일도 했어요.

하루는 시내에서 아저씨를 마주쳤는데, 비고가 저한테 소개하기 전에 잠깐 망설였어요. 사실 친구들이랑 있다가 부모님을 마주치는 건 누구한테나 불편한 일이긴 한데, 그날은 뭔가 좀 달랐어요. 아저씨가 너무 환하게 웃고 있었거든요. 비고를 정말 자랑스러워한다는 게 느껴졌어요.

그때 비고가 자크 아저씨 등을 툭 치면서 말했어요. "우리 아빠야…." 그 말엔 '에라 모르겠다, 될 대로 되라' 같은 느낌이 있었어요.

당시에 자크 아저씨는 변기 분쇄 펌프 세일즈맨이었어요. 변기에 설치하면 오수 속의 덩어리를 분쇄하는 펌프래요. 저는 20분 넘게 "날이 여덟 개짜리 모델은 성능이 우수하고 면도날처럼 예리한 날이 배설물을 완벽하게 분쇄해서 어쩌구저쩌구" 같은 얘기를 듣고 있었어요. 저는 수시로 고개를 끄덕거리고 아저씨의 눈을 쳐다보면서 듣고 있다는 제스처를 하려고 노력했는데, 비고는 죽도록 창피해하는 것 같았어요. 아저씨와 헤어지고 나서도 비고는 몇 분간 한마디도 안 했어요.

비고는 주말마다 라 퀍카커리라는 컵케이크 가게에서 일해요. 그리고 제 생각에 비고는 잘생겨서 채용된 거예요. 걔는 얼굴이 천재적이거든요. 비고는 일을 하느라 학교에 늦거나 가끔 우울해하면서 밤새 게임을 할 때가 있어요. 소프와 저는 낌새가 좋지 않다 싶

티무르

으면 비고 옆에 붙어 있어요. 비고는 머리가 좋아요. 미드를 보면서 영어를 익혔고 소설과 시도 많이 읽어요. 상황이 좀 안 좋을 때는 있어도 스스로 잘 극복하는 친구예요.

네네, 알겠습니다. 이제 본론으로 들어갈게요. 비고의 역할이 이 이야기에서 중요하니까 관심 있게 들으실 거라고 생각했어요. 그런데 혹시 로만이라는 아이와 대화를 나눠 본다면 아시게 될 거예요. 그 친구도 말이 참 많거든요. 이야기를 하다가 순식간에 다른 주제로 새는 유형인데, 야채와 과일의 차이를 이야기하다가 뜬금없이 핑크 플로이드 얘기를 꺼내는 친구니까 조심하세요.

죄송해요, 리타 얘기로 돌아갈게요.

리타는 개학 다음 날 나타났어요.

키 때문에 눈에 띄는 아이였어요. 키가 엄청 크잖아요. 심지어 빨간 머리고요. 저는 걔가 교실을 가로질러 로만 옆에 앉을 때까지 눈을 떼지 못했어요. 참, 로만과 절친인 레나랑 에메마리는 다른 반이에요. 비고랑 같은 반이죠. 솔직히 말하면, 리타에게는 뭔가 묘한 분위기가 풍겼어요. 걔가 샤워 커튼을 두르고 나타났어도 아무도 대놓고 흉을 볼 수 없을 것 같았다니까요.

리타랑 로만은 어느새 속닥속닥 얘기를 주고받고 있더라고요. 친구로서 첫눈에 반한 것 같았어요. 암요, 저는 그럴 수 있다고 생각해요. 인생을 너무 빡빡하게 살아선 안 된다고 봐요. 특히 사랑이나 감정에 대해서는 마음을 열어 놓고 있어야지요.

암튼, 그러고나서 철학을 가르치는 헴스 선생님이 출석을 불렀어요. 그 선생님은 괜찮은 분이에요. 일 년 내내 토론을 시켰고, 강연장에도 데려가 줬어요. 버스를 빌려서 영화관에 간 적도 있어요. 체험학습 가는 것처럼요. 그런 선생님은 많지 않아요. 옷을 잘 입어서 더 좋아요. 색색의 스웨터를 즐겨 입는 '잘생긴 헴스 선생님'에게 푹 빠져 있는 여자애들도 많더라고요. 제가 보기에도 그 선생님은 배우를 했으면 좋았을 것 같아요. 브래드 피트랑 쌍벽을 이뤘을 텐데…. 아, 죄송, 또 옆으로 샜네요. 그 선생님이 비고네 담임이라서요. 그러니까 다 관계 있는 얘기이고… 알겠습니다.

저는 점심시간에, 가끔은 쉬는 시간에도 비고를 만났어요. 방과 후나 주말에는 당연히 만났고요.

아지트는 우리 집 지하실이에요. 우리 집은 비고네 집에서 자전거로 33분 걸리는데 비고는 자기가 올 수 있는 날은 항상 와요. 숙제도 같이 할 때가 많고요. 걔네 집에 책상이 없거든요.

비고가 리타에게 말을 걸었던 건 개학하고 2, 3주 정도 지나서예요. 음, 9월 말이었을 거예요. 파티가 있었어요. 리타는 학교 애들과 어울릴 때는 주로 로만과 함께였어요. 가끔 레나와 에메마리와도 함께 놀았고요. 고등학교 마지막 학년에 전학 오면 학교생활이 쉽지 않잖아요. 이미 친구 그룹이 다 형성돼 있어서, 누가 누구를 좋아하고, 누가 누구랑 친하고, 누구는 누구를 정말 싫어하고 그런

티무르

게 다 정해져 있으니까요.

리타는 꽤 조용한 편이었어요. 눈에 띄려고 웃음소리를 키우는 그런 스타일은 아니었어요. 그래서 저는 리타를 본 적은 있지만, 말을 걸기까지는 며칠이 걸렸어요.

리타와 처음 말을 섞은 건 철학 수업 중에 토론할 때였어요. 어떻게 그런 얘기가 나왔는지는 잘 기억이 안 나지만, 사형제도에 대해 이야기하게 됐어요.

그때 앙토냉도 있었어요. 솔직히, 전 그 녀석을 별로 좋아하지 않아요. 사실, 이 사건이 있기 전부터 싫어했어요. 호불호가 갈리는 애죠. 사실은 그냥 별로예요. 페미니스트 싫어하고, 성소수자 혐오하고, 뭔가 태어날 때부터 구닥다리였던 사람 같다고 할까요.

저희 집도 경제적으로 괜찮긴 한데, 저는 시대의 흐름은 따라가요. 인간이 지구를 망치고 있다는 사실도 알고 있고, 탈성장에도 찬성이에요. 여성들이 화낼 만하다고 생각하고요. 그리고 저는 금발도 아니고, 상속자도 아닙니다. 혹시 모르셨을까 봐 말씀드리면, 제 이름은 니콜라나 엠마뉘엘이 아니라, 티무르(튀르키예식 이름)예요.

아무튼요.

리타는 평소엔 꽤 조용했어요. 선생님이 질문하면 대답은 하지만, 손을 천장까지 쳐드는 타입은 아니었죠. 그래서 그날, 아무도 리타가 그렇게 나설 줄 몰랐어요. 사실 리타는 화도 안 냈어요. 앙토냉은 혼자 리타한테 말려서 분노와 수치, 뻘쭘함으로 얼굴이 새

빨개졌어요.

앙토냉은 "어떤 놈이 네 딸을 강간하고 죽이면, 너도 그놈 죽이고 싶을 거 아냐"라고 지껄였어요. 근데 리타는 아주 차분하게 말했어요.

"그건 개인의 감정이야. 하지만 국가는 달라야 하지 않을까? 국가가 앞장서서 복수하면 안 되지. 국가는 모범을 보여야 해. 난 사람이 좋은 쪽으로 달라질 수 있다고 믿어. 감옥은 그 안에 있는 것만으로도 이미 충분히 끔찍해."

나중에 알고 보니, 이 말은 그냥 의견이 아니라 리타의 현실과 경험에서 나온 거였어요. 리타는 감옥이 어떤 곳인지 알고 있었어요.

"자유를 박탈당하는 것만으로도 충분히 끔찍한데, 수용 환경은 너무 열악하고, 인원은 많고, 폭력도 난무해. 사법 제도를 개선하는 데 더 많은 관심이 필요하다고 봐."

제가 이렇게 말로 풀어 설명하니까 따뜻한 우유에 적신 브리오슈 빵 조각처럼 흐물흐물하게 들릴 수도 있지만, 실제로는 정말 멋졌어요.

이 상황을 보고 헴스 선생님은 새어 나오는 바보 같은 미소를 감추려고 노력했지만, 뜻대로 되지 않았어요.

그날, 저는 리타가 예쁘기만 한 게 아니라 똑똑하다고 생각했어요. 얌전해 보였던 리타가 그렇게 말을 잘할 줄 몰랐어요. 참, 리타 걔 고전 그리스어 과목을 듣더라고요. 그것도 '선택' 과목으로요.

티무르

열여섯 살 먹은 고등학생이 스스로 고전 그리스어를 배우는 경우를 얼마나 보셨나요? 평범한 애들은 음악이나 연극을 택하죠. 아시는지 모르겠지만 리타는 한 학년 월반을 했어요. 그래서 우리랑 같은 학년이지만 미성년자였죠(프랑스는 만 18세부터 성년이기 때문에 고3도 성년임).

철학 토론 얘기로 돌아가면, 저도 한마디 하지 않을 수 없었어요. "리타의 의견에 동의합니다!" 제가 느끼기에도 두부처럼 물러 터진 말투였지만 진심이었어요.

수업이 끝나고 리타에게 네 말이 맞다고, 넌 정말 똑똑한 것 같다고 말했어요. 리타는 저보다 머리 하나가 더 컸기 때문에 제가 목을 쭉 빼고서 열렬한 지지를 보내는 모습이 꽤 웃겼을 거예요.

토요일 저녁, 우리 집에 자러 온 비고에게 철학 토론 얘기를 했어요. 소프는 그날 레일라를 봐야 한다고 해서 못 왔어요. 비고는 이제 술을 입에도 대지 않아요. 어느 날 갑자기 딱 끊어 버렸죠. 제 생각에 아빠 때문인 것 같아요. 비고는 이틀에 하루꼴로 동네 술집에서 인사불성이 된 아버지를 데리고 와요. 그래서인지 이제 맥주 한 방울도 안 마셔요. 그래서 제가 전날 일어난 그 통쾌한 사건을 보고하는 동안 우리는 유기농 사과주스를 홀짝홀짝 마셨어요.

"걔 좋아해?" 비고가 웃으면서 물었어요.

"어떤 남자애든 좋아하지 않을 수 없을걸. 아직 리타를 잘 모르지만 이건 확실해. 걔는 다른 차원에서 온 것 같아."

"그럼, 좋아하는 거 맞네!"

"아니, 감탄한 거지 좋아하는 건 아니야. 걔는 나 신경도 안 써. 혹시 모르지. 내가 전신 성형수술을 받는다면, 내 키가 15센티미터 더 큰다면, 내가 두뇌 활동을 확 끌어올리는 약물을 발명해서 수학자 오일러와 모차르트를 합친 것 같은 인물이 된다면."

"그 정도면 현실적인데? 사실 내 키도 걔 쇄골에 간당간당할걸."

비고도 저처럼 키가 그리 크지 않아요.

"그래도 지능적인 측면에서 나보다 네가 걔랑 가까울걸. 인정하고 싶지 않지만 넌 얼굴도 괜찮잖아. 아 맞다, 컵케이크 가게에서 같이 일하는 여자애하고는 어떻게 됐어? 재치 있다고 했던 걔."

"어제저녁에 그 여자애 남친을 봤어. 무에타이 챔피언이래. 아, 종합격투기 챔피언이랬나."

"말라깽이 꼬맹이 말이지? 걔 발밑을 기어다니면서 끈적한 흔적이나 남기는 애벌레 같은 놈?"

"정확해." 비고가 배를 잡고 웃었어요.

하지만 그 웃음에서 씁쓸함이 느껴졌어요. 비고는 기분이 좋아 보이지 않았죠. 걔가 우리 집에 도착한 순간, 저는 바로 알았어요. 눈빛, 제 눈을 피하는 모양새, 부자연스러운 미소….

저는 침묵이 편안하게 자리 잡게 내버려두었어요. 때로 아무 말도 하지 않으면 마지막으로 주고받은 말들이 잠시 허공에 떠돌다

타무르

가 안개처럼 가닥가닥 흩어지고—이것도 비고의 표현이에요, 전 표절의 명수고요—그 가닥이 바늘에 꿴 실처럼 자기 안으로 잠겨 들어요.

진짜 친구 사이에서는 그런 일이 자연스럽게 일어나요. 각자 자기 세계로 들어가고, 자기 고민을 곱씹는 거죠. 저도 그 순간 문득 떠오른 게 있었어요. 엄마가 억지로 보내려는 수학 캠프…. 전 그냥 자고, 빈둥대고, 음악 듣고 게임이나 하고 싶었거든요.

침묵은 어떤 면에선 진실을 말하게 해 줘요. 침묵 덕분에 마음속 문이 열리거든요. 그래서 개인적이고 무거운 얘기도 어색하거나 부적절하게 느껴지지 않고 자연스럽게 흘러나오는 거죠.

"아빠가 또 해고당했어…." 비고가 한참 있다가 중얼거렸어요.

이거예요. 침묵의 작품.

"헉, 이번엔 또 왜?"

비고가 어깨를 으쓱했어요.

"나도 자세한 건 몰라. 대낮부터 술 냄새는 진동하고 손을 베어 피를 철철 흘리면서 집에 왔더라고. 내가 겨우 앉혀서 소독하고 붕대를 감아 줬어."

"네가 사 놓은 붕대겠지, 당연히."

"기본이잖아…." 비고는 미소를 지었지만 웃어도 웃는 게 아니었을 거예요.

그런 말을 듣는데 어떻게 반응해야 할지 모르겠더라고요. 우리 부모님은 돈을 잘 벌어요. 우리 집은 넓고, 눈알이 튀어나올 만큼 비싼 가구도 있고, 식구들 각자 충분한 공간을 사용해요. 전 우리 집 구급상자에 뭐가 들어 있는지도 몰라요. 비고는 장도 자기가 보는데 저는 생전 챙겨 본 적 없는 화장지, 소독약, 성냥, 타이레놀도 사 놔요. 보통은 어른들이 챙기잖아요. 비고는 다림질도 할 줄 알아요. 빨래도 직접 하고요. 전에 비고가 우리 집에서 잤을 때 아침에 일어나 보니… 민망하고 창피한 얘기지만… 몽정을 하는 바람에 이불에 얼룩이 생겼지 뭐예요. 엄마에게 야한 꿈을 꿨으니 이불 빨래 좀 해 달라고 하는 제 모습이 상상이 안 가서 멘붕에 빠졌어요. 아빠야 멋있는 가장답게 "우리 아들, 남자 맞네"라고 반응할 수 있었겠지만 세탁기 켜는 법도 모르니 도움이 안 되고, 전 이게 자랑스러운 일은 아니라고 판단했어요. 그래서 저는 침대를 박차고 나와 손톱을 물어뜯으면서 팔딱팔딱 뛰어다녔고 비고는 배를 잡고 웃어 댔어요. 저는 울기 직전이었고요.

   비고는 저를 잠시 두고 보다가 이불을 둘둘 말았어요. 그러고는 잠이 덜 깬 미소년답게 머리를 긁적거리더니 이렇게 말했어요.

   "내가 이불 빨아 줄게."

   비고와 친구가 된 지 한참 됐을 때이지만 걔가 그렇게 나올 줄은 몰랐어요. 제가 했어야 하는 일이잖아요. 그 일을 계기로 제 생활에도 혁신적인 변화가 일어났어요. 이제 제 빨래는 제가 해요. 하지만 비고는 자기 아빠 빨래까지 하죠.

티무르

비고 얘기로 돌아갈게요, 어쨌든.

"아빠가 나쁜 사람은 아니야." 비고는 제가 그렇게 생각하기라도 한다는 듯이 덧붙였어요.

"내가 그걸 모르냐?"

"그냥 우울해서 그래. 사회 부적응자고."

"그리고 버는 돈의 절반은 술값으로 나가지." 저는 별생각 없이 그렇게 말했어요. 그게 사실이니까요.

"그래. 그래도 내가 밥을 굶는 건 아니잖아."

비고의 말은 사실이 아니었어요. 비고는 리타와 함께 우리 학교의 몇 안 되는 장학생이거든요. 어쩌면 그 둘만 장학금을 받는지도 몰라. 쫄쫄 굶은 채로 등교한 게 한두 번이 아니고…. 점심이라고 싸 오는 것도 이틀에 한 번은 말라 비틀어진 빵으로 만든 샌드위치예요.

졸업반이 되면 아무도 급식을 안 먹어요. 우리 학교는 졸업반이 뭘 하든 간섭하지 않거든요. 아무 때나 외출해도 되고 자습도 안 시켜요. 그러니까 1, 2학년 때처럼 학교생활을 할 리가 있나요. 학교 주위에 식당, 빵집, 카페가 널려 있으니까 점심만 되면 배고픈 고딩들이 우르르 몰려가지요.

돌이켜 생각해 보면 비고는 난감했을지도 몰라요. 하지만 걔는 너절한 옷을 입어도 추레해 보이지 않는 데다가 똑똑하고 재미있고 순발력도 뛰어나요. 제가 '짐승의 시간'이라고 부르는 때는 빼고요. 2학년 초에 있었던 파티에서—서로 잘 알지 못했을 때—앙토냉이랑 친한 비안네라는 녀석이 자크 아저씨를 조롱하고 알코올 중독자라고 불렀어요. 비고는 다짜고짜 그 녀석 배에 주먹을 날렸죠. 진심으로, 힘껏. 그러고나서 비안네에게 '아버지들' 얘기는 하지 말자고, 어차피 네 아버지도 25살이나 어린 여자랑 바람이 나서 이혼 절차를 밟는 중 아니냐고 했어요. 이틀 전에 엄마들이 카페에서 수다 떠는 걸 우연히 들었거든요. 비안네 그 자식은 토하느라 비고가 하는 말을 제대로 듣지도 못했어요. 그 일 이후로 비고가 말라 비틀어진 샌드위치를 싸 와도 아무도 시비를 걸지 못했어요. 나중에 비고가 말해 줬는데 배를 공격하면 확실한 장점이 있대요. 눈에 보이는 흔적이 남지 않고 상대의 호흡을 흐트러뜨려 굴복시킬 수 있다나요. 강둑 위에서 죽어 가는 송어처럼 입을 헤벌리고 얼굴이 벌게진 비안네를 보니까 그 말에 믿음이 갔어요. 알아요, 폭력은 구역질 나죠. 하지만 때때로 충동에 미쳐 날뛰는 인간들을 상대할 때는 정신적 바주카포와 진짜 바주카포를 모두 꺼내야 해요.

 비고는 말랐지만 운동선수 몸이에요. 중학교 때부터 클라이밍 동아리를 했거든요. 조금만 운동해도 근육이 잘 생기는 체질이에요. 저는 일요일마다 아빠와 러닝을 하지만 우리 엄마보다 가슴이 더 큰 삼촌을 닮지 않으려는 몸부림일 뿐이에요. 저는 운동보다 치즈케이크가 훨씬 좋아요.

 네, 또 옆길로 빠졌네요. 제가 집중력이 부족하다고 했잖아요. 어디까지 얘기했더라? 보잘것없는 제 생각이지만, 무슨 일이 일어났는지 정확하게 이해하려면 사소한 부분들이 중요해요. 비고와 리타가 그렇게 된 건 우연이 아니라고요….

잠깐 생각 좀 정리할게요.

그 파티는 아마 9월 마지막 주말에 열렸을 거예요. 로만네 집, 정확히는 걔네 아빠 집에서 열렸어요. 건축가의 집답게 완전 멋져요. 로만의 부모님은 이혼했는데 엄마는 쥘리라는 멋있는 여자랑 살고, 아빠도 처음엔 정신 못 차렸지만 다른 여자와 재혼했어요. 아내가 레즈비언임을 선언하고 진짜 행복을 찾았다니 충격이 컸겠죠. 하지만 그 얘기까지 하면 너무 나가는 것 같네요. 로만네 집으로 돌아갈게요. 희귀한 나무들, 널찍한 공간, 초록이 무성한 정원이 보이는 통유리창, 잡지더미와 책상과 하이브리드형 벽난로가 있는 다섯 개의 방. 로만네 아빠와 새엄마는 이복 여동생만 데리고 주말여행을 가고 없었어요. 이복 여동생은 두 살을 갓 넘겼기 때문에 엄마 품에서 떨어지지 못했을 거예요.

로만은 시내에서 조금 떨어진 좋은 동네에 살아요. 큰 공원이 두 개나 있고, 테니스장도 있고, 나무도 많고, 공기가 좋고, 새소리가 들릴 만큼 조용하죠. 로만은 아빠 집과 엄마 집을 일주일씩 왔다 갔다 하며 살아요. 우리는 로만이 새 학년 들어 첫 파티를 열어 줘서 기분이 좋았어요. 애들이 몇몇씩 무리 지어 도착을 했는데, 버스나 자전거를 타고 온 애들도 있었고 지하철역에서부터 걸어온 애들도 있었죠. 30여 명이 다섯 개의 방과 소파에 흩어져 놀다가 다음 날 새벽에 집으로 돌아갈 예정이었어요.

비고는 컵케이크 가게 아르바이트 때문에 우리 집에 저녁 8시에 도착했어요. 우리 집에서 샤워를 하고, 저랑 수다도 떨고, 음악도 듣고, 자기가 쓴 노랫말도 보여 줬어요. 그러고나서 우리 아빠가 저와 비고를 차로 로만네 집까지 태워 줬어요.

그게 밤 10시였을 거예요.

로만네 집 창문에서 음악이 흘러나와서 동네를 완전히 휘감고 있었고, 1층에서는 이미 춤판이 벌어져 있었어요.

정말 근사한 파티였어요.

티무르

비고

00 : 27 : 30

그날 저녁 저는 꾀죄죄한 몰골로 티무르네 집에 도착했어요. 가을이 원래 그렇잖아요. 낮이 짧아지고 여름은 싫증 난 연인처럼 우리 곁을 떠나가지요. 사람들은 청바지, 긴팔 셔츠, 자켓을 입기 시작하고요. 사람들이 뚜렷이 의식하지 못하더라도 저는 일조 시간, 하늘의 높이, 긴 여행을 떠나기 전에 양식을 비축하는 철새들이 우리가 세상과 관계를 맺는 방식에 영향을 준다고 생각해요.

우리 인간들은 새 학기를 준비하고 시간표에 적응하느라 바빠요. 엄격한 일과표가 수면으로 다시 떠오르죠. 태양의 에너지는 오래 꾸물거려요. 우리는 이불을 뒤집어쓰고 겨울을 준비하고 싶은 욕구를 차츰 뼛속 깊이 느껴요. 몸을 웅크리고 포근함, 어쩌면 느림을 누리고 싶은 거죠. 그래요, 저에게 가을은 움츠리기의 계절이에요.

라 쿱카커리에는 늘 손님이 많아요. 가게는 잘되는 정도가 아니라 대박이 터졌어요. 사장님인 파티아는 정말 똑똑해요. 처음에는 자기 집 주방에서 컵케이크를 구워서 다른 식당들에 납품을 했는데 꽤 잘됐어요. 몇 년 후, 돈을 웬만큼 모은 파티아는 과감하게 가게를 차렸고 보란 듯이 성공했어요. 이제 좀 쉴 만도 한데, 억척스럽게 자기만의 상품을 개발하고 다양한 맛을 연구하고 실험해요. 처음부터 저는 시식을 맡았어요. 저는 누구보다 먼저 파티아가 비법 재료로 구워 낸 컵케이크들을 맛봐요. 대부분 진짜 맛있는데 가끔 별로일 때도 있죠. 딱 한 번이지만 먹자마자 뱉은 적도 있어요.

일부러 그랬던 건 아니에요. 그때는 일을 시작한 지 한두 주밖에 안 된 풋내기였는걸요. 커피잔을 옮길 때마다 부들부들 떨어서 라테아트로 그린 우아한 나뭇잎이 뚱뚱한 유령이 될 때가 많았죠. 그래서 곧 잘리겠구나 싶었는데, 어느 날 퇴근하기 전에 파티아가 형광 초록색 컵케이크를 내미는 거예요.

그게 제 첫 시식이었어요. 저는 진회색 앞치마에 조심스럽게 손을 닦고 그 형광 초록 덩어리를 집어 들었어요. 불안한 눈으로 파티아를 한번 쳐다보았는데 얼른 먹어 보라는 듯 미소 짓길래 냉큼 입에 집어넣었어요.

뭐라 형용할 수 없는 맛이 났어요. 소금을 친 사과에 올리브 맛도 살짝 느껴지고 아몬드와 섞은 염소젖 치즈 맛도 났지요. 목으로 넘길 수가 없어서 접시에 뱉어 버렸어요.

시간이 잠시 멈춘 것 같았고 차마 고개를 들 수 없었어요. 게다가 턱에서 흐르는 가느다란 침 줄기가 제 몸과 그 먹다 만 컵케이크를 연결하고 있었지요. 최악이었어요. 저는 생각했어요. 망했다, 새 알바 찾아야겠다. 나도 아빠와 다를 게 없는 인간이구나.

그런데 파티아는 까르르 웃음을 터뜨렸어요. 그 호쾌한 웃음소리에 고개를 안 들 수가 없었어요.

"나도 좀 아닌 것 같다고 생각했는데 뭐, 이제 적어도 확실해졌네."

저는 소매로 입을 닦으면서 어색한 미소를 지었어요.

"죄송해요, 저는…."

"솔직하네. 난 믿을 만한 사람이 필요해. 우리 엄마는 내가 만든 건 무조건 맛있대. 이 케이크도 '천국의 맛'이래."

파티아는 다시 배를 잡고 웃었어요.

"아."

"걱정 마, 비고. 시식해 줘서 고마워. 큰 도움이 됐어."

그 말을 듣고 속에서 긴장이 탁 풀렸던 게 아직도 기억이 나네요.

"오케이, 이 레시피는 폐기한다!" 파티아가 접시를 받아 들고 기세 좋게 돌아섰어요.

"안 돼요! 누군가에게 복수하고 싶을 때 먹여야죠!"

우리 둘은 함께 킬킬댔어요. 그때만 해도 저는 파티아에게 존댓말을 썼죠.

파티아는 당일에 팔리지 않은 컵케이크를 집에 가져가도 된다고 했어요. 뭉개진 컵케이크들을 보고 아빠는 어린애처럼 좋아했어요. 우리 집에서 맛있는 간식을 먹을 기회는 거의 없었으니까요. 죄송해요, 관계없는 얘기를 했네요.

이제 거기서 일 안 해요. 지금은 클라이밍장에서 파트타임으로 일하고 있어요. 올해 여름에 땜빵으로 들어왔다가 계속 일하게 됐어요. 컵케이크를 아버지에게 가져다 드리지 못하는 건 아쉽지만 클라이밍을 많이 할 수 있어서 좋아요.

파티아는 사람 보는 눈이 있었어요. 파티아는 가게로 찾아온 리타를 보고는 이렇게 말했어요.

"저 여자애, 놓치지 마라."

저는 어색한 웃음을 짓고 일을 마치자마자 나왔어요.

그 주 토요일, 비 내리는 9월 말의 토요일에도 우리의 구멍가게는 미어터졌어요. 아까 말했던 것처럼 포근함과 움츠리기가 절실해지는 계절이었죠. 뭐, 어디까지나 제 이론이지만요.

'구멍가게'라고 하는 이유는 파티아의 가게가 워낙 좁아서예요. 그래도 테이블이 몇 개 있고 초콜릿, 차, 커피, 말차, 컵케이크, 다양한 디저트를 들고 왔다 갔다 하면 많이 걷게 돼요.

그날은 귀여운 할머니 손님이 오셨어요. 손주들에게 간식 먹으러 오라고 해 놓고 깜박 잊었다고, 30분 후면 애들이 도착할 텐데 냉장고가 텅텅 비었다면서 어쩔 줄 몰라 하셨죠. 그 할머니가 가게에 나와 있는 컵케이크의 절반을 쓸어 가서 새 컵케이크를 구워야 했어요. 밖에는 부슬비가 내리고 진열창에 김이 서렸어요. 가게 안은 금세 찜통이 되었지요.

오후 6시쯤 되니 땀이 뚝뚝 떨어졌어요. 상품 진열대는 텅 비었고요. 평소 마감은 저녁 7시지만 판매할 케이크가 없었기 때문에 파티아가 정리하고 문을 닫자고 했어요. 저는 바닥 청소를 하고 파티아에게 인사를 하고 나왔죠. 그때 파티아는 임신 중이어서 가게에 예전처럼 오래 있을 수 없었기 때문에 달릴라라는 직원을 몇 주 전에 고용한 상황이었어요.

"자전거 헬멧 언제 살 거야?" 파티아가 잔소리를 했어요.

"금방요! 구리지 않은 헬멧은 비싸단 말이에요!" 제가 대꾸했죠.

파티아는 기가 막힌다는 듯 하늘을 쳐다봤고 달릴라는 가볍게 손을 흔들었어요. 달릴라는 예쁘고 저도 호감이 있었지만 남친을 마주친 뒤로 마음을 접었어요. 그 남친은 키가 문짝만 하고 떡대가 장난 아닌데 대학에서 생물학을 공부한대요.

티무르의 집에 도착했을 때는 온몸이 끈적거려 샤워를 해야 했어요. 그래서 걔네 집에 생각보다 오래 있었어요.

저한테는 거기가 두 번째 집 같아요. 제 착각이라는 거 알아요. 저도 바보는 아니거든요. 제 아빠는 따로 있고 비록 결점투성이 아빠일지라도 저는 그 아빠를 좋아해요. 하지만 티무르네 집에서는 돌봄을 받는 기분이 들어요. 걔네 집은 아주 크고 티무르는 이 층에 자기 방이 따로 있지만 아버지가 잘 꾸며 놓은 지하실도 자기 차지예요. 지하라고는 하지만 온 식구가 살아도 될 만큼 아늑하고 넓어요. 콘서트 포스터들이 붙어 있고, 대형 스크린도 있어요. 레코드판도 엄청 많고요. 거기서 밤늦게까지 연주를 하다가 소파에서 자기도 해요. 변기와 세면대가 있는 화장실이 따로 있기 때문에 그 안에서 다 해결돼요.

티무르는 제 삶을 바꿔 놓은 친구예요. 농담이 아니고요. 걔는 젠틀하고, 사람 곤란하게 만드는 질문은 절대 안 해요. 그냥 그 자리에 있어 주죠. 다가가면 막지 않고요. 그런 친구는 정말 만나기 힘들어요.

중학교 때도 친구들은 있었어요. 그런데 엄마가 돌아가셨고, 아빠와 저는 폐인이 됐어요. 저는 다 놓아 버렸죠. 볼펜 가지고 싸우고, 선생님들 뒷담화하고, 뭐 그러고 사는 애들을 보고 있는 것만으로도 미칠 듯이 화가 났어요. 성적, 수업, 또래 아이들의 고민 같은 건 우습게 보였어요. 저는요, 엄마가 죽었다고요. 이제 다시는 엄마를 볼 수 없는데 역사 성적이 뭐가 중요한가요? 저는 금세 외톨이가 됐고, 여기저기서 매를 벌었고, 크게 혼난 적도 많아요. 그래도 선생님들은 저를 포기하지 않았어요.

저뿐 아니라 아빠도 무너져 가고 있었어요. 아빠는 바보 같긴 해도 착한 사람이에요. 아빠가 술에 취해 정신이 몽롱할 때 이런 말을 했어요. "네 엄마가 고작 열세 살에 인생을 다 놓아 버린 널 보면 하늘에서도 분통이 터질 거야." 저는 싸구려 술에 절어 막 사는 아빠 모습을 봐도 엄마가 분통이 터질 거라고 대꾸할 수도 있었지만 아빠가 불쌍해서 그러지 않았어요. 저는 결국 유급을 했어요. 음, 본론에서 벗어났네요. 아뇨, 아빠는 제 유급과 상관없어요. 그건 정말 아니에요. 제가 하고 싶은 말은 중학교를 1년 더 다녔고, 졸업할 즈음에는 완전 외톨이였다는 거예요. 아빠는 제가 고등학교에 진학하고 장학금을 받았을 때 뛸 듯이 기뻐했어요. 우리 집에서 멀긴 하지만 여기서 제일 좋은 고등학교거든요. 고등학교에서 티무르를 만났죠. 소프도요. 그 얘기는 나중에 다시 할게요.

당연한 얘기지만, 티무르는 자기 부모님을 닮은 것 같아요. 걔네 부모님도 제가 누구이고 어디 살고 뭐 하는 애인지 알려고 하지 않거든요. 하지만 티무르네 집에서 밥을 먹을 때는 많았어요. 정확히는 티무르의 방이나 지하에서 우리끼리 따로 먹었지만 그런 적은 셀 수 없을 정도로 많았어요.

어느 날 저녁, 고등학교에 들어간 지 얼마 안 됐을 땐데 티무르의 여동생 생일이라 걔네 엄마가 생일상을 차렸어요. 저는 그런 줄 모르고 걔네 집에 갔고요. 티무르랑 지하실에서 같이 숙제를 하고 나왔더니 티무르네 엄마가 자꾸 저녁을 같이 먹고 가라는 거예요. 빈손으로 온 게 좀 그래서, 제가 먹는 밥값은 내겠다고 했어요. 그랬더니 걔네 엄마가 딱 잘라 말하는 거예요.

"그런 말 할 거면, 여기 다시 발도 들이지 마."

그때 티무르가 오븐에서 이상한 냄새가 난다면서 딴소리를 했어요. 지리 시간에 공부한 쓰레기 매립장의 냄새를 완벽하게 재현한 것 같다고 했죠. 엄마는 티무르의 엉덩이에 행주를 던졌고 우리는 킬킬대고 웃으면서 도망갔어요.

우리 둘만 남았을 때 티무르가 진지하게 이야기하더라고요.

"친한 사람들을 초대해서 잘 대접하는 게 우리의 즐거움이야. 그러니까 이제 우리 엄마를 난처하게 하지 마."

저는 미안하다고 했어요. 그 후로 가끔 컵케이크나 꽃을 들고 갔어요.

로만네 집에 도착했을 때는 이미 컴컴한 밤이었어요. 제가 그걸 기억하는 이유는… 로만네 집에 갈 때마다 집이 너무 커서 놀라거든요. 가로수길 끝자락에, 하늘을 배경으로 거대한 검은색 정육면체가 우뚝 솟아 있죠. 아주 현대적인 성 같아요.

창문에 불이 켜져 있으면 그림자 연극처럼 빛의 정사각형 속에서 흥겨운 음악에 맞춰 실루엣들만 들썩들썩하는 것이 영화관이나 뮤지컬 공연 무대 같기도 했어요. 게다가 25분만 걸으면 되는 거리를 티무르네 아빠가 대형 세단으로 태워다 주셨는데요. 그 차에 타면 늘 기분이 좀 이상해요.

"전교생을 다 불렀나?" 저는 재킷 주름을 펴고 있던 티무르에게 물었어요. 티무르는 꽤 멋을 부리는 편이에요.

티무르네 아빠 차는 오염 물질을 뿜어내는 거대한 뒝벌처럼 부링 하고 출발했어요.

"그런 듯." 티무르가 대꾸했어요.

문을 열어 준 사람은 소프였어요.

"일찍도 온다! 왜 이렇게 늦은 거야? 다들 내일이 없는 사람처럼 마셨어. 나만 제정신인 듯. 뭐가 플러팅이네 아니네 한바탕 토론이 벌어졌어."

"내가 왔으니 걱정하지 마. 아이스티로 달려 보자." 제가 웃으면서 대답했죠.

주방에는 이미 빈 병이 산더미같이 쌓여 있었어요.

"플러팅 얘기는 뭐야?" 티무르가 물었다.

"누가 그 주제를 꺼냈을 거 같냐?" 소프가 물었어요.

"레나!" 티무르와 저는 동시에 대답했어요.

소프가 고개를 끄덕였어요. 레나는 정말 재밌고, 페미니즘을 대놓고 주장해요. 저는 걔 말이 다 맞다고 생각해요.

주위가 너무 시끄러워서 무슨 말을 하는지 들리지도 않았어요. 피자 상자들이 바닥에 널려 있고 오븐은 빈 채로 돌아가고 있었어요. 저는 아이스티를 들고 소프, 티무르와 잔을 부딪친 다음 정체불명의 무리들을 피해 거실로 건너갔어요.

로만이 색색의 네온등을 설치해 놓아서 사람들 얼굴이 붉은색, 보라색, 노란색, 파란색으로 계속 바뀌는 것이 허접한 만화영화 속에 들어와 있는 기분이 들었어요.

"끽해야 30명쯤 오는 줄 알았는데?"

"원래는 그랬단다, 친구야. 레나와 에메마리가 떠들고 다녀서 말이지…. 사실상 전교생한테 공지를 한 거야." 소프는 딸기로 가득 찬 진열대를 소개하듯이 과장된 몸짓을 하며 얘기했어요.

거실은 엄청나게 컸고, 계단은 난간이 없어서 마치 공중에 떠 있는 것 같았어요.

80명쯤 되는 아이들이 춤을 추거나 거대한 소파에 널브러져 음악 소리를 뚫고 소리를 지르며 얘기를 나누고 있었어요. 로만이 소파에 뭐가 묻을까 봐 담요를 덮어 뒀지만 이미 절반은 바닥에 떨어져 있었고 절반은 술에 취해 태아 자세로 웅크리고 있던 애들에게 망토로 쓰이고 있었죠.

스피커에선 분홍빛이 감도는 축축한 음악이 흘러나왔고, 로만은 문어 흉내를 내면서 리타와 낄낄대고 있었어요. 마스카라가 번져 있었고 얼굴은 시뻘겠지요. 그런데 갑자기 로만이 두 손으로 배를 감싸안고 구부러졌고 리타가 겨드랑이를 붙잡아 우리 쪽으로 끌고 왔어요. 로만의 얼굴이 창백하게 질려 있었어요. 설명을 들을 것도 없이 로만을 화장실로 데려갔어요.

하지만 너무 늦었죠.

로만은 저한테 대고 다 토했어요. 저는 토사물 범벅이 되었고 눈에까지 뭐가 튀었어요. 저는 로만에게 참으라고 소리를 지르고 겨우 변기 앞까지 끌고 가서 남은 것도 다 게워 내게 했어요. 리타는 우리 뒤를 따라왔고 로만이 구역질하는 소리가 화장실에 울려 퍼지는 동안 저는 민망한 얼굴로 리타를 향해 몸을 돌렸어요.

"신상 향수야?" 리타가 웃으며 물었어요.

"응, 남성용 향수 '오버이트'야. 마음에 들어?"

우리는 소리 내어 웃었고 그동안에도 로만은 변기를 끌어안고 속을 비워 냈지요.

"괜찮냐?" 제가 물었어요.

"응!" 로만이 사레 들린 듯 헛기침을 했어요.

그러고는 요란하게 트림을 하고 몸을 일으켰지요.

"좀 나아졌어."

"뒷일은 너한테 부탁해도 돼?" 제가 리타에게 말했어요.

"그래."

저는 마법의 계단을 타고 4층 욕실로 갔어요. 로만이 거기는 못 들어가게 해서 아무도 없었지요. 로만은 파티를 열 때마다 아빠와 새엄마가 쓰는 4층 입구에 이렇게 써 붙여 놔요. '이 선 넘어가면 내가 죽여서 도끼로 토막 내고 쓰레기통에 내다 버림.' 이 경고를 무시하고 거기 들어간 사람은 단 한 명도 없었을 거예요. 저는 로만네 집에 많이 와 봐서 그 집을 구석구석 잘 알아요. 로만의 토사물까지 뒤집어 쓴 상황에서 다른 선택지가 없었죠.

계단을 올라가는 동안, 귀청 떨어질 것 같은 소음은 저를 따라오기에는 너무 육중한 짐승처럼 서서히 흐려졌어요. 4층에 갔더니 어찌나 조용하던지 고막이 안도의 한숨을 쉬는 것 같았지요.

저는 조심스레 문을 닫고 부모님 침실로 들어갔어요. 쿠션, 베개, 모포가 놓여 있는 대형 침대 옆으로 책상, 탈의실, 요가를 할 수 있는 공간이 붙어 있었지요. 저는 욕실에 들어가 토사물을 건드리지 않으려고 애쓰면서 옷을 벗고 샤워기를 틀어 몸을 씻으면서 스웨터를 발로 밟아 빨았어요. 샴푸도 하고 비누칠도 하느라 욕실에 김이 서렸어요. 그때 누가 노크를 하더니 제가 "안에 사람 있어요!"라고 외쳤는데도 불쑥 들어왔죠. 부부 침실에 붙어 있는 욕실이라 그런지 문에 잠금장치도 없었어요.

다행히 부스 벽에 수증기가 자욱해서 안이 보이진 않았고 제가 정신을 차리는 동안 이 말이 들렸어요.

"비고, 미안, 나 리타야."

"아, 왜?"

잠시 침묵이 감돌았어요. 불투명한 유리 너머로 리타의 흐릿한 실루엣이 보였어요.

"로만은 이제 괜찮아. 티무르랑 소프가 커피를 진하게 만들어 주고 옆에서 챙겨 주고 있어."

"잘됐네."

저는 내숭 떠는 타입은 아니지만 홀딱 벗고 샤워와 빨래를 동시에 해결하는 중인데 리타 같은 여자애랑 유리 한 장을 사이에 두고 있으니 몹시 불편했어요. 리타를 보셨잖아요? 리타는… 그 애는….

죄송해요.

저, 물 한 잔만 부탁 드릴게요.

고맙습니다.

네, 괜찮아요, 걱정 마세요.

리타는 환상적이지요. 제우스를 피해 숲으로 도망치는 요정 같다고나 할까요. 머릿속에 딱 그려지지 않아요? 흰 드레스를 입고 붉은 머리를 휘날리며 달려가는 모습이?

그때는 리타를 잘 몰랐어요. 겨우 몇 마디 해 본 게 다였거든요.

다시 정적이 감돌았고 바닥에 둘둘 말려 있는 팬티와 청바지를 생각하니 공황발작이 일어날 것 같았어요. 그때 리타가 물었어요.

"갈아입을 옷 필요하지 않아? 이 집 가장의 옷장이라도 뒤져서 좀 들고 올까?"

리타가 말하는 방식이 웃겼지만 그와 동시에 당혹스러웠어요. 다들 술에 취해 개가 된 파티에서 고등학교 졸업반 여자애가 '가장' 같은 표현을 쓰니까 낯설었어요.

"옷이 필요하긴 한데 문제의 가장께서 자기 옷을 무단으로 빌려 갔다는 사실을 알면 버럭 할 듯."

"다시 올게!" 리타가 외쳤어요.

저는 리타가 완전히 나갈 때까지 잠깐 기다렸다가 타월을 몸에 두르고 팬티도 입지 않고 청바지를 다리에 끼웠어요. 혹시라도 제가 한쪽 다리를 홍학처럼 들고 있고, 나머지 중요한 부위는 천장의 흰 조명 아래에서 한가롭게 흔들리고 있을 때 리타가 예고도 없이 들이닥칠까 봐 진심 겁이 났거든요. 다행히 리타는 다시 노크를 했고 이번에는 제가 대답할 때까지 기다려 줬어요. 저는 급히 팬티를 주워서 주머니에 쑤셔 넣고 안전핀에 엉덩이를 찔린 것처럼 벌떡 몸을 일으켰어요.

리타가 스웨터 두 장을 가지고 들어왔어요.

저는 솔직히 제 몸이 좋아요. 웃통 벗고 클라이밍을 할 때도 많아요. 그렇지만 그날은 왠지 창피해서 초등학교 고학년 때 했던 면봉 쌓기처럼 한쪽 발 위에 다른 발도 쌓아 올리고 싶더라고요. 사실, 압도당했던 것 같아요. 리타는 잘 차려입었지만 과하지 않았고, 약간 화장을 했지만 자연스러웠어요. 막 잠에서 깬 듯한 분위기였죠. 그리고 너무 예뻤어요.

그런데 저는 웃통을 벗고 있었고 이제 막 토사물을 씻어 낸 참이었죠. 저는 미친 듯이 자제력을 발휘해 아무렇지 않은 척 미소를 지어 보였어요.

"티무르와 소프가 로만을 챙기고 있는데 예정에 없던 손님들이 들이닥쳤어." 리타가 어깨를 으쓱하면서 말했어요.

"아, 내가 여기서 죽든지 말든지 걔들은 새로운 친구 사귀기에 바쁘다?"

"정답."

저는 고개를 끄덕였고 우리는 함께 미소를 지었어요. 리타가 웃는데, 겨울이 물러가고 봄이 시작되는 것 같았어요.

"적어도 네가 어떤 줄을 잡아야 하는진 알겠지?"

"그래, 고맙다. 살짝 헷갈렸는데 이제 빼박이네. 약간의 썸이라도 탈 수 있다면 내 장기라도 내다 팔 놈들이야. 옷 좀 보여 줄래?"

리타는 진회색 후드 집업과 꽃분홍색 맨투맨을 보여 주었어요. 저는 분홍을 골랐죠.

"나, 옷방에서 미아 될 뻔." 리타는 눈을 동그랗게 뜨고 한숨을 쉬었어요.

"드레스룸 말이지? 로만네 새엄마는 꼭 드레스룸이라고 하더라. 맞아, 최소한 우리 집 거실만 할걸." 내가 목소리를 낮추어 대답했어요.

지금도 가끔 생각해요. 왜 그때 우린 갑자기 도둑처럼 속삭였을까? 왜 난 그렇게 사적인 이야기를 털어놨을까? 저는 가족 이야기나 형편에 대해 잘 말하지 않아요. 낯선 여자애한테 그럴 일은 더더욱 없고요.

그런데 제 안 어딘가는 이미 알고 있었던 것 같아요. 배부르고 풍족하게 사는 아이들, 아파트나 저택이나 건축가가 지은 집이나 세련된 주거 공간으로 개조한 곳에서 사는 아이들 틈에서 리타와 저는 낙엽과 빗속을 헤치고 굴속에 웅크려 자는 들짐승 같은 존재였다는 걸. 우리는 그게 뭔지 알았어요. 월말이 다가오면 뭐가 걱정되는지, 옥수수 통조림 하나로 끼니를 때우고 잠드는 게 어떤 기분인지, 손톱만 한 비누 쪼가리로 씻는 게 어떤 건지, 유리 조각에 자전거 바퀴가 나가면 얼마나 하늘이 무너지는 것 같은지 알고 있었죠.

저는 더 이상 아래층으로 내려가고 싶지 않아졌어요. 우린 낯설고 비현실적인 고치 속에 있었어요. 우주 한복판에 던져진 작은 캡슐처럼, 세상에 우리 둘만 남은 것처럼, 별들 사이에서 길을 잃은 채 그 순간을 붙잡고 싶었어요. 그 느낌을, 그 시간을, 그대로 붙들어 두고 싶었어요. 그냥 조금이라도 더 오래 머물고 싶었어요.

저는 좋은 세제 향이 나는 분홍색 맨투맨 차림으로 킹사이즈 침대에 드러누웠어요. 리타도 아무 말 없이 제 옆에 눕더니 운동화를 벗어서 바닥에 떨어뜨렸어요. 우리는 서로 건드리지 않고 거대한 침대의 양쪽 끄트머리에 누웠어요.

커다란 창은 블라인드가 내려져 있지 않았어요. 베개에 기대어 보니 나무들의 꼭대기가 잔잔히 움직이는 굴곡진 땅처럼 보였어요. 우리는 어슴푸레한 어둠에 묻혀 있었어요. 욕실 불을 끄지 않아서 문 밑으로 빛이 새어 들어왔죠. 저는 욕조에 처박아 놓은 젖은 스웨터와 바닥 타일 위에 널려 있을 양말과 신발을 생각했어요.

"넌 어디 살아?" 리타가 속삭였어요.

"카르미스에서 제일 끝, 숲 근처에서 아빠랑 둘이 살아. 겨울에는 벽에 간 금으로 바람 들어오는 소리가 다 들려. 넌?"

"알르뱅 지구의 서민임대주택. 9층에 방 두 개짜리 집에서 엄마랑 여동생 둘과 함께 살아. 나는 동생들이랑 방을 같이 써. 너희 엄마는?"

"내가 13살 때 암으로 돌아가셨어. 너희 아빠는?"

"돌아가신 지 열 달쯤 됐어."

"미안, 괜한 걸 물었다."

저는 창밖을 바라보았어요. 밤하늘에 난 구멍처럼 별들이 떠 있었죠. 밤하늘이 자애로운 현자처럼 우리를 굽어보는 것 같았어요. 모든 것을 아는 위엄 있는 현자가 인생에 지친 작은 인간들을 자애로운 눈으로 지켜보는 것 같았다고나 할까요.

리타의 체취가 코를 자극해 스웨터에서 나는 냄새를 밀어냈어요. 은은하고 살짝 달콤하고 먼바다의 냄새도 섞인 것 같은 향기였어요.

"저기 오리온자리 보인다." 제가 손가락으로 하늘을 가리켰어요.

"난 오리온자리가 제일 좋아." 리타가 대꾸했어요.

리타는 소리 없이 울고 있었어요. 저는 아무것도 못 본 척 창문을 향해 돌아누웠어요.

"카시오페이아자리도 좋지 않아?"

"오리온이 더 멋있어. 하늘을 가로지르는 큰 별자리지만 다른 별자리들을 짓누르지 않거든." 리타는 우는 티를 내지 않으려고 목소리를 조절했어요.

"작은곰자리도 있어."

"맞아, 오리온자리 바로 뒤에 있는 게 작은곰자리지. 북극성도 있고."

"응, 밤하늘의 고정핀."

"맞아."

우리의 침묵, 그 충만한 침묵이 좋았어요. 원래 잘 알았던 사이처럼 누군가와 그렇게 편안한 기분이 들었던 게 언제였는지 기억도 안 나요. 무슨 말을 하든, 무슨 주제를 거론하든, 모든 것이 너무 자연스러워서 전생에 아는 사이였나 싶었다니까요. 저는 신비주의 같은 거 관심 없고 믿지도 않아요. 그렇지만… 제가 무슨 말 하고 싶은 건지 이해가 되실까요?

"엄마와 함께 보낸 가장 행복했던 방학은?" 리타가 밤하늘에서 시선을 떼지 않은 채 불쑥 물었어요.

갑작스런 질문이었지만 저는 리타가 대답을 바라지 않는다는 걸 알아차렸어요. 마치 누가 조약돌을 골라 강물에 툭 던지며 물수제비를 뜨는 장면 같았어요. 상대도 언제쯤 돌을 튕겨 낼까, 기다리는 기분이었달까요. 대답하고 말고는 제 선택이었어요. 저는 생각에 잠겼어요. 엄마와의 행복했던 순간을 입 밖으로 꺼낸다 생각하니 기뻤어요. 아빠하고도 그렇게 엄마를 추억한 적이 없었거든요. 엄마의 존재, 함께했던 추억을 떠올릴 기회가 완전히 낯선 이에게

서 갑작스레 주어진 거예요. 리타는 제가 기억을 더듬고 여름 원피스 차림에 머리를 대충 틀어 올린 엄마 모습을 섬광처럼 떠올리는 내내 말이 없었어요.

"엄마는 가사도우미 일을 했어. 내가 초등학교 마지막 학년일 때 엄마가 일하던 집에서 방학 때 자기네 집을 봐줄 수 있느냐고 부탁을 했지. 그 집 식구는 7월 말에 여름휴가를 떠났고 우리 아빠는 공장에서 일을 했는데 근무표가 일주일마다 바뀌었어. 그래서 아빠는 그냥 집에 남았고 나하고 엄마만 그 집에 가서 꿈 같은 4주를 보냈지. 그 집은 웅장한 벽돌 건물이었고 양옆으로 네모진 두 개의 탑이 있었어. 거기 들어가려면 자갈 깔린 진입로를 한참 걸어야 해. 집 전체가 검은색 창살로 둘러싸여 있었어. 그리고 집 뒤 정원은 엄청나게 넓고 오래된 나무들이 많았는데 그 안에 그네랑 통나무집까지 있는 거야. 거기서 조금 더 가면 당나귀가 풀을 뜯어 먹는 빈터가 나와. 당나귀 이름이 질베르인데 걔는 자기 오두막이 따로 있었어. 엄마랑 나는 매일 아침 저녁으로 질베르를 보러 갔지. 일주일쯤 지나서 나는 전기 울타리 밑으로 기어들어가 질베르의 두 귀 사이 머리를 쓰다듬어 줬어. 당나귀 귀처럼 근사한 건 세상에 없어. 당나귀 귀 연합을 만들고 싶을 정도라니까."

리타가 소리 없이 웃었어요.

"그 집은 어마어마하게 컸어. 천장이 높은 옛날 집인데 내부는 현대식이었지. 그래도 옛날 느낌 나는 몰딩, 타일 바닥, 왁스 먹인

나무 계단은 남아 있었어. 나는 그런 집에 처음 가 봤어. 왕이나 황제가 사는 집 같았지. 우리 집에서 몇 킬로미터만 가면, 내 또래 애들이 이런 집에서 산다는 게 충격적이더라. 그 집에서 엄마는 손님 방을 썼고 나는 아이 방 중 하나를 썼어. 책과 장난감이 넘쳐나고 책상에는 아이 혼자 쓰는 컴퓨터도 있더라고. 그것도 지문이 잔뜩 묻은 꾀죄죄한 구형 컴퓨터가 아니라 세련된 신상 컴퓨터였어. 거기에 대형 텔레비전이랑 게임기도 세 대나 있었어."

"천국 같았겠네?"

"그런 천국은 어디에도 없을 거야. 거의 한 달을 산책하고, 원반 던지기하고, 영화도 보고, 날이 너무 더우면 등목을 하면서 보냈지. 나는 해 떨어질 때까지 뛰어놀고, 질베르에게 당근을 주면서 친해지고, 게임기를 붙잡고 대형 화면의 몰입감에 취했어. 그 집 두 아이의 방에 진열된 피규어들로 오만 가지 이야기를 지어내기도 하고. 내가 들어가면 안 되는 유일한 방은 정원으로 창이 나 있는 사모님 방이었어. 엄마가 거기는 얼씬도 하지 말라고 해서 약속을 지켰지. 주말에는 아빠까지 셋이서 풀밭에 돗자리를 깔고 점심을 먹었어. 엄마는 식탁보다는 돗자리가 더 '여름 휴가' 분위기가 난다고 했지."

"여름방학마다 어딜 갔었어?"

"외할머니 집에 자주 갔었는데 외할머니가 돌아가신 후로는 못 갔어. 외할머니 집에는 다른 집들과 같이 쓰는 안뜰이 있었는데 그

이웃들이 최악이었어. 우리 아빠는 가족이 없어. 다들 돌아가신 지 오래됐대. 외할머니 집에 가지 않으면 어디 돌봄 센터에 가서 프로그램 같은 거나 했지."

"그전의 여름방학은 재미없었겠구나."

"노잼이었지. 엄마는 나를 캠프에 보내고 싶어 하지 않았어. 아무래도 엄마가 어렸을 때 캠프에 갔다가 뭔 일이 있었나 봐. 아무튼, 그 저택에서 지낼 때 엄마가 크레이프 만드는 법을 가르쳐 줬어. 위로 휙 던져서 뒤집는 거 꼭 해 보고 싶었거든. 만드는 법도 간단해. 밀가루, 우유, 달걀, 효모나 맥주 약간, 그리고 반죽을 구울 팬만 있으면 돼. 나는 일요일에 창살문 앞에 간이탁자를 펴고 크레이프를 구워 잼이나 설탕을 발라서 팔았어. 지나가는 사람이 별로 없었지만 아빠가 늘 한 개는 팔아 줬고 산책 나온 사람 두세 명에게 떠넘기듯 파는 데 성공했어. 팔고 남은 크레이프는 당연히 내가 다 먹었지."

리타가 포근한 담요를 자기 쪽으로 끌어당겼어요.

저도 담요를 한 장 가져다 덮었고요.

"대부분의 시간은 엄마와 함께 보냈어. 정원에서 뜨개질이나 바느질을 하는 엄마는 젊고 예쁘고 웃음 띤 얼굴이었어. 손도 평소보다 덜 빨갛고 행복해 보였어."

"너도 그랬겠지."

저는 고개를 끄덕였어요.

멀리서 웃음소리가 들렸어요. 로만네 정원에서 소리 지르고 실랑이하는 소리였죠. 우리는 나무 위 캡슐에 머물러 있었고요. 어쩌다 보니 캡슐이 전속력으로 날아가 어둠 속에서 소곤소곤 비밀을 공유하게 됐죠. 서로를 발견하는 여정이었다고 생각해요. 무한한 우주에서 낯선 두 물체가 갑자기 부딪히고 만나고 서로를 알아보았던 거예요.

"책과 친해진 것도 그 집에서였어. 전에는 책에 관심 없었고 축구나 산수가 좋았지. 학교 선생님들은 따분한 책만 읽히잖아. 나는 의미를 파악하려는 노력을 하지 않았고 문자와 친하지도 않았어. 읽는 것도 더듬더듬, 겨우겨우 읽었어. 우리 집엔 책이 한 권도 없었어. 부모님은 텔레비전만 봤고 나를 도서관에 데려간 적도 없었어. 그래서 책을 더 멀리하게 됐던 것 같아. 게다가 우리 할아버지는 글을 몰랐는데 돈도 잘 벌고 성공했대. 그런 집안이니까 공부를 중요하게 여기지 않았던 거야. 그런데 그 집에 사는 애들은 책을 좋아했나 봐. 아이 방에 소설, 논픽션, 읽다 보면 주인공이 된 듯한 기분이 드는 책이 그득그득했어. 하루는 엄마가 이제 그만 자라고 뽀뽀를 해 주고 나갔어. 엄마는 조용히 문을 닫고 나갔고 복도의 불도 껐지. 사방이 조용하고 평화로운데 덧창은 닫았지만 유리창은 열려 있어서 귀뚜라미, 부엉이가 연주하는 밤의 음악이 들려왔어. 그 밤, 난 충격을 받았어. 그때 이런 생각을 했던 게 기억나. '나는 이 집, 게임기, 정원, 수많은 피규어, 당나귀 질베르를 가질 수는 없어. 하지만 책은 읽을 수 있어. 단어는 흡수할 수 있어. 도서관도 갈 수 있어. 이야기를 잔뜩 먹어치울 수 있어.' 그날 나는 직관적으로 할아버지처럼 글을 몰라도 성공할 순 있지만 굳이 그 처지에 머물 필요는 없다는 걸 깨달았지. 내가 사다리 맨 아래 칸에 매달려 있으면 다른 사람들이 위로 올라가기 위해 나를 밟고 갈 수밖에 없다는 걸. 할아버지의 성공 스토리는 일종의 독이었어. 네가 가진 것에 만족해라, 꿈을 너무 크게 갖지 마라, 등 따뜻하고 배부르면 행복한 줄 알아라…. 나는 돈이나 영광을 원한 게 아니야. 난 자유를 원했어. 우리 부모님은 닥치는 대로 살아야 했어. 자기가 선택한 삶이 아니야. 열 살만 되어도 사회의 불의, 지위의 차이를 다 알고 다 느껴. 엄마가 '사모님'이라고 속삭이듯 부를 때 느껴지는 그 공손함, 그 안에 깃든 권력을 나는 알고 있었어. 우리 세계와 그들의 세계 사이의 거리를 깨달았던 거지. 나는 내 삶과 내 직업을 선택하고 싶었어. 침대 머리맡 스탠드를 켜고 책장을 훑어봤어. 아무 책이나 한 권 집어서 그 특별한 밤에 읽기 시작했지. 낮의 세계가 물러나고 밤의 주민들이 소리를 좀체 내지 않으니 사방이 조용했어. 그래도 그 와중에 깨어 있는 자는 살아 있음을 느끼지."

"나도 남들 다 잘 때 늦게까지 책 읽거나 공부하는 거 좋아해. 포기하지 않고 해냈어?"

"응, 여름날 나무 그늘 아래서 책 읽는 기쁨을 알게 됐어."

"행복 그 자체지."

"응, 내가 책을 읽고 있으면 심심해진 질베르가 커다란 주둥이로 나를 간질였어."

"와, 정말?" 리타가 쿡 웃음을 터뜨렸어요.

"당나귀 주둥이가 얼마나 마음을 편하게 해 주는지 모르지? 질베르가 내 귀, 머리카락, 티셔츠를 입으로 물고 오물오물하면 귀여워 죽는다니까."

"질베르는 그 후로 못 봤어?"

"응, 개학을 하고 엄마는 다시 그 집에서 도우미 일을 했는데 난 그 집에 다시 간 적이 없어. 하지만 그 여름이 나를 완전히 바꿔 놨지."

액자 같은 사각형 창 안에서 하늘이 돌아가고 별들이 평화로운 시간의 흐름 속에서 나아가고 있었어요. 리타는 이제 울고 있지 않았어요.

"넌 어땠어? 아빠랑 좋은 추억을 만든 방학이 있어?"

리타도 찬찬히 생각에 잠겼어요. 그 애는 꼼짝도 하지 않고 천장만 바라보았지요. 5, 6분 정도 지났을 때 리타가 입을 열었어요.

"우리 가족은 여름마다 3주 정도 여행을 떠났어. 집을 빌리기도 하고 호텔에 묵기도 하고."

저는 의외의 대답에 고개를 돌렸어요.

"우리가 처음부터 서민임대주택에 살았던 건 아니야." 리타가 미소를 지었어요. "암튼 매미 소리, 수영장과 바다, 야자수, 해변, 식당들, 스페인, 이탈리아… 그런 것들이 기억나. 그러다가 몇 년 전, 아빠가 알아서 휴가 계획을 짤 테니까 무조건 따라오라고 했지. 엄마는 조금 겁을 먹은 것 같았지만 아빠가 하자는 대로 했어. 7월 중순에 아빠는 캠핑카를 빌렸어. 엄마가 캠핑카를 마주한 순간의 그 표정이란…. 난 벌써 질려 있었어. 여동생들은 신이 났지. 걔들은 오리처럼 꽥꽥 소리를 지르면서 캠핑카를 구경했어. 이틀 후, 우리 다섯 식구는 산으로 떠났어. 그런 식으로 여행하는 건 처음이었어. 여동생들은 아직 어렸고 우리는 머지않아 무슨 서커스 유랑단처럼 됐어. 처음에는 불편하고 짜증이 났어. 좁은 침대칸에서 얇은 매트리스만 깔고 자는 것도 싫었고. 하지만 산속으로 깊이 들어갈수록 자유로워지는 기분이 들더라. 아빠는 빈터나 외딴곳에 주차를 했고 가끔은 텐트를 치고 잤어. 아침에 일어나면 엄마가 간이탁자를 폈고, 아무도 없는 자연 속에서 우리 식구끼리 커피나 핫초코를 마셨지. 우리는 시냇물로 세수를 했고, 동생들은 돌과 나뭇가지로 댐 쌓기 놀이를 했어. 엄마 아빠는 반바지에 워킹화 차림으로 산책을 나갔다가 몇 시간 후에 몸속에 꼬마전구들이 밝혀진 것처럼 환하고 반짝반짝한 모습으로 돌아오곤 했어. 나는 나무 아래서 책을 읽고 구름이 길어졌다 짧아지고 늘어졌다 동그랗게 뭉치는 모습을 구경했지. 구름은 하마도 되었다가 독수리나 마녀가 되었고, 나는 동생들에게 내가 지어낸 얘기를 들려주거나 시내에서 물장구를 치며 놀았어. 우리는 모든 것에서 멀리 벗어나 있었고 산은 장엄하고 경치가 기가 막혔어. 난 원래 바닷가를 더 좋아했는데 그런 마음이 싹 사라졌지. 바비큐도 아니고, 모래에 수건 깔고 누워서 피부를 태우는 게 좀 우습다는 생각이 갑자기 들더라고."

"그게 무슨 산이었어?"

"알프스산맥 어디인데 정확히는 나도 몰라. 차를 오래 타고 갔어. 아빠가 인적 없는 곳들만 찾아낸 거 보면 잘 아는 산이었을 거야. 지금은 알프스를 관광으로도 많이들 가더라. 아빠는 말수가 적었고 난 아빠의 어린 시절에 대해서 잘 몰라. 아빠가 할아버지에게 맞고 자랐다는 것 말고는."

리타가 말을 멈췄지만 걔가 무슨 생각을 하는지 제 귀에 다 들리는 것 같았어요. 리타는 아빠의 두 모습을, 학대당하는 힘없는 아이와 어른 사이의 간극을 상상했을 거예요.

"한번은," 리타가 불쑥 다시 입을 열었어요. "엄마 아빠는 산책을 나갔고, 나는 동생들과 차가운 시냇물에 뛰어들었어. 우리는 물속을 들여다보며 누가 제일 예쁜 조약돌을 찾는지 시합을 했어. 뜨거운 햇볕이 내리쬐었지만 그래서 좋았어. 동생들은 조약돌이 물속에 있을 때는 보석처럼 반짝거리는데 물 밖에 꺼내서 말리니까 칙칙하고 못생긴 돌이 된다고 화를 냈어. 그래서 그 시합은 흐지부지됐어. 동생들 때문에 얼마나 웃었는지 몰라. 졸졸 흐르는 시냇물에 코를 박고 조약돌 고르기에 어찌나 집중하던지, 거대한 에메랄드 원석을 평가하는 보석감정사도 그렇게 진지하진 않을 거야. 게

다가 둘이 서로 머리카락이 엉킬 정도로 딱 붙어 있었어. 그런데 갑자기 뒤에서 노루 한 마리가 긴 다리로 춤을 추는 것처럼 우아하게 튀어나왔어. 노루는 커다란 귀를 끊임없이 움찔거리면서 우리를 가만히 바라보았지. 그러다 고개를 숙이고 물을 조금 마시더니 졸졸 흐르는 시내를 훌쩍 뛰어넘어 나무들 사이로 사라졌어. 내 동생들은 마법의 조약돌 찾기에 홀딱 빠져서 아무것도 못 봤어. 그 특별한 순간, 온 우주가 나에게 선물을 준 것 같았지. 사람으로 꽉 찬 해변, 시선을 끄는 남자, 근육, 태닝 오일 냄새, 소음, 열광은 없었어. 그 대신에 숲, 물, 이끼가 있었고 세상에서 가장 우아한 동물이 오직 내 눈에만 모습을 드러낸 거야. 그 순간이 내 인생도 바꿔놓았어. 나는 아무 말도 안 했어. 감사하는 마음으로 그 선물을 나 혼자 간직했지. 그 후로 다시 한번 캠핑을 떠나 자연의 품에 안기고 싶다는 꿈을 꿔."

그 순간, 저는 리타를 안고 싶었어요. 어둠 속에서도 우리를 이어 주는 빛나는 실들이 보였어요. 그 실은 한두 가닥이 아니었죠. 저는 생각했어요.

찾았다.

이 여자구나.

틀림없이, 그 애였어요.

하지만 저는 아무것도 하지 않았어요. 섣부른 짓을 하다가는 여운을 망칠 것 같았거든요.

우리는 더 이상 부서진 가족 얘기를 하지 않았어요. 학교, 선생님, 다른 아이들, 비겁한 앙토냉에 대해서 얘기했지요. 리타가 전에 다녔던 고등학교는 우리 학교에서 아주 먼 곳이었어요. 우리는 여전히 침대 양 끝에 누워 함께 웃었어요. 서로 손끝 하나 스치지 않았고, 어떤 몸짓도 시도하지 않았지요. 그 순간을 망가뜨릴까 봐, 조금이라도 손상이 갈까 봐 겁이 났거든요.

우리는 각자의 담요 속에서 스르르 잠이 들었어요. 그리고 다음 날 아침, 로만이 우리를 깨웠어요.

로만

00 : 14 : 30

확실히 기억에 남을 파티였어요. 아빠가 돌아올 때까지 청소를 못 끝내서 얼마나 욕을 먹었는지 몰라요. 단테의 지옥도 그때 우리 집 벽 상태에 비하면 5성급 리조트였을걸요.

1층은 정체불명의 액체로 더럽혀져 있었고, 싱크대는 막혀서 물이 안 내려가고, 집 밖 쓰레기통에는 빈 병들과 구역질 나는 액체를 닦은 걸레가 나뒹굴고 있었어요. 새엄마는 당장 쓰러질 것 같은 얼굴이었죠. 정말 재수 없어요.

그날은 리타와 비고에게도 기억에 남을 파티였어요. 리타는 아무 일도 없었다고 했고 저는 리타를 믿었어요. 제가 깨우러 갔을 때 둘 다 옷을 입은 채 침대 양 끝에 누워 있기도 했고요. 하지만 그 밤에 실제로 뭔가가 일어났어요. 두 사람이 만나고, 바라보고, 알아본 거죠. 저는 뭐 하나라도 끄집어내려고 리타에게 꼬치꼬치 캐물었지만 그 애는 계속 얼버무리기만 했어요. "그냥 이런저런 얘기 했어. 재미있었어." 저는 너무 집요하게 묻지는 말자고 생각했어요. 비고는 제가 너무너무 좋아하는 친구예요. 솔랄이 리옹으로 이사 갔을 때도 비고가 옆에 있어 줬죠. 그때 저는 마치 바다에 던져진 돌멩이처럼 가라앉고 있었어요. 솔랄은 제 첫사랑이었어요. 어른들은 섹스와 사랑에 처음 눈뜨는 청소년들을 그냥 유치하고 우습다고 여기지만 저는 진심으로 한 달 내내 물속으로 가라앉는 기분이 들었어요. 그때 비고가 저를 끌어내고, 영화관에도 데려가고, 공부도 도와줬어요. 우리 엄마 집, 아빠 집에도 자주 왔고 클라이밍장에도 데려갔죠. 저는 사실 둘 사이에 끼고 싶지 않았어요. 근데 솔직히 배가 아플 정도로 부러웠어요.

　리타는 제가 깨우자마자 집에 가야 했어요. 엄마도 도와야 하고, 동생들 숙제를 봐줘야 하고, 손짓으로 표현한 바로는 '기타 등등' 할 일이 많았던 모양이에요. 리타는 학년 초부터 바빴지만 하루하루 어떻게 지내는지는 구체적으로 말하지 않았어요. 하지만 안개 낀 것처럼 흐릿하던 퍼즐이 조금씩 맞춰졌어요. 리타는 세 자매 중 장녀였고, 걔네 엄마는 직장도 먼데 근무 시간이 엄청 길었어요. 그리고 처음엔 저도 몰랐지만, 리타네 아빠는 돌아가셨어요. 알고 계셨어요? 아, 그렇구나. 리타는 집안일을 떠안아야 했고 엄마 대역, 아니 엄마 그 자체가 되어야만 했을 거예요. 어떻게 아냐고요? 그게… 학년 초 수요일에 같이 길을 걸어가다가 크레이프 가게 앞에서 메뉴판을 보게 됐어요. 저는 리타가 형편이 좋지 않다는 건 알았지만 그 정도일 줄은 몰랐죠. 리타가 장학금으로 학교를 다니고 디저트나 음료도 없이 싸구려 샌드위치만 먹는다는 소문이 있었어요. 쇼핑도 중고상점에서만 하더라고요. 그러니 셜록 홈즈가 아니어도 걔가 집안 사정이 어렵다는 건 알 수 있잖아요? 암튼, 그 수요일 오후에 리타가 갑자기 눈살을 찌푸리더니 휙 돌아서서 뛰기 시작했어요. 가방도 내팽개치고 무단횡단까지 하면서요. 브레이크 밟는 소리, 경적소리가 여기저기서 들렸어요. 저는 리타의 가방을 들고 정신없이 뒤를 쫓았어요. 리타는 여자애 둘의 멱살을 잡고 혼을 내고 있었어요. 붕어빵처럼 닮은 두 여자애가 눈물 콧물을 훌쩍이면서 잘못했다고 빌었고, 그 옆에서 수염 난 아저씨가 숨을 헐떡거리면서 땀을 흘리고 있었죠. 리타는 언성도 높이지 않고 무서운 말을 마구 퍼부었어요. "아빠가 너희를 본다면 무덤에서도 돌아누울 거야. 아빠한테 부끄럽지도 않아?" 그때, 저는 알아차렸죠. 리타네 아버지가 돌아가셨구나! 그 아저씨가 난처해할수록 리타는 더 무섭게 말했어요. "아저씨가 이제 경찰 부르실 거야. 그러면 너희는 이제 엄마도 못 봐. 알아? 그러고 싶어? 엄마가 너희 때문에 속상해서 돌아가셨으면 좋겠어?" 결국 아저씨는 이렇게 말했어요. "됐다, 됐어, 다시는 우리 가게에 얼씬도 하지 마. 알겠어?" 그러고서 아저씨는 비디오 게임팩을 들고 가 버렸어요.

리타는 아이들을 붙든 채로 저를 돌아보았어요.

"내 동생들을 이렇게 기막힌 상황에서 소개하게 될 줄이야. 얘들은 세리즈와 마르고. 아홉 살 쌍둥이이고 진열대 물건을 슬쩍하다가 걸렸지. 당장 집에 데려가야 해."

리타는 크레이프 가게 진열창에 비친 동생들을 봤다고 했어요. 본인은 창피해 죽을 지경이었겠지만 저는 걔를 진정시키기 위해 진땀을 빼며 아무 말이나 마구 지껄였죠. "너무 귀엽다. 나도 이런 여동생들이 있었으면 좋겠어. 내 이복 여동생은 공주인데 네 여동생들은 펑크족 같아. 나랑 동생 바꿀래?" 저는 뭘 어떻게 해야 할지 몰랐어요. 그러다가 애들이 진정할 시간도 필요하니 크레이프를 쏘겠다고 했어요. 리타는 주저했지만 동생들이 졸라서 결국 제안을 받아들였어요. 리타는 돈을 내려 했지만 애초에 제가 쏘겠다고 했는데 그건 아니죠. 그리고 솔직히 아빠 돈이지 제 돈인가요.

세리즈와 마르고는 리타처럼 붉은 머리는 아니었지만 예쁘장한 얼굴과 커다란 초록색 눈이 많이 닮아 있었어요. 걔들은 충격이 컸는지 가게에 앉아서도 계속 울었어요.

10분쯤 침묵이 흐르고 세리즈가 코를 훌쩍거리면서 투덜거렸어요. "언니한테 걸린 거 진짜 재수가 없었어."

"뭐? 내가 안 나섰으면 그 아저씨가 너희를 내버려뒀을 것 같아?" 리타가 분통을 터뜨렸어요.

"근데 아빠가 무덤에서 돌아누울 수 있어? 그럼, 아빠는 완전히 죽은 게 아니야?" 마르고가 말했어요.

이 말을 듣는데 솔직히 제 가슴이 다 찢어지더라고요. 리타는 땅이 꺼져라 한숨을 쉬었어요.

"원래 그렇게 말하는 거야, 바보야. 아빠는… 돌아가셨어. 아빠는 못 움직여."

"확실해?"

"확실해."

저는 이렇게 말해 줬어요. "리타 언니가 너희를 구한 거야. 언니가 너희를 혼내니까 그 아저씨가 마음이 약해져서 그냥 간 거라고. 언니 없었으면 너희는 더러운 꼴을 봤을걸."

"왜 더러운데요? 경찰차 안이 더러워요?"

이번에도 마르고였어요. 저는 애가 좀 독특하구나, 생각했죠.

"원래 그렇게 말하는 거야." 리타는 그렇게 대답했지만 말투가 누그러져 있었어요. 그 장면에서 제가 아까 말했던 엄마 대역을 봤어요.

아뇨, 그렇게 오래 있진 않았어요. 애들은 크레이프를 후다닥 먹어치우고 바로 집으로 돌아갔어요. 그 후로 다시는 못 봤죠. 저는 리타네 집에 간 적이 없으니까요. 걔들이 그 동네에서 뭘 하고 있었는지 그것도 몰라요. 아마 버스비도 없이 무작정 모험을 떠났던 것 같아요. 그리고 걔들이 그 게임팩을 훔치는 데 성공했어도 게임기가 없어서 아무 소용이 없었을 거라는 말을 나중에 들었어요. 그래서 더 안쓰럽더라고요.

리타의 부모님은 '둘째'를 너무 낳고 싶어 했대요. 몇 년을 노력

해도 잘 안 되다가 드디어 아기가 생겼어요. 리타는 그때 일곱 살이었기 때문에 부모님이 얼마나 기뻐했는지, 엄마의 배가 불러 오고 그때 살던 아파트를 어떻게 새로 꾸몄는지 다 기억하고 있었어요. 문제는 둘째만 생긴 게 아니라 둘째와 셋째가 한꺼번에 생겼다는 거예요. 새집으로 이사하고, 차도 바꾸고, 많은 것을 맞춰 나가야 했을 거예요. 쌍둥이를 키우는 건 보통 일이 아니니까요. 리타도 어쩔 수 없이 육아를 거들게 됐겠죠.

어쨌든, 파티 다음 날 아침, 리타와 안 지 한 달쯤 됐을 때인데, 걔가 집 정리를 돕지 못해 미안하다면서 서둘러 나갔는데 사실 그렇게 놀라진 않았어요. 리타는 이미 식기세척기를 돌려 놓고 1층에 널브러진 쓰레기를 봉투에 모아 놨더라고요. 나중에 걔네 엄마가 일요일에도 출근할 때가 있다는 말을 들었어요. 그래서 리타가 동생들 숙제도 봐주고 밥도 차려 주고 기타 등등을 해야 하는 거죠.

비고는 티무르, 소프와 함께 남아서 뒷정리를 도와줬어요. 담요, 행주, 자기 스웨터까지 세탁기에 돌렸어요. 손이 야무지더라고요. 비고가 있어서 얼마나 다행이었는지 몰라요. 걔네 셋은 인성이 됐어요. 셋 중 하나랑 연애를 했으면 좋았을 텐데. 일단 비고가 꽃미남이어서 좋긴 한데 친구라서 그런지 불꽃이 튀질 않더라고요. 대신, 전날 파티에서 저는 알렉스를 선택했어요. 알렉스는 새벽에 돌아갔고 저는 걔가 다시 연락을 할까 궁금해하고 있었어요. 연락은 왔어요. 아, 그러거나 말거나 관심 없으시겠죠. 저도 아니까 그런 표정 짓지 마세요.

비고, 소프, 티무르는 오후 3시쯤 돌아갔어요. 집 정리가 다 끝난 게 오후 5시쯤이었던 것 같아요. 문제는 아빠 차가 3시 45분쯤 들어오고 있었다는 거죠. 그때 제 기분은 리타의 동생들이 크레이프 가게 사건이 있던 날 느꼈던 기분과 비슷했을 거예요. 차이가 있다면, 저는 쫄긴 했지만 후회는 없었어요. 진짜 잘 놀았거든요.

월요일에 평소처럼 리타를 만났을 때, 리타와 비고 사이가 크게 달라졌다는 느낌은 받지 못했어요. 잘 익은 포도송이처럼 학교 문 앞에 올망졸망 붙어 있을 때도 개네 둘은 별말이 없었어요. 뭐, 평소보다 서로 자주 바라보았는지는 모르겠네요.

리타와 단둘이 학교 정원에서 샌드위치로 점심을 먹을 때 알렉스 얘기를 했어요. 알렉스는 다른 학교에 다녀요. 부자 동네에 있는 완전 빡빡한 사립 고등학교요. 고등학교 올라갈 때 제가 지금 다니는 학교를 1지망으로 쓰는 걸 부모님이 허락해 줘서 진짜 고맙게 생각해요. 그런 꼰대 학교에 다녔으면 진짜 싫었을 거예요. 암튼 소프와 티무르가 에스프레소 세 샷을 뽑아 주고 제가 정신 차릴 수 있도록 도와줘서 고마울 따름이에요. 계속 헤롱헤롱하고 있었으면 알렉스랑 이어지지 못했을 거예요. 참, 알렉스는 레나의 초등학교 친구예요.

리타는 세심해요. 필요한 질문이 아니면 하지 않죠. 다른 사람

생각을 알아내려고 무리하게 밀고 들어오거나 사적인 비밀을 캐내고 싶어 하는 느낌이 전혀 없어요. 그래서 저도 비고와 어떻게 됐는지 더는 물어보지 않았던 거예요.

레나와 에메마리는 달라요. 우리가 야한 얘기를 할 때는 온갖 것이 다 튀어나와요. 여기서 다 밝힐 수 없는 게 아쉽네요. 너무너무 웃기거든요. 저는 레나와 에메마리 덕분에 실컷 웃어요. 그런 애들은 어디 가도 못 만날걸요. 가끔 너무 과하긴 해요. 수위가 너무 세고, 너무 시끄러워요.

리타랑은 그런 얘기 절대 안 해요. 비둘기들이 판치는 공원 벤치에 앉아 샌드위치를 먹으면서 저는 주말에 우리 엄마 집에서 같이 자자고 했어요. 밤새 수다 떨기, 옷장에 있는 옷들로 패션쇼 하기, 침대에서 피자 부스러기 찾기야말로 세상에서 가장 재밌는 일이잖아요.

"좋아, 근데 엄마 일정이 어떤지 봐야 해. 알아보고 바로 말해 줄게!" 리타의 대답이었어요.

의혹이 사실로 드러났죠. 리타는 가족에게 붙잡혀 있고 엄마 대역까지 해야 해서 자유롭게 시간을 쓸 수 없었던 거예요.

"응, 하루 전에만 말해 주면 돼!" 저는 부담을 주지 않으려고 그렇게 말했어요.

드디어 목요일에, 리타가 우리 엄마 집에 오겠다고 했어요. 저는 어떻게 시간을 냈는지 굳이 물어보지 않았어요. 걔는 저녁 9시쯤

왔어요. 너무 늦는 거 아니냐고 오후에 미리 문자로 물어보더라고요. 제가 괜찮다고 했더니 우리 엄마 집에서 프린터를 좀 써도 되느냐고 물어봤어요. 그 무렵에 걔네 엄마 직장에 대환장 빌런이 등장했을 거예요. 그 얘기는 몇 달 지나서 비고한테서 들었는데 시기적으로 대충 맞아요.

얼마 뒤, 10월 중순부터, 리타는 주말에도 밤늦게만 나올 수 있었어요. 리타는 동생들만 집에 두지 않으려고 항상 엄마가 집에 돌아올 때까지 기다렸어요. 그때까진 엄마가 계산원 동료들과 절충을 해서—그땐 몰랐지만 리타네 엄마는 대형 마트의 계산원이었어요—토요일 근무를 빼 주거나 몰아 주거나 했는데 웬 머저리가 매니저로 와서 말도 안 되는 시간표로 일을 하게 됐대요. 아니, 그냥 근무 시간표 문제가 아니라 그 매니저는 완벽한 개새끼였어요.

일단 토요일 얘기로 돌아갈게요. 제가 저를 아는데, 이러다가 이야기가 어디로 튈지 몰라요. 우리 엄마와 쥘리는, 아니, 그걸 어떻게 아셨어요? 티무르 이 자식이…. 음, 작가님은 어떻게 생각하세요? 꼰대 파시스트 같은 눈빛으로 저를 볼 건가요? 작가님 대답에 따라 제가 알밤지 낀 엄지로 작가님 얼굴을 후려치고 이 사무실을 박차고 나갈 수도 있어요. 저는 제 엄마를, 엄마가 찾은 자유를 자랑스럽게 생각해요. 다수와 반대 방향으로 가고 '미풍양속'을 거스르기는 쉽지 않죠. 요즘도 동성애를 정신병이나 무슨 결함처럼 생각하는 멍청이들이 차고 넘쳐요. 저는 폭력에 반대하는 사람이지만, 이미 우리 학교 대표 멍청이 앙토냉한테 따귀를 갈긴 적이 있어요. 그 자식이 우리 엄마를 "더러운 레즈"라고 했거든요. 제가 따귀를 갈겼더니 저보다 머리 하나는 더 큰 새끼가 저한테 달려들더라고요. 자기가 우리 엄마를 먼저 욕해 놓고 창피한 줄도 모르고 말이에요. 다행히 제가 한 대 맞기 전에 소프가 대걸레로 그 자식을 넘어뜨렸고, 비고가 과거의 주먹다짐을 들먹이니까 앙토냉은 바로 꺼졌어요. 제가 그랬잖아요. 그 3인조는 인성이 됐다니까요!

그날 엄마와 쥘리는 친구네 집에 저녁 초대를 받았지만 우리가 먹을 저녁을 차려 두고 갔어요. 리타는 엄마와 쥘리가 나가기 직전에 도착해서 잠시 인사를 나눴어요. 물론 걔도 사정을 다 알고 있었어요. 제가 우리 부모님의 전설적인 이혼 얘기를 해 줬거든요. 우리 아빠는 그때 절 붙잡고 질질 짰어요. "네 엄마는 날 사랑한 적 없어. 여자를 사랑한다잖아. 나는 네 엄마 인생의 오점이야. 변기에 버리는 다 쓴 휴지 같은 존재라고…." 요약하면, 자존감에 퍽이나 도움 되는 생각들의 총집합이었죠. 엄마는 그렇게 단순한 상황이 아니라고, 여전히 아빠를 사랑하지만 예전 같은 방식의 사랑이 아닐 뿐이라고 설명했어요. 청결과 멋 내기에 진심인 아빠가 2주간 씻지도 않으니 말 다 했죠. 이런 얘기를 리타에게 다 했어요. 리타는 쥘리에게 거실이 예쁘고 책이 참 많다고, 주방에서 맛있는 냄새가 난다고 말했어요. 엄마와 쥘리는 옷을 갈아입고 얼른 나갔어요. 벌써 9시 10분이었거든요.

"나중에 깜박할지도 모르니까 프린트부터 할까?" 제가 말했어요.

리타가 부탁하는 모양새가 되는 게 싫었거든요. 음, 제가 가끔 머릿속이 숭숭 뚫린 체가 된 것처럼 깜박깜박할 때가 있어서요.

"오, 그럼 좋지. 여기 담아 왔어."

리타가 USB 키를 내밀었고 우리는 엄마가 일하는 방으로 건너갔어요.

"고마워…." 제가 종이 뭉치를 건네자 리타가 말했어요.

"아냐, 어려운 일도 아닌데, 뭐."

"늘 가는 프린트 가게가 문을 닫았더라고."

솔직히 그 말이 사실이었는지는 모르겠어요. 몇 달이 지나서야 한동안 걔네 집에 컴퓨터도 없었다는 말을 들었죠. 상상이 가세요? 요즘은 컴퓨터 없으면 숙제도 못 해요. 그러다 중학교 때 프랑스어 선생님이 중고 노트북을 한 대 구해 줬대요. 그 선생님과 계속 연락하고 지냈는데 그런 사정을 털어놓게 됐나 봐요. 리타의 노트북에 다른 사람 이름이 써 있는 커다란 스티커가 붙어 있는 걸 보고서 알았어요. 리타는 비밀이 많았지만 어떻게 걔 탓을 하겠어요? "나 힘들게 살아"라고 말하고 싶은 사람은 없어요. 세상은 돈 없는 사람을 좋게 보지 않죠. 리타 사건이 터지고 그 주제에 관한 팟캐스트를 들었어요. 제가 어쩌면 그렇게 친구가 무너지도록 내버려둘 수 있었는지, 친구의 비참한 상황을 어쩌면 그렇게 모를 수 있었는지 저도 이해가 안 가더라고요. 세상은 우리에게 정신 나간 생각들을 주입하는데 그중 최고는 '가난뱅이는 게으름뱅이'라는 거죠. 가난은 자초한 일이야, 길만 하나 건너면 일자리를 찾을 수 있어, 실업자가 의지를 가지고 무거운 엉덩이를 들면 세상이 나아질 텐데 집에서 빈둥대니 문제야, 너는 사회에 들러붙어 사는 기초수급대상자야…. 팟캐스트에서 인용한 글이 있었는데, 들으면서도 안 믿겨서 앞으로 돌려 두 번이나 다시 들었어요. 잠깐만요, 제가 핸드폰에 적어 뒀어요. "가혹한 말이지만, 도움을 받을 때는 부끄러움을 느껴야 한다. 그래야 그 부끄러움이 일을 하게 만드는 힘이 되고, 결국 사회 전체를 위해 꼭 필요한 자극이 된다." 맬서스라는 경제학자가 한 말이래요. 가난한 사람들을 돕는 건 좋지만 그들이 스스로 쪽팔린 줄 알아야 한다, 그런 뜻이죠? 무료 급식이나 장학금을 받으러 갈 때는 벽에 딱 붙어라. 그러지 않으면 가난뱅이들은 거기에 적응해서 계속 그렇게 살 거라는 거예요. 정말 어이가 없어요. 저는 이런 걸 어렴풋이 느끼고 있었지만, 깊이 생각해 본 적은 없었어요. 지금은 리타가 왜 자기 형편을 솔직히 말하지 않았는지, 왜 프린트 가게가 문을 닫았다고 둘러댔는지, 왜 고물 컴퓨터를 마련하면서 친구들보다는 옛 선생님들에게 의지했는지 이해가 가요.

 우리는 즐거운 저녁을 보냈어요. 아직 아무 일도 일어나지 않았고 제가 조금만 더 똑똑했으면 알아챌 수도 있었을 그때로 돌아가고 싶네요. 너무 아쉽고, 솔직히 말하면 죄책감이 들어요.

우리는 기상천외한 색깔의 매니큐어로 손톱을 칠하면서 수다를 떨었어요.

"알렉스한테 연락 옴!"

"잘됐다, 토요일 저녁인데 왜 안 만나?" 리타가 물었어요.

"오늘 핸드볼 경기가 있었는데 친구들하고 뒤풀이한대."

"아아."

"근데 내일 오후에 보재."

"아!" 리타가 미소 지었어요. "만나서 뭐 할 거야?"

"잘 모르겠어. 영화? 산책? 만나서 정하지, 뭐. 보고 싶은 영화 두 편을 찜해 두기는 했는데… 넌 어때?"

"나, 뭐?"

리타는 문자 알람이 울리자 핸드폰을 집어 들고 답문을 쓰기 시작했어요.

"흠, 러브러브 연애?"

"나도 그러고 싶은데 시간이 없어. 내 동생들 봤잖아. 걔들 감시해야 해…" 리타가 어깨를 으쓱했어요.

"저기, 리타… 궁금한 게 있어. 대답하기 싫으면 안 해도 되는데…"

이번에는 전화가 왔어요. 리타는 일어나서 핸드폰을 들고 저만치 물러났어요. 저는 귀 기울이지 않으려고 했지만 통화 내용이 토막토막 들렸어요.

"걔가 안경을 어디에 뒀는지 제가 어떻게 알아요, 엄마. 제가 나올 때는 침대 옆 탁자에 있었어요. 네, 맞다니까…. 지금 제가 할 수 있는 일이 없잖아요. 아뇨, 걔가 안경을 못 찾는다고 집에 들어가진 않을 거예요. 안녕히 주무세요."

리타가 거실로 돌아왔을 때 저는 아무 일 없다는 듯 다시 손톱을 내밀었어요.

"미안…." 리타가 중얼거렸어요.

"뭐가 미안해. 괜찮은 거지?"

"응, 괜찮아."

그리고 저는 결국 궁금증을 참지 못하고 물어봤어요.

"아버지는 어쩌다 돌아가신 거야?"

리타는 제 왼손에 손가락 하나 건너 하나씩 노란색을 두 겹 칠한 참이었죠. 그러고는 제 눈을 피하느라 또 한 겹을 칠했어요. 칠이 다 끝나자 그 애가 제 눈을 똑바로 보고 말했어요.

"그 얘기는 안 하고 싶어. 오래된 일도 아니라서 아직은 좀 그래."

"미안, 캐물을 생각은 아니었어."

하지만 제가 캐물은 게 맞잖아요. 잠시 어색한 침묵이 감돌았고 저는 화제를 돌렸어요.

"공포영화 볼까?"

"네가 보고 싶으면!"

"로맨틱코미디는 어때? 아니면 시리즈물?"

결국 우리는 재미있겠다 싶은 로맨틱코미디 영화들을 정주행하다가 새벽 5시에야 잠이 들었어요. 그 사이에 새벽 2시쯤 간식으로 와플을 챙겨 먹었고요. 엄마와 쥘리가 집에 돌아와 있었기 때문에 큰 소리를 내지 않으려고 조심하면서요. 침대에 부스러기가 잔뜩 떨어졌지만 우린 정말 즐거웠어요.

다음 날 정오가 다 되어 일어나 보니 리타는 집에 가고 없었어요. 방문에 포스트잇을 붙여 놓고 갔더라고요. "빨리 가 봐야 해! 전부 다 고마워! 뽀뽀!" 쥘리가 아침 8시쯤 리타를 보고 크루아상과 커피를 줬대요. 리타가 너무 급해 보여서 쥘리는 크루아상을 싸 줄 테니 가져가라고 했어요. 리타는 뜨거운 커피를 세 모금 만에 마시고 크루아상은 가지고 갔대요.

레나

00 : 05 : 00

●REC

 만성절 방학이 시작됐어요. 방학 기념으로 금요일 저녁에 클라이밍을 하기로 했죠. 비고는 중학교 때부터 클라이밍이 취미였는데 걔네 엄마가 돌아가신 후로 클라이밍에 미쳐 살았대요. 전 클라이밍이 비고를 구원했다고 생각해요. 아무튼, 제 생각은 그렇지만 당시 저는 비고와 모르는 사이였어요. 비고는 우리 학교 애들에게 클라이밍을 전파했고 저와 소프, 에메마리는 비고 덕분에 클라이밍을 시작했어요.
 방학 전날 얘기를 해 볼게요. 우리는 학교 문 앞에서 수다를 떨고 있었어요. 저, 에메마리, 로만, 소프, 비고, 약간 곁도는 파리드, 파라, 조제 같은 애들도 있었죠. 리타도 함께 있었는데 말없이 어색한 미소만 짓고 있었죠. 비고가 불쑥 리타에게 물었어요.
 "클라이밍 해 봤어?"
 "아니."

"해 볼래? 내가 쏠게."

"나도 갈래. 나 이용권 있어. 그걸로 다른 사람도 같이 쓸 수 있어!" 제가 외쳤어요.

"그럼, 나한테 써라." 소프가 저에게 말했어요.

"아니, 티무르한테 쓸래. 티무르, 같이 가자."

"가고 싶지만, 나 여행 가."

"왜 나는 안 부르는데?" 에메마리가 쏘아붙였어요.

"넌 이용권 있잖아, 장난하냐?"

늘 그렇듯이 대화는 산으로 가고 있었죠.

어쨌든 일요일 오후에 리타는 우리와 함께 클라이밍을 했어요.

그러지 않아도 인상적이고 낯선 장소에 빨간 머리 뉴페이스가 나타났죠. 클라이밍장 가 보신 적 있어요? 우리가 다니는 클라이밍장은 인공 암벽이 20미터나 되고 시설이 아주 잘 되어 있어요. 일단 클라이밍장에 들어가면 클라이밍 안전벨트, 클라이밍화, 로프, 카라비너, 손의 땀을 흡수하는 탄산마그네슘 분말이 있어요. 그걸 본 초심자는 자기가 모르는 왕국에 발을 들인 것 같아 흥분이 되기 시작하죠.

우린 일단 지하철역에서 만나서 같이 움직였어요. 비고는 의기양양하게 들어가서는 자기 이용권을 내밀고 리타를 불렀어요. 우리는 환호와 야유 섞인 소리를 질렀어요. 리타가 데스크에 다가갔어요. 그날 걔는 감청색 레깅스와 맨투맨을 입고 왔어요.

"네 이용권으로 둘이 쓰는 거지?" 데스크에 있던 남자가 비고에게 물었어요.

"응, 장비 빌려주지?"

"응, 안전벨트하고 클라이밍화. 사이즈가 어떻게 돼?"

리타는 38호를 신었어요. 비고가 리타를 책임지겠다고 보증을 섰죠. 클라이밍장은 안전 문제에 아주 엄격하거든요. 소프와 파리드는 대여한 클라이밍화에서 구린내가 진동한다고 구시렁댔어요. 걔들은 옷을 갈아입으러 탈의실에 들어갔어요. 저와 에메마리는 겉옷 속에 클라이밍복을 입고 왔기 때문에 준비운동을 하면서 다른 애들을 기다렸어요.

비고는 리타를 '자동 확보 장치'가 있는 구역으로 데려갔어요. 클라이밍에 대해서 설명을 좀 드려야 할 것 같네요. 클라이밍에는 두 종류가 있어요. 로프를 묶고 짝을 지어서 하는 '리드 클라이밍'과 낮은 벽에서 혼자 오르내리는 '볼더링'. 리드 클라이밍은 둘이 짝을 이뤄서 한 명(등반자)은 오르고, 다른 한 명(확보자)은 밑에서 로프를 잡고 있어야 해요. 올라가다 떨어지면, 밑에 있는 친구가 로프를 잡아 주는 거죠. 신뢰가 필요한 일이에요. 근데 '자동 확보 장치'가 있는 곳에서는 혼자 해도 괜찮아요. 큰 카라비너를 하네스에 연결하면, 자동으로 로프가 조여져서 안정적으로 올라갈 수 있거든요. 초보자나 혼자 연습할 때 딱이에요. 근데 여기에서도 꼭대기까지 올라가면 손을 놓고 하강을 해야 돼요. 자동 확보 장치를 믿고 떨어져야 하는 거예요. 어른들도 처음에는 무섭다고 사색이 되거나 홀드를 밟아서 내려오려고 해요. 굳이 예를 들면 티무르도 마지막 홀드에 죽기 살기로 매달리는 꼴이 얼마나 웃겼는지 몰라요. 티무르는 빨리 내려달라고 소리 지르고 자기 엄마까지 찾았다니까요. 뭐, 일단 발이 땅에 닿으니까 자기가 언제 그랬느냐고 발뺌했지만요. 클라이밍 신고식은 우리에게 늘 좋은 놀림거리였죠. 에메마리와 로만, 저는 리타가 신고식을 어떻게 치르나 보려고 고개를 들이밀었어요. 비고가 리타에게 설명을 어떻게 해 줬는지는 모르지만 일단 코스 정상에 올라가자 이렇게 외쳤어요.

"잘했어, 이제 로프를 잡고 안전벨트에 체중을 실어!"

그러자 리타가 준비운동도 없이 차가운 물에 뛰어들듯, 곧바로 슈욱 내려오는 거예요. 정말 인상적이었어요. 리타는 온화하고, 우쭐대지 않고, 세심하고, 뭔가를 설명할 때 보면 인내심도 있어요. 그런데 거기다 결단력까지 있다는 걸 제 눈으로 확인했던 거예요. 클라이밍 처음 하는 사람이 그렇게 손 놓고 내려오는 거, 정말 쉽지 않아요. 용기를 내야 하는 일이에요. 아주 잠깐이라도 멈칫하는 순간이 있게 마련인데, 리타는 그런 게 전혀 없었어요. 리타는 아무리 겁이 나도 한다면 하는 아이더라고요. 썩은 이는 확 뽑아 버리자는 듯이 몸을 던졌어요. 왜 이런 얘기를 하는지는 아시죠?

우리는 리타에게 박수를 보내고 메인 암벽으로 이동했고 리타는 자동 확보 장치로 계속 연습을 했어요. 저는 에메마리와, 로만은 소프와 짝을 했고, 나머지 애들도 각자 암벽을 타고 놀았어요. 비고는 리타가 8자 매듭 만드는 걸 도와주고 있었어요. 아, 클라이밍을 하다가 죽지 않으려면 로프를 잘 연결해야 하고, 이런저런 매듭을 사용하는데 그중에서 제일 많이 쓰는 게 8자 매듭이에요. 혹시 핸드폰 충전기 있어요? 잠깐 줘 보세요. 자, 이게 8자 매듭이에요! 그때 걔네 둘의 몸짓이나 분위기가 꼭 사귀는 사이 같았어요. 그냥 딱 보기에도 그렇더라고요.

"쟤네 사귀는 거야?" 저는 로만이 암벽을 살살 타고 내려왔을 때 물어봤어요.

로만의 시선이 제 시선이 닿는 곳으로 따라갔어요. 리타는 코스 중간쯤에서 힘을 쓰느라 허벅지를 부들부들 떨고 있었어요.

"아닌 것 같은데…." 로만은 작게, 확신 없는 목소리로 말했어요.

"음, 내 생각엔 곧 그렇게 될 것 같은데?" 저는 피식 웃으면서 말했어요.

제 예감은 틀리지 않았죠.

비고

00 : 23 : 00

᎔᎔᎔|᎔᎔᎔᎔᎔|᎔᎔᎔|᎔᎔᎔|᎔᎔|᎔᎔|᎔᎔᎔|᎔᎔᎔᎔᎔|᎔᎔᎔|᎔᎔᎔᎔᎔|᎔᎔᎔|

그럼요, 기억하죠. 그날 클라이밍을 해 보고 티무르가 왜 리타를 특별한 애라고 말했는지 알았어요. 걔한테는 그냥 알려 주기만 하면 되더라고요. "겁을 내면 안 돼. 그러면 정확도가 떨어져. 클라이밍은 정확도가 생명이야. 프로는 아주 작은 홀드나 클링(안쪽으로 나 있는 홈)을 붙잡고 바로 정면 홀드에 발을 올려…." 리타는 바로바로 이해했어요. 처음에는 자동 확보 장치로 연습하게 하다가 대형 체험장으로 데려가 제가 확보자 역할을 해 줬어요. 리타는 기분이 좋은지 계속 웃더라고요.

 리타한테 좀 쉬라고 하고 소프에게 확보를 부탁한 뒤 저도 암벽을 탔죠. 클라이밍을 하다 보면, 몸과 마음이 상상할 수 없었던 한계를 넘어서고 다른 세상으로 이동하는 경험을 하게 돼요. 저는 암벽을 탈 때 집중을 하고 호흡을 잡고 가장 높은 곳으로 올라가요. 제가 발을 올릴 홀드, 그다음 홀드를 잡는 방법 말고는 아무 생각도 할 수 없죠. 그 벽은 저에게 '수직의 땅'이에요. 떨어지지 않기 위해 몸을 의지할 수 있는 유일한 버팀목인 거예요. 가만히 생각해 보면, 대부분의 스포츠는 수평선 위에서 이뤄져요. 수영, 축구, 승마, 달리기처럼요. 그런데 클라이밍은 달라요. 중력을 거슬러 수직으로 올라가니까요. 땅에서 발을 떼고 나아가는 거예요. 하늘이 점점 가까워지고 커질 때, 얼마나 짜릿한지 몰라요.

두 번째 루트를 끝내고 내려오는데 리타가 저한테 다가와서 웃더라고요.

"사람이 아니었네!"

"응?"

"암벽을 타니까 움직임이 완전히 달라지더라. 고양이인 줄!"

저는 깔깔대고 웃었지만 왠지 엄청 어색했어요.

제가 당황한 걸 알았는지, 소프가 끼어들어 농담을 쳤어요.

"응, 근데 얘 떨어질 때 줄 잡고 있어 보면 인간 맞긴 해. 몸무게 장난 아님."

"한 번 더 탈래?" 제가 리타에게 물었어요.

"응, 좋아. 근데 이번엔 소프 먼저."

"좋았어, 얘랑 나는 확실히 비교가 될 거야. 고양이 다음은 칠면조 나가신다." 소프가 농담을 했어요.

그날 오후는 정말 즐거웠어요. 그후로는 한동안 클라이밍을 못

했어요. 컵케이크 가게가 일요일에도 문을 열게 되어 주말 내내 일을 했거든요. 방학이라고 여행 가는 애들이 많았어요. 티무르는 발레아레스에 다녀왔고 로만은 이탈리아에 가서 피자를 먹었다고 하고…. 그래도 첫 번째 주에 파티가 두세 번 있었어요. 리타는 그때마다 오지 않았고요.

저, 그 질문은 대답하기가 곤란한데요. 뭐, 좋아요, 알고 싶으시다면. 저는 계속 리타를 생각했어요. 그 애와 입을 맞추는 상상을 했고 그 입술의 온기와 맛이 궁금했어요. 리타와 껴안는 상상을 했고 로만네 집에서 그러지 않았던 걸 후회했어요. 그렇게 몽상에 빠져 있다가 퍼뜩 정신을 차리고 컵케이크 가게에 들어오는 손님들에게 "어서 오세요!"를 외치거나 방금 스나이퍼에게 저격당해서 죽은 게임을 다시 시작하곤 했죠.

방학 때 리타에게 만나자고 했어요. 두 번이나 문자를 보냈죠. 카페 갈래? 영화 볼래? 같이 좀 걸을까? 그때마다 리타는 답이 없었어요. 서로 통한다는 느낌은 있었지만 리타가 꿈쩍도 안 하니까 헛다리를 짚었나 불안해지기 시작했죠. 전 여자에게 집착하거나 집요하게 매달리는 타입은 아니거든요. 그래서 더 이상 리타에게 연락하지 않았어요.

티무르가 둘째 주 월요일에 돌아와서 다시 걔네 집 지하에서 같이 숙제도 하고 연주도 하고 게임도 하면서 지냈어요. 아뇨, 우리 아빠는 나쁘게 생각하지 않아요. 아빠도 증조할머니한테 물려받은 우리 집이 손바닥만 하고 우중충하다는 걸 아는데요, 뭐. 그리고 아빠가 다시 구한 일자리가 야간 경비 일이에요. 아빠가 요즘은 낮에 집에 있으니까 얼굴 볼 일이 많아서 좋아요. 아빠에게 티무르네 집에서 며칠 자고 온다고 얘기도 해 뒀고요.

"다른 애들은 좀 봤어?" 우리가 소파에 널브러져 있을 때 티무르가 물었어요.

"파라네 집에서 파티 했어. 숲에서 모닥불도 피우고. 조제네 집에서도 몇 명 모여서 놀았어. 보드게임 했는데 재밌더라. 근데 '다른 애들' 아니고 리타가 궁금한 거 아냐?" 저는 잠시 멈췄다가 다시 입을 열었어요. "리타는 못 봤어. 클라이밍 하러 간 게 마지막이야. 걔는 파티에도 안 오고 내가 만나자고 보낸 문자에 답도 없더라."

티무르는 일본도처럼 예리한 눈을 했고 저는 그 녀석이 제 마음을 이미 다 안다고 확신했어요. 저는 부루퉁한 얼굴을 했어요. 솔직히, 좋아하는 여자가 나한테 관심도 없다는 얘기를 베프에게 하긴 싫잖아요. 티무르는 선을 넘지 않고 그냥 이렇게만 말했어요.

"리타가 낯을 가리는 거 아닐까?"

"걔를 몇 시간만 보면 그건 아니라는 거 알 수 있지 않냐? 철학 토론에서도 그렇고."

"그런 걸로 어떻게 아냐. 토론에서 앙토냉 같은 놈을 압살하는 건 껌이지만 고양이에게 반하면…."

저는 놀라서 눈이 휘둥그레졌고, 결국 우리 둘은 배를 잡고 웃었지요. 소프, 그 자식이 입이 싼 줄은 알았지만 티무르한테 별소리를 다 했더라고요.

"진지하게 생각해 봐. 비고." 티무르가 바닥에 거의 쓰러져서 웃다가 정색을 했어요. "여자는 절대로 맘에 없는 남자한테 고양이 같다고 하지 않아."

"그리고 리타는 보통 여자가 아니잖아. 걔는 특별해."

티무르가 눈을 가늘게 떴어요.

"됐어! 거기까지!" 저는 티무르의 말을 끊었어요.

"너 이제 큰일났다." 티무르가 히죽거렸어요.

"나도 알아. 게임기 좀 줘 봐. 스트레스 좀 풀어야겠어. 좀비 게임 갈까?"

금요일 아침, 저는 집에 있었어요. 늦잠을 잤죠. 전날 밤 늦게까지 소프, 파라, 파리드랑 게임을 했거든요. 핸드폰을 확인해 보니 리타의 메시지가 세 개나 와 있었어요.

— 비고!

— 갑자기 오늘 시간이 났어!

— 산책이든 영화든 다 괜찮아!

저는 이게 꿈인가 싶어 다시 메시지를 읽었어요. 이미 정오도 한참 지났고 제 입에선 구취가 진동했지요. 창밖을 보니 만화영화처럼 하늘이 새파랬어요.

— 시타델 공원 갈까? 아니면, 팽송 카페에서 수프 그릇에 담아 주는 따뜻한 시나몬 초콜릿 마실까?

— 둘 다 좋아!

— 그럼 한 시간 후 공원 입구 어때? 중앙 산책로 창살 문 알지?

— 오케이.

저는 샤워부터 했어요. 2주 전부터 아버지는 보일러를 뜯었다가 조립했다가 하면서 끙끙댔지만 보일러가 완전히 망가졌다는 사실만 확인했죠. 저는 괴성을 내지르면서 몸을 씻었어요. 아니, 11월에 찬물로 샤워해 봤냐고요. 머리 감는 게 진짜 최악이었어요. 물이 너무 차서 샴푸 거품도 안 나더라고요. 겨우 다 씻고 곧바로 자전거에 올라탔죠.

전속력으로 공원 입구에 가 보니 리타는 아직 도착하지 않았더라고요. 저는 조금 떨어진 창살 문에 자전거를 세워 놓고 정문 옆에 계속 서 있었어요.

3분 후, 리타가 빠른 걸음으로 다가오는 모습이 보였어요. 그 순간, 나무와 새들도 숨을 죽인 것 같았지요. 리타는 진분홍색 코트를 입고 있었는데 걸을 때마다 붉은색 머리칼이 어깨에서 찰랑거렸어요.

티무르 말이 맞았어요. 저는 리타에게 빠져 있었어요.

"안녕! 늦어서 미안." 리타가 환하게 웃었어요.

로만네 집에서처럼 저는 그 애의 향기에 취했어요. 살짝 달콤하고 힘차면서도 가벼운, 살아 있는 몸의 향기였죠.

"아냐, 나도 방금 도착했어." 저는 복잡하고 어지러운 속내—쓰나미+허리케인+지진+화산 폭발 짬뽕과도 같은—를 드러내지 않으려고 애를 썼어요.

우리는 검은색 창살 문을 통과했어요.

"안 추워? 너 머리가 다 얼었는데?" 리타가 물었어요.

저는 민망해서 손으로 머리를 쓸어넘겼어요. 머리카락이 얼어서 뻣뻣하더라고요.

"흠, 이 상태로 마르면… 괜찮은 스타일이 나올지도 모르지."

"음, 분명 괜찮을 거야." 리타가 맞장구를 쳤어요.

공원 중앙 산책로에 깔린 모래가 우리 발밑에서 부서지는 소리가 마치 팝콘이 터지는 소리 같았어요. 우리는 벽돌로 된 옹벽과 돌계단, 작동을 멈춘 분수대와 큰 잔디밭 사이를 걸었어요. 두꺼운 후드 점퍼를 입은 사람들 몇 명이 반듯하게 난 길을 따라 올라가고 있었고, 나무들로 둘러싸인 잔디밭이 넓고 푸른 하늘과 대비를 이루고 있었어요. 개들은 털북숭이 미사일처럼 잔디밭을 맹렬하게 내달리며 공을 쫓거나, 주위를 껑충껑충 뛰어다니거나, 까마귀와 때 이른 낙엽 사이에서 숨바꼭질을 하는 것 같았어요. 가끔 자전거가 슉 지나갔는데, 멀리서 보면 사람이 땅 위를 둥둥 떠다니는 것처럼 보였어요. 영화의 한 장면처럼요.

"보온병에 차를 좀 담아 왔어." 리타가 죄라도 고백하는 투로 말했어요.

그러고는 눈썹을 찡그리면서 물었죠. "너, 혹시 차 마셔?"

"차를 왜 안 마셔? 남자답지 않아 보여?"

"남자다움의 문제인가? 음, 글쎄, 생각 좀 해 볼게." 리타가 말했어요. 저는 그 춥고 황량한 공원에 리타와 함께 있다는 사실이 믿기지 않았어요.

"세계의 절반을 식민지로 삼아 가며 차를 마셨던 영국인들을 보면 차를 여자들만 마신다고 볼 수는 없지." 리타가 말했어요.

"맞는 말이네. 우리 엄마는 늘 입천장을 쏘는 싸구려 차만 샀어."

"오스카가 일본산 녹차를 줬어. 엄청 귀한 차 같아."

"오스카?"

"응, 오스카 몰라?"

"당연히 알지. 고1 때부터 알았어."

인정할게요. 저, 그 순간 완전히 선을 넘었어요. 질투 때문에 속이 뒤틀렸달까요. 입을 열면 독설이 튀어나올 것 같았어요. '오스카 별명이 오죽하면 슬라임이겠냐. 개 엄청 들러붙어.' '오스카는 일론 머스크가 향수 이름인 줄 아는 멍청이야.' 더 비열하게는 '오스카한테서 똥 냄새 나는 거 아냐?' 이런 유치한 생각들이 머릿속에 줄줄이 떠올랐어요. 짜증이 확 났어요. 제가 너무 멍청했던 거죠. 왜 저만 리타가 멋지다고 느껴야 하냐고요. 다른 사람이 좋아해도 되는 거잖아요. 저는 진짜 속이 좁은 남자예요.

　차를 마시는 게 남자다운지 그렇지 않은지는 모르겠지만 어쨌든 리타가 가져왔으니 맛을 보겠다고 했어요. 근데 차가 맛있어서 더 화가 났어요. 우리는 암녹색으로 칠한 나무 벤치에 앉았어요. 산책로 건너편으로 이제 막 잎이 노랗게 물들기 시작하는 나무들이 보였죠. 나뭇잎들의 가장자리가 하얀 가루를 뿌린 것 같았어요. 그때 이런 생각을 했던 기억이 나네요. 파티아에게 말해 줘야지. 컵케이크 위에 나뭇잎을 장식으로 얹고 슈가 파우더를 뿌려 주면 정말 예쁠 거라고. 차에서 올라오는 김, 우리가 말할 때 나오는 입김이 차가운 공기 속에 흩어졌어요. 저는 차를 한 모금 더 마셨어요.

"방학 때 안 보이더라. 잘 지냈어?"

"응, 그냥 좀 바빴어."

　리타가 자기 차에 호호 입김을 불었어요.

　저도 그 애를 따라 했어요.

"아이 보는 아르바이트를 했어." 리타가 잠시 가만히 있다가 다시 입을 열었어요. "갑자기 오늘 하루가 비었어. 원래는 아이 엄마가 퇴근할 때까지 그 집 딸들을 봐줘야 하는데, 오늘 아침에 갑자기 연차를 쓴다고 오지 말라는 거야."

"그랬구나, 몰랐어."

　저는 토요일 오후 구두상점 점원이나 할 법한 뻔한 말대꾸, 진부한 스몰 토크의 늪에서 허우적거렸어요. 리타가 자리를 박차고 일어나… 모든 것이 부족한 저에게 진저리를 치고 오스카에게 가 버릴 것만 같았죠.

"여름 내내 시내에서 하루 종일 할 수 있는 일을 찾았는데 너무 어려서 안 된대."

저는 한쪽 눈을 치켜올렸어요.

"난 1년 월반을 했고 생일이 12월 초거든."

"그럼, 지금 열여섯 살이구나."

"응."

"일자리 구하는 게 쉽지 않겠다."

"넌 컵케이크 가게 일 어떻게 구했어?" 리타가 물었고, 그 순간 저는 그 애가 굉장히 절박하다는 느낌을 받았어요.

"운이 좋았어. 그 가게 개업하고 바로 다음 날 갔거든. 아무것도 모르고 우연히 간 거야. 파티아 사장님이 같이 일해 보자고 했어. 그때 열여섯 살이었는데…. 고등학교에 들어간 지 얼마 안 됐을 때야. 머리 좋은 누군가와는 정반대로, 난 중학교 때 유급을 했거든."

"생일이 언제야?"

"5월 14일. 너는?"

"12월 4일!"

"기억하기 쉽다." 저는 미소를 지었어요. "그럼, 넌 나보다 두 학년이나 앞선 거네."

제 차는 딱 봐도 다 식어 있었어요.

"네가 봐주는 아이들은 어때?"

"응, 코랄린과 미르틸인데 여섯 살, 아홉 살이야. 아주 재미있고 착한 애들이야. 부모님들도 괜찮은 사람들이고. 시내에 살고 고양이를 한 마리 키우는데 이름이 카스봉봉이야. 난 애들 데리고 산책 나가는 게 좋아. 행복하게 잘 사는 집이야. 초콜릿빵, 빨간색 자가용, 킥보드…. 맞다, 전에 애들 데리고 나갔다가 너 봤어! 근사한 회색 앞치마를 두르고 있던데?"

"컵케이크 가게 앞으로 지나갔었어?"

"응, 그 가게 괜찮아 보이더라."

"맛은 보장할 수 있지. 파티아는 진짜 솜씨가 좋아. 다음에 지나갈 일 있으면 들러. 내가 컵케이크랑 커피 대접할게! 차도 있어."

리타가 고개를 끄덕였어요.

"파티가 몇 번 있었는데 일하느라 못 왔구나."

"그렇기도 하고 아니기도 해. 아이들을 저녁에도 봐줘야 하는 날은 하루뿐이거든. 보통은 오전 9시에 시작해서 오후 6시면 끝나. 근데 집에 와도 동생들을 챙겨야 해."

리타가 다시 보온병을 열었고 저는 빈 잔을 내밀었어요. 김이 모락모락 올라오는 금빛 찻물이 꿀렁꿀렁 소리를 내면서 잔을 채웠지요.

"고마워."

몸집이 큰 검은색 래브라도가 혀를 축 늘어뜨리고 달려오는 바람에 웃음이 났어요. 개한테서 이상한 냄새가 났는데 저리 가라고 해도 어떻게든 다가와서 우리 뺨에 축축하고 차가운 콧잔등을 비벼 대는 거예요. 래브라도는 잠시 후 자기 주인에게 껑충거리며 돌아갔고, 그 개 주인으로 보이는 여자는 우리에게 미안하다는 손짓을 하고 대각선 방향으로 개를 몰고 갔어요.

"방학 때마다, 엄마랑 함께 지내는 게 좀 힘들어."

리타는 코가 새빨갰어요. 제 코도 그랬고요. 발가락에 감각이 없고 엉덩이도 시렸지만 리타의 말을 끊고 싶지 않았어요.

"엄마는 대형 마트 계산대에서 일하는데 근무 시간표가 말이 안 돼. 법적으로 맞는 건지 모르겠어. 3시간 일하고 2시간 반 쉬고 다시 3시간 일하고…. 매주 근무 시간도 달라져."

"우리 아빠도 잠시 마트 일을 했었는데 그런 식으로 근무 시간이 토막 나 있더라. 마트에서 치즈 담당했을 때였는데 진짜 별로였어."

"그러게, 그러다 보니 동생들은 낮에 돌봄 센터에 가. 하지만 엄마 근무가 그보다 더 늦게 끝날 때가 많고 어차피 일찍 끝나는 날도 엄마는 녹초가 되어 있으니 내가 도와줘야 해. 내가 센터에 가서 세리즈와 마르고를 데려오고, 놀아 주고, 애들에게 영화라도 틀어 주고 나는 소파에 앉아 숙제를 하지. 애들에게 책도 읽어 주고. 넌 형제자매가 있어?"

"아니. 엄마는 나 낳고 얼마 안 되어 병이 났어."

"아, 그랬구나."

"음, 형이나 동생이 있었으면 아빠와의 관계를 풀어 가는 데 힘이 좀 되었을지도. 근데 책임져야 할 일이 더 늘어났을지도 모르지."

"그렇긴 해." 리타가 말했어요.

저는 컵에 남아 있던 차 몇 방울을 털어서 버리고 컵을 리타에게 돌려줬어요. 리타는 그 컵을 자기 컵과 함께 보자기에 쌌어요.

"그것도 그렇고, 엄마가 새로 온 매니저 때문에 스트레스를 받아. 그 사람이 뭐라고 하는지는 모르겠지만 매니저가 바뀌고 나서부터 엄마가 제정신이 아니야."

우리는 벤치에서 일어나 다시 타박타박 소리를 내며 산책로를 걷기 시작했어요. 태양은 하얗고 차가웠지만 생생한 초록색, 불꽃 같은 붉은색 잎들을 환하게 비추고 있었어요. 리타가 커다란 나무를 손가락으로 가리켰어요. 다람쥐 한 마리가 날랜 곡예사처럼 나뭇가지를 타고 있었죠. 마법의 실이 나무 둘레를 빙그르르 돌아갔다가 저 멀리 뻗어 가는 것처럼 보였어요. 리타는 제 옆에서 미소를 짓고 있었고요.

"그 새 매니저는 언제 왔는데?" 다람쥐가 사라진 후 다시 산책로를 거닐다가 제가 물었어요.

"여름방학 끝나고. 엄마가 자세한 얘기를 안 해서 잘은 몰라. 상황이 나아지기를 바랄 뿐이지. 우리 엄마는 공부도 많이 했고 더 나은 일을 할 수 있는 사람이야. 뭐, 인생이 늘 마음 먹은 대로 흘러가는 건 아니지만."

리타가 입을 다물고 자기 안으로 숨었고 저는 질문을 퍼붓고 싶지 않았어요. 제 생각에는 그 끔찍한 고통, 우리 모두에게 트라우마로 남은 그 일이 바로 그 시점부터 시작된 거였어요. 아무도, 리타 본인도, 일이 그렇게 될 줄은 몰랐지만요. 그리고 그 후 몇 달 동안 리타는 그 일에 대해 말하지 않았어요. 병원에 갈 때까지.

하지만 그때 우리는 공원에 있었고, 서리 맞은 풀들조차 파티에 가려고 차려입은 것 같았고, 리타는 참 예뻤어요.

"로만은 어떻게 지낸대? 연락해?" 저는 화제를 바꿨어요.

"응. 피자, 태양, 대성당, 칵테일⋯ 뭐, 이런 얘길 들었지."

우리는 웃음을 터뜨렸어요. 로만은 자기가 본 것을 따발총처럼 다다다다 늘어 놓는 재주가 있거든요. 심지어 길고양이 사진, 흐릿해서 보이지도 않는 카페 종업원 사진, 이탈리아어로 되어 있는 포도주 라벨까지 보내 줬다니까요.

"너는? 어떻게 지냈어? 내가⋯."

저는 리타가 말을 맺을 때까지 기다렸어요.

"메시지에 답 못 해서 진짜 미안해." 리타는 재빨리 속삭이듯 말했어요.

"아냐, 오늘 답을 줬잖아."

"그건 그렇지만, 솔직히 어떻게 해야 할지 몰랐어. 내가⋯ 널 만나고 싶어 하지 않는다고 생각할까 봐 딱 잘라 안 된다고 하긴 싫었어. 근데 내 사정을 길게 설명하고 싶지도 않아서…."

"그만, 거기까지."

리타가 눈을 동그랗게 뜨고 저를 쳐다봤어요.

"잊어버려! 답장했잖아. 리타, 그런데… 너 콧물 흐른다." 제 꼴도 마찬가지일 거라는 생각에 얼른 손등으로 코를 훔쳤어요.

"아, 그, 그래!" 리타가 버벅거리며 말했어요.

그러고는 자기 가방에서 휴대용 티슈를 꺼냈어요. 저는 티슈를 한 장 뽑아서 팽 소리가 나게 코를 풀었어요.

"내 코 푸는 소리는 C#."

리타가 웃으면서 자기도 코를 풀었어요.

"우리 몸 좀 녹일래? 어디 들어가서 따뜻한 차라도 마시자. 내가 사게 해 줘."

자전거를 찾아야 했기 때문에 우리는 입구 창살 문까지 걸어갔어요. 흐느적흐느적 걷는 동안 제 손이 리타의 손을 스쳤어요. 두 번째로 손이 스쳤을 때는 그냥 잡아 버리고 싶었지만 저는 그러지 못했어요. 바보 같죠? 술에 취했을 때는 누군가에게 다가가고 키스하기가 훨씬 쉬운데 말이에요. 움직임이 나른해지고, 불분명한 배경은 매혹적이고, 흐릿한 세상은 흘러가야 할 곳으로 흘러가죠. 부드럽게 흘러넘치는 빛 속으로 나아가 입술에 집중하고 돌진하면 된단 말이에요.

굳이 로만을 들먹이고 싶진 않지만 걔는 돌발 키스의 선수예요. 만약 거절당한다고 해도, 어차피 취해 있으니까 별로 중요하지 않죠. 그냥 토를 하러 가거나, 다른 입술을 찾으면 되니까요. 그런데 만약 그 입술이 반응을 해 주고, 게다가 그동안 그 입술을 간절히 원해 왔던 거라면, 그 행복은 보드카처럼 몽롱한 맛이 나고, 다음 날은 때때로 달콤하고 희망이 가득한 기분이 들어요. 그런 기분은 끈질긴 숙취마저 지워 버릴 수 있죠. 저는 술을 마시지 않은 지 오래됐지만 경험해 봐서 알아요. 전 술에 취해 엄마를 찾거나 디즈니 노래를 부르다가 토하고 쓰러지는 애들을 이상하게 여긴 적이 없어요. 우리 아빠가 주사를 부려도 이해해요. 아빠가 술에 취해 누구에게 키스하고 그러진 않지만 엄마 생각, 옛날 일 생각에 괴로울 테니까요.

우리는 드디어 공원에서 나왔어요.

"짐받이에 타."

리타가 머뭇거렸어요.

"불안하면 인도로 달릴게. 아아아아주 천천히."

저는 자전거에 올라탄 후 리타가 뒤에 탈 때까지 기다렸어요. 자전거가 한숨 쉬듯 움찔하는가 싶더니 리타가 두 손으로 가만히 제 허리를 껴안았죠. 저는 힘차게 페달을 밟았어요.

눈을 감지 않아도 그 순간이 생생하게 떠올라요. 마법 같은 일이 벌어지는 걸 단박에 깨닫게 되는 순간들이 있잖아요. 애타는 손으로 시간의 살갗을 붙잡고 바로 지금이구나 생각하는 순간요. 이대로 세상이 멈춰 버린다면 영원히 행복할 텐데.

저는 인도로 달리다가 횡단보도를 건너갔어요. 그 거리 양쪽으로는 주택들이 드문드문 자리잡고 있지요.

"안 추워?"

"손가락이 떨어져 나갈 것 같아!" 리타가 외쳤어요.

"내 주머니에 손 넣어!"

리타는 제가 시키는 대로 했어요. 블루종의 얇은 안감 너머로 저에게 거의 기대다시피 한 그 애의 몸이 느껴졌죠.

"로만은 언제 와?" 리타가 물었어요.

"내일. 근데 주말은 알렉스와 보내지 않을까."

"그렇겠네. 너도 알렉스 알아?"

저는 좁고 인적 없는 거리를 달리다가 "속도 좀 낼게"라고 말한 후 국도로 빠졌어요. 좀 더 빠르게 가려고 넓은 인도로 갈아탔지요. 거기는 공간이 여유가 있어서 행인들을 피하면서 달릴 필요가 없거든요. 한쪽에는 소박하고 야트막한 집들이 늘어서 있고 반대쪽은 차도예요. 인도로 걸어다니는 사람들은 거의 없었고요.

"아니, 나는 모르는 앤데, 레나한테 좀 물어봤지."

"수사 결과는?"

리타는 제 대답을 들으려고 몸을 좀 더 바짝 붙였어요. 우리는 네 개의 팔과 네 개의 다리를 가진 한 몸 같았죠. 아무것도 모르는 사람들 사이로 돌아다니는 신기한 생물이 된 것 같았어요.

"8달 전에 1년 반 사귄 여친이랑 헤어지고 폐인이 됐었대. 진지하게 사귀는 타입. 그리고 핸드볼에 미친 놈이라던데?"

"와, 뭐야! 진짜 제대로 조사했네."

"그게, 솔랄이 떠나고 나서… 솔랄 얘기도 들었어?"

"응, 로만이 말해 줬어."

"그때 걔 상태가 정말 안 좋았거든…."

"그렇구나."

저는 신호등이 빨간불로 바뀌는 바람에 넘어지지 않으려고 얼른 발로 땅을 디뎠어요.

"걔가 만나는 사람이 어떤지 알아두고 싶었어. 로만은 내 친구니까."

"알아. 그런데 나 너무 무겁지?"

"무겁냐고? 무슨 소리야? 날 너무 약하게 보는 거 아냐? 내 자전거도 좀 구식이긴 하지만 튼튼하거든?"

"잘됐네. 그래서, 네가 보기엔 알렉스 어때?"

리타의 속삭임이 내 귀를 간질이는 동안 우리 둘만 환하고 투명한 비눗방울 속에 들어와 있는 것 같았어요. 소음, 시선, 주위의 모든 것이 아득히 멀게만 느껴졌죠.

"로만네 집에서 파티할 때 얼핏 본 게 다야. 뭐, 바른생활 청년 같아 보이긴 했어. 찌질한 놈이면 레나가 말렸겠지."

"근데 섹스를 남신처럼 한대."

"둘이 하는 일인데 한 사람만 잘한다고 되는 건가. 뭐, 어쨌든 그건 장점이지."

잠시 침묵이 감돌았고 저는 심장이 조금 더 세게 뛰었지만 아무렇지 않은 척 다시 출발했어요. 솔직히 섹스에 대한 얘기는 좀 그랬거든요. 하지만 그건 중요하지 않았어요.

"내가 너무 바보 같은 말을 했나?" 리타가 다시 입을 열었어요.

잠시 침묵이 흘렀고, 저는 다시 페달을 밟았어요. 심장이 괜히 더 세게 뛰었죠.

"네 말대로 남신처럼 섹스를 한다는 건 결국 여친의 말에 귀 기울이고 솔직하게 물어보기도 한다는 뜻 아닐까. 소통하지 않고 일방적으로 만족시키기는 어려워. 그러니까 내가 하고 싶은 말은, 사랑은 둘에서 나누는 것이고 상대방을 배려해야만 서로 기분 좋을 수 있다는 거야. 남자나 여자나 그건 마찬가지겠지."

저는 앞만 보고 달렸고 리타에겐 제 등만 보였으니 정말 다행이었어요. 자전거가 고맙더라고요. 이런 생각들은 마음속으로 하거나, 친구들끼리 웃으며 농담처럼 하게 마련이죠. 리타에게 직접 말하려니 어렵더라고요.

"너는 연애 많이 해 봤어?"

저는 급브레이크를 밟았어요. 차에 치일 뻔했거든요.

"으아, 미안해!" 저는 얼굴을 들 수 없었어요.

리타도 넘어지지 않으려고 순간적으로 저를 꽉 끌어안았죠. 그러다 서서히 힘을 푸는 것이 느껴졌어요.

"마음의 사연이 궁금한 거야, 몸의 사연이 궁금한 거야?" 제가 대꾸했어요.

신호등이 초록불로 바뀌었고 저는 속도를 내려고 일어서서 페달을 밟았어요.

"둘 다."

"하나부터 열까지 보고하진 않을 거야. 어쨌든, 난 남자보다는 여자가 좋아."

저는 잠시 말을 멈췄어요. 리타는 눈도 깜빡하지 않았어요.

"일찍 눈을 뜬 편인 것 같긴 해. 첫 경험은 중학교 마지막 학년 때. 석 달 정도 만났어. 고등학교 올라와서 살리마라는 여자애한테 반했는데 지금은 우리 학교에 안 다녀. 2월부터 6월까지 만났고 살리마는 미국으로 떠났지."

"많이 힘들었어?"

저는 크게 커브를 돌았고 교외를 벗어나 도심으로 들어서고 있었어요. 플라타너스들이 노랗게 물들어 가고 차들이 평행 주차되어 있는 가로수길을 따라갔어요.

"응, 심장이 갈래갈래 찢어지는 것 같았지. 친구들이 많이 위로해 줬어. 너는?"

"나?"

"그래, 너 말고 누가 있어. 나, 바람하고 얘기하냐?"

리타는 나에게 기댄 채 몸을 흔들면서 웃었어요.

"뭐가 있어야지."

저는 속도를 내어 자전거 전용 도로로 들어섰고 화물용 자전거 한 대를 추월하면서 도심으로 질주했어요. 상점 진열창에는 아직도 할로윈 호박과 거미 장식이 남아 있었지만, 길모퉁이에서는 크레인 한 대가 건물 외벽에 크리스마스 장식을 하는 작업부들을 실어 올리고 있었어요.

"무슨 뜻이야?"

"키스만 몇 번 해 봤어. 그게 다야."

고등학교 졸업반 남자애한테 이런 고백을 하는 건 보통 용기가 필요한 게 아니라고요. 저는 자전거 주차장에 도착했어요.

"여기 둬야겠다."

저는 리타가 내리기를 기다렸다가 뒤이어 내렸어요. 잠금장치를 채우느라 고개를 숙이고 있는데 리타가 옆에서 속삭였어요.

"왜 아무 말도 안 해?"

저는 벌떡 몸을 일으켰어요. 리타는 똑바로 서 있었어요. 저 멀리 유리창에 반사된 햇빛을 받아 그 애의 얼굴에서 금빛이 흘러넘쳤어요.

"멋지고 재치 있는 대답을 찾고 있었는데, 못 찾겠어. 각자 자기 속도가 있는 거고, 이건 경쟁이 아니잖아. 누가 신경이나 쓰겠어….

다 진심인데, 막상 말로 하면 그냥 평범하게 들려." 제가 중얼거렸어요.

저는 다시 허리를 숙이고 자전거 잠금장치를 마저 채운 후 일어났어요. 저는 리타를 서두르게 만들고 싶지 않았어요. 분위기를 이용해 뭔가를 얻으려는 것처럼 보이는 것도 싫었고요. 하지만 그 애가 먼저 저에게 다가왔어요. 리타가 저에게 가만히 기댔고 우리의 입술이 닿았어요. 제가 상상했던 그대로의, 아니 그보다 더 감미로운 입맞춤이었어요.

저는 리타를 끌어안았고 우리의 혀는 부드러운 눈밭에 구르는 두 사람처럼 뒤엉켰어요. 누군가와 처음 입을 맞춘다는 것은 절대로 사소한 일이 아니죠. 그 순간, 이미 알고 있었어요. 리듬감과 부드러운 감각이 느껴지고 머릿속엔 벌써 그다음 장면이 그려지고 있었죠. 서로 맞닿을 두 몸, 그 시작을 리타와 함께하고 있다는 게 너무나 확실했어요. 제 손가락이 리타의 등, 근육, 엉덩이의 곡선을 타고 내려갔고 엉덩이에서 그 애의 손바닥이 느껴졌어요. 저는 미소를 지었어요.

제 손을 잡고 도시의 복잡한 거리로 끌어당긴 것도 리타였어요.

우리는 두 시간 정도 돌아다녔어요.

하늘은 평소보다 더 환했고 팽송 카페의 핫초코도 유난히 더 맛있었어요.

저는 리타를 바라보면서 연신 미소를 지었어요. 우리는 매 순간 서로의 입술을, 옷으로 차단된 서로의 몸을 탐했어요.

그날이 자주 생각나요.

아무것도 몰랐던, 아름답고 순수한 시간이었죠.

티무르

00 : 16 : 00

비고가 토요일 저녁 헝클어진 머리로 우리 집에 들이닥쳤을 때 저는 바로 알았어요. 화장실에서 신을 만난 사람처럼 넋이 나가 있더라고요. 녀석이 소파에 냅다 몸을 던지자 풀썩 소리가 났어요.
 "토요일에 일하는 거 아니었어?" 제가 미심쩍은 목소리로 물었어요.
 "일하고 왔어." 비고가 당당하게 말했어요.
 "뻥 치지 마."
 "뻥?"
 헐, 제가 속을 줄 알았나 봐요!
 "됐다, 이 자식아, 리타 만났냐?"
 그때 비고의 얼굴을 직접 보셨다면 좋았을 거예요. 당황한 앵무새 같은 표정이었거든요. 그 자식이 계속 무슨 말인지 모르는 척하기에 확인 사살을 해 줬지요.

티무르

"리타랑 사귀잖아. 얼마나 됐냐?"

비고가 배를 잡고 웃더니 예쁜 여자를 발견한 불량배처럼 휘파람을 불었어요.

"누가 알려 줬어?"

"알려 주긴 누가 알려 줘, 이 의리 없는 놈아. 언제까지 숨기려고 했냐?"

"진정해. 어제부터 1일이야. 당분간은 비밀로 하고 싶었고. 그리고 오늘 진짜 컵케이크 가게에서 온종일 일했어. 일할 때 얼마나 바쁜지 알잖아. 일 끝나고 바로 너네 집으로 온 거야."

"우리 엄마가 오늘 인도 요리를 만들기 때문에 왔겠지."

그 순간, 비고의 얼굴에서 웃음기가 싹 사라졌어요.

"너 진짜 내가 밥 먹으러 여기 온다고 생각하냐?"

"얄미워서 '응'이라고 하고 싶지만 어차피 거짓말이라는 거 알잖아."

그래도 비고의 표정은 풀리지 않았어요.

"언제부터야? 리타 맞지?" 저는 분위기를 풀려고 괜히 건들거렸어요.

"나 밥 먹으러 너희 집 오는 거 아니야."

비고가 그렇게 말하고는 벌떡 일어났어요. 저는 얼른 그 녀석 앞을 가로막았죠.

"장난이었어. 미안해. 용서해 주라."

비고는 화나고 격앙된 모습이었어요. 저는 얼른 다시 사과를 했어요.

"용서해 줘. 내가 비겁하고 못나게 굴었어."

비고는 제 말에 정말로 상처를 입었고, 저는 윤활유를 부어서 상황을 매끄럽게 할 수만 있다면 그러고 싶었어요. 비고가 제 삶에서 사라진다면 전 정말 슬플 거예요. 우리집 지하는 어느 정도는 걔의 공간이기도 해요. 제가 새벽 3시에 전화를 걸어도 비고는 받을 거예요. 걔가 저한테 전화를 해도 마찬가지고요.

"제발 한 번만 봐주라. 네 마음을 풀 수 있다면 뭐라도 할게." 저는 다시 매달렸어요.

비고는 소파로 돌아와 앉더니 두 손으로 머리를 감쌌어요. 저도 소파에 풀썩 주저앉았어요. 머리 한쪽으로는 안도의 한숨을 내쉬고 방정맞은 입은 꾹 닫았지요.

"금요일에 늦잠을 자고 일어났는데 리타한테서 메시지가 와 있더라고. 시간이 된다고. 그래서 만났고…. 그렇게 됐어. 그게 다야."

저는 덤덤하게 미소를 지었어요.

"잘됐네. 질투하는 마음이 조금도 없다면 거짓말이지만 난 어차피 기회가 없었어. 네가 없었다고 해도 마찬가지였을 거야."

"쓸 데 없는 소리 하지 마라."

그 순간, 보이지 않는 손이 스위치를 누르기라도 한 것처럼 심장이 미친 듯이 뛰기 시작했어요. 지금 말하지 않으면 영영 말하지 못

할 것 같았죠.

"어쨌거나." 제가 중얼거렸죠. "나 좀 이상한 것 같아."

비고가 눈썹을 찡그리고 저를 쳐다보았어요.

"이상하다고?" 비고가 물었어요.

"너 이상하지 않아."

"이상한 거 맞아."

"아니라니까."

저는 소파 팔걸이를 손가락으로 꽉 쥐었어요. 아무렇지 않은 척 했지만 뒷문에 박힌 못처럼 뻣뻣하게 굳어 있었지요.

"너, 내가 발레아레스에 다녀온 얘기 안 물어보더라?"

제 목소리가 갈라져서 나왔지만 비고는 신경 쓰지 않았어요.

"맞아. 태양, 바다, 해변, 야자수, 뷔페, 5성급 호텔을 상상해 보긴 했지만… 뭔가 근사한 일이 있었다면 네가 말했겠지." 비고가 천천히 말했어요.

"전혀 근사하지 않은 일이 일어났다면?"

비고가 한참 제 얼굴을 쳐다봤어요. 그 순간이 영원처럼 길게 느껴졌지요.

"뭔가 안 좋은 일이 있었던 거야?" 비고가 물었어요.

"응."

비고가 팔꿈치를 무릎에 괴고 심각한 표정을 지었어요.

"무슨 일인데?"

저는 벌써 후회가 되기 시작했어요.

더 이상 아무 얘기도 하고 싶지 않았어요. 저는 갑자기 멍청이가 된 것처럼 멍하니 허공만 보고 있었어요. 비고는 똑같은 자세로 제가 입 열기를 기다리고 있었고요. 그렇게 몇 분이나 침묵이 이어졌어요. 들리는 거라고는 우리 두 사람의 숨소리뿐이었는데 겁에 질린 거친 숨소리가 제 것이었죠. 비고는 꿈쩍도 하지 않고 제가 하는 말을 들으려고 기다렸어요.

"호텔, 해변, 야자수는 네 상상과 다르지 않을 거야."

"그래."

"수영장도 있었어."

저는 침을 꿀꺽 삼켰어요.

"오전은 바다에 들어가기에 좀 추워서 수영장에서 놀았지. 온수 풀이었거든."

저는 친환경 어쩌고저쩌고 하는 얘기가 나올 것으로 기대했지만 비고는 아무 말도 하지 않았어요.

"엄마 아빠가 일이 있을 때는 내가 아일린을 수영장에 데려갔어."

"잘했네."

"아침 먹고 나서 한동안은 수영장에 사람이 거의 없어서 좋거든. 나 방학 때도 일찍 일어나는 거 알지?"

"너희 아빠가 널 일찍 깨우니까."

"그래. 아무튼, 아침에 아일린을 수영장에 데려갔어. 흐린 날이어서 바로 물에 들어갔지. 안개 끼고 날씨가 스산할 때는 밖에 앉아 있는 것보다 물에 들어가는 게 따뜻하거든. 아일린은 수영을 잘해. 아일린이 강낭콩 모양 수영장에서 둥둥 떠 가는 악어 모양 튜브를 따라가는 동안 나는 한 번씩 걔를 살펴봤어. 나는 수영장 가장자리에 앉아서 물장구를 치고 있었지. 물이 잔잔하게 흔들렸어. 인피니티 풀이어서 바다가 수평선까지 한눈에 들어오는 게 참 멋있었어. 몇 시간이고 그러고 있고 싶었지. 그때 한 남자가 수영장에 나타났어. 아마 우리 또래, 기껏해야 한두 살 위였을 거야. 몸이 그리스 조각상 같더라."

비고는 고개를 끄덕였어요. 빠져나갈 구멍은 없었죠. 비고가 제 다음 말이 이어지기를 기다리고 있었으니까요.

"그 남자가 수영장을 돌아보더니 내 맞은편에 있는 계단을 따라 물속으로 내려갔어. 내 시선은 그를 좇았지. 그리고…."

저는 다시 한번 침을 삼켰어요.

"그는 물에 들어갔어. 백인이었고 피부가 생기 도는 베이지색 주방 타일처럼 매끈했지…. 그 사람이 자기 목에 물을 끼얹고 머리칼을 적시면서 자기 가슴과 어깨를 어루만졌어. 그런데… 내가… 음, 물건이 서 버린 거야."

갑자기 시간이 팬티 고무줄처럼 늘어난 것 같았어요.

"네 물건이 섰다…." 비고가 여전히 심각한 얼굴로 말했어요.

"응." 저는 가볍게 떨고 있었어요.

"그리스 조각상 같은 남자가 물에 들어가는 모습을 봤기 때문에."

"응."

"알았어, 그래서 어떻게 됐는데?"

"어떻게 되다니?"

"그래, 전혀 근사하지 않은 일이 일어났다고 했잖아. 말해 봐!"

저는 비고의 반응이 이해가 가지 않아 눈을 끔뻑거렸어요.

"이거야말로 전혀 근사하지 않은 일이잖아!"

비고가 마침내 자세를 풀고 뒤로 벌러덩 누웠어요. 한쪽 눈에는 장난기가 어려 있었지만 다른 쪽 눈은 걱정하는 듯 보이기도 했죠.

"티무르, 너 약 먹었냐? 지금 10분째 말도 안 되는 소리만 늘어놓고 있어."

"아냐!" 제가 발끈했어요.

제 턱이 위태롭게 부들부들 떨리기 시작했어요.

비고의 말투가 조금 누그러졌어요.

"티무르, 너 지금 남자한테 끌린다는 말을 하는 거잖아?"

"그래서 무섭다고."

"발레아레스 여행 중에 수영장에서 깨달았고?"

"응."

"아니, 그럼 잘됐지, 바보야!"

티무르

저는 비고가 귀 뒤의 지퍼를 열고 형광색 거품을 주르르 흘리는 거대한 불가사리 같은 본모습을 드러내기라도 한 듯 녀석을 쳐다보았어요.

"잘됐다고?"

"완전!"

비고가 몸을 일으키고는 제 등을 툭툭 두드렸어요.

"넌 무수한 가능성이 숨어 있는 신대륙을 발견한 거야."

"신대륙…."

"그래! 너 자신이 어떤 사람인지 알게 됐잖아. 좋은 일이지! 그전엔 전혀 몰랐어?"

"몰랐어. 음, 꿈에서는 알았나. 사실, 남자들이 나오는 꿈을 되게 많이 꾸거든. 하지만 진지하게 생각하지 않으려고 했지. 그런데 그건 왜 물어? 너는 알고 있었어?"

"아니. 근데 그건 나쁜 일이 아니야. 네가 자신을 발견하고 있다는 거니까 좋은 소식이지!"

비고가 활짝 웃었어요.

"난 불안해 미칠 것 같아. 엄마 아빠는 절대로 알면 안 돼! 알게 되는 순간 끝장이야. 엄마는 이미 아내와 두 아이가 있고 양복 입고 출근하는 내 미래를 상상하고 있다고."

"난 말 안 해. 근데 네가 준비가 되면 네 입으로 털어놓고 싶어질지도?"

저는 두 손으로 얼굴을 감싸다가 벌떡 일어났어요.

"난 요즘 그때 일만 생각해. 그 후에도 비슷한 현상이 있었고…. 학교 애들이 알면 뭐라고 할까?"

"진정해. 목에 플래카드 달고 다닐 필요는 없어. 너도 애들이 나쁘게 말하진 않을 거라는 거 알잖아?"

"그럼, 너는? 앞으로도 여기 자러 올 수 있어?"

비고가 제 옆에 웅크리고 앉았어요.

"내가 왜 못 오는데?"

"몰라…."

비고가 나에게 몸을 기울이더니 덥석 끌어안았어요. 그러고는 몸을 다시 일으킨 후 웃으면서 말했지요.

"난 좋은데? 영원히 모르고 사는 것보다는 늦게라도 아는 게 낫지! 음, 근데 너 역사 숙제 했냐?"

저는 여전히 얼떨떨해 있었어요.

아, 제가 리타와 상관도 없는 얘기를 또 길게 늘어놓는다고 생각하시죠? 얘가 점점 더 딴소리가 길어진다, 친구들에게 돌아가야 할 스포트라이트를 가로챈다, 리타와 비고가 비밀리에 사귄다는 사실을 알고도 자기 물건 선 얘기로 화제를 바꾼다고 생각하실 수 있어요. 하지만 전 오히려 이게 핵심이라고 봐요. 리타는 비고, 비고는 리타예요. 이걸 이해하지 못하면 수박 겉핥기밖에 안 돼요. 그런데 제가 한 이야기들을 떠올려 보시면, 비고는 정말 포용력 있고 생각이 깊은 친구예요.

비고가 리타에게 왜 그렇게 반응했는지는 정말 모르겠어요.

하지만 그건 나중에 일어난 일이죠.

2주간의 방학이 쏜살같이 지나가고, 월요일 아침 학교에서 친구들을 만났어요. 로만은 보기 좋게 그을려 있었고, 소프는 식당 화장실에서 미끄러져 넘어졌다면서 팔에 깁스를 하고 왔더라고요. 리타와 비고는 평소와 비슷했어요. 걔들이 따로 숨어 다니거나 그런 건 아니지만 튀지도 않았죠. 리타는 여전히 로만과 점심을 먹었지만 가끔 비고와 학교 밖으로 나가기도 했어요. 날씨가 좋으면 다들 야외에서 점심을 먹었어요. 그럴 때는 학교 정원이나 맞은편 광장에 샌드위치와 비닐장갑을 들고 나갔죠. 리타와 비고는 옆자리에 앉거나 서로 바라보기는 했어도 찰싹 달라붙어 쪽쪽 물고 빠는 애들은 아니었어요.

걔들이 서로 볼 시간이 별로 없다는 건 알고 있었어요. 리타는 동생들을 봐야 했고 비고는 주말 내내 컵케이크 가게에 매여 있었으니까요. 그리고 비고가 절대 포기할 수 없는 클라이밍도 해야 했고요.

두꺼운 양말을 신지 않으면 발이 시려운 11월을 지나고 있었어요. 그땐 몰랐어요. 우리가 그렇게도 지겹다고 불평한 일상이 얼마나 그리워질지. 평가, 과제, 소프가 깁스한 팔로 기타를 치겠다고 했던 잊지 못할 파티, 늦게까지 게임을 하다가 바닥에 쓰러져 잠든 밤. 우린 그저 순진하게, 아무것도 알지도 못한 채, 서서히 끔찍한 상황으로 달려가고 있었어요.

11월 말에 비고가 리타 생일이 12월 4일이라고 알려 줬어요. 그날 아침 비고, 로만, 레나, 오스카, 소프, 에메마리, 그리고 저는 10분 일찍 모여서 상점에서 사 온 사과파이에 노란색, 흰색 초를 꽂았어요. 리타가 모퉁이를 돌아 학교에 도착하기 직전, 우리는 촛불 켠 사과파이를 들고 밭에 심은 시금치처럼 줄을 맞춰 서 있었죠. 아, 그러다 소프의 점퍼에 불이 붙을 뻔했었어요. 우리는 "생일 축하해!"라고 외치고 생일 축하 노래를 불렀어요. 옆에 있던 다른 애들도 함께 노래를 불러 줬는데, 진짜 감동이었죠. 리타는 웃으면서 쑥스러워 얼굴을 가리다가 촛불을 껐어요. 리타는 선물로 책을 많이 받았고 로만은 새 모양 펜던트가 달린 목걸이를 선물했어요. 비고는 그때 선물을 주지 않았어요. 걔네 둘은 그때까지 밤을 함께 보낸 적이 없었죠. 리타네 엄마가 퇴근 시간이 점점 늦어져서 쌍둥이들은 이미 베개에 침을 흘리며 자고 있을 때가 많았다나 봐요. 아, 리타는 그런 얘기를 전혀 안 했어요. 비고에게 들어서 아는 거죠.

둘 다 집으로 초대할 생각은 못 했던 것 같아요. 암묵적 합의라고나 할까요. 제 생각에, 서로 그렇게까지 어렵게 생각하지 않았어도 괜찮았을 거예요. 리타가 비고에게 자기네 집으로 오라고 했으면 비고는 편하게 받아들였을 거예요. 걔네 집이 초라해도, 소위

'열악한' 환경이 표가 났더라도 신경 쓰지 않았을 거라고요. 사실 우리 고등학교 애들은 그럭저럭 잘사는 편이에요. 닳아빠진 신발 창이나 소맷단을 어떤 눈으로 바라보는지 저도 알거든요? 누구 배에서 꼬르륵 소리가 나면 깔깔 웃기나 하죠. 무엇보다, 돈이 없어서 어떻게든 벌어야 하는 애들은 무시당하기 십상이죠. 저도 안다고요! 지금에야 이렇게 말할 수 있지만, 당시에는 저도, 로만도, 비고조차 리타가 어떤 길을 걸어 왔고 어디로 가고 있는지 전혀 몰랐어요. 여러 번 말하지만 비고는 자기도 어렵게 사는 처지이고 생각이 있는 녀석이기 때문에 그런 건 상관하지 않았을 거예요. 아, 저한테 설교할 생각이라면 이만 꺼질게요. 작가님이야 별 감정 없겠지만 우린 이 악몽을 직접 겪었거든요. 우리한테는 남의 일이 아니라고요. 우리는 그 지옥을 직접 겪었어요. 아직도 그 안에 있어요. 벌써… 7개월이나 지났는데도요.

계속 들으실 거예요? 이번엔 제가 딴소리한 거 아니니 그건 알아두셨으면 좋겠네요.

그래도 다행히 12월 4일에 리타와 비고는 점심을 함께 먹었어요. 리타는 두 시간이 비었고 비고는 두 시간 반 여유가 있었거든요. 네, 샌드위치 말고 제대로 된 식당에 가서요.

저녁에 리타는 긴 다리로 성큼성큼 뛰어나왔어요. 제가 훔쳐본 게 아니라 걔는 다리가 엄청나게 길어요. 전 사실만 말해요. 그날 학교 끝나고 비고를 30분쯤 기다렸어요. 12월치고는 날씨가 좋았어요. 저는 창살문에 기대어 기다리다가 비고가 나오자마자 아무 말 없이 그 애의 자전거 쪽으로 함께 걸어갔어요.

"괜찮아?" 저는 비고가 자전거 잠금장치를 푸는 동안 물었어요.

"응, 그런데 리타가 예민한 것 같아."

"엄마 때문인가?"

우리는 자전거 한 대를 같이 타고 배를 가른 생선의 내장처럼 쏟아져 나오는 고교생 무리에서 멀리 벗어났어요.

"엄마, 동생들… 집안 문제로 힘들어하는 것 같은데 나도 자세히는 몰라." 비고가 내뱉듯 말했어요. "반에서는 어때? 수업은 잘 따라가?"

비고의 질문이 의외라서 저는 잠시 생각에 잠겼어요.

"응, 그런 것 같아. 잘 안 봤었는데, 앞으로 눈여겨볼게."

우리는 10분 정도 자전거를 같이 타고 가다가 헤어졌어요. 저는 매일 걸어 다니는 9분 거리를 걷기가 싫어서 버스를 탔죠. 비고는 사람들로 가득 찬 오후 끝자락의 거리 저편으로 사라졌어요.

진열창마다 크리스마스 장식이 빛나고 있었고, 저는 리타에 대해서 다시 생각해 봤어요. 반에서 특별히 눈에 띄는 점은 없었어요. 비고가 과하게 걱정했던 걸까요? 비고는 오히려 매사에 과장이 없고 이성적인 타입이에요. 왜 그렇게 만나기가 힘든지 이해하려다 보니 그렇게 생각했을 수도 있고요.

다음 날 저녁, 비고가 예고도 없이 리타를 데리고 우리 집 지하로 들이닥쳤어요. 리허설을 하기로 되어 있었기 때문에 소프도 와 있었죠. 우리는 좀 놀랐어요. 가망 없지만 연주를 끊지 못하는 이 음악인들의 성소에 다른 사람이 들어온 건 처음이거든요. 특히 여자애는.

비고의 일이 끝날 즈음 리타가 컵케이크 가게로 찾아왔대요.

저는 리타에게 저녁도 같이 먹고 우리 연주도 듣고 가라고 했지만 그 애는 웃으면서 거절했어요. 20분쯤 있다가 비고는 리타를 배웅한다고 함께 나갔어요. 잠시 후, 비고가 완전 기운이 빠져서 돌아왔어요.

"괜찮냐?"

소프도 걱정하는 눈치였어요.

"응, 괜찮아."

비고는 그냥 넘어가려 했지만 우리 눈을 속일 순 없었죠.

"다 말해 봐."

"응?"

"얼굴 좀 봐라." 저는 손거울을 내밀었어요. "우리 앞에서 쿨한 척 하지 마."

"미안."

비고는 바람 빠진 풍선처럼 소파에 축 늘어졌어요.

"걱정 돼."

"리타 때문에? 아니면, 네 문제야?"

소프는 종이 쪼가리를 세 번 접어서 손톱 밑을 파기 시작했어요. 하지만 귀는 비고에게 기울이고 있었죠.

"리타 때문에. 너무 힘들어 보여. 공부할 때도 만화영화를 틀어 놓고 쌍둥이들을 돌봐야 한대. 어쩌다 한 시간 빼서 얼굴만 겨우 보고 가고. 로만도 걱정된대."

"우리가 뭘 할 수 있을까?" 제가 말했어요.

"몰라. 진짜 아무것도 모르겠어."

그날 저녁, 리허설을 한다고 했지만 마음은 딴 데 가 있었어요. 깁스를 푼 소프가 음정을 안 틀린 것만 봐도 얼마나 평소 같지 않았는지 아시겠지요. 비고는 상태가 최악이었어요. 베이스를 치는 손가락이 치즈처럼 흐물흐물했고 몇 번이나 박자를 놓쳐서 핀잔을 듣고도 순순히 미안하다고 했어요. 평소 같으면 "닥쳐!" "네 드럼이나 똑바로 쳐!" "노래도 할 줄 모르는 놈한테 무슨 신호를 주냐?"라고 맞받아쳤을 거예요. 소프와 저는 비고가 리타에게 미쳐 있고 녀석의 심장이 무너져 내릴 지경이라는 걸 알았어요.

네, 전에도 비고가 연애하는 건 봤어요. 걔는 늘 여자에게 잘했어요. 문자로 이별 통보를 하는 애도 아니고요. 좋아한다고 해서 집착하는 스타일도 아니고, 조용히 잘 챙겨요. 자기다움을 잃지 않으면서요.

비고는 그런 아이예요. 그러니 리타가 지하 아지트에 잠깐 있다가 떠나 버렸을 때 비고의 마음이 얼마나 무너졌을지 짐작이 가죠.

티무르

비고가 불행했다고 생각하진 않아요. 그보다는 리타를 돕지 못해 슬프고 불안해 보였어요.

그래서 비고가 크리스마스에 텐트를 빌려 달라고 했을 때 저는 바로 알았다고 했어요. 비고는 에어매트 두 장과 침낭도 가져갔어요. 그 물건들을 자기 자전거에 잔뜩 싣고 어둠 속으로 사라졌죠.

비고

00 : 25 : 30

● REC

크리스마스 방학 직전까지 긴장은 계속됐어요. 리타는 저한테 자세한 얘기를 하지 않았지만 걱정이 많아 보였어요. 걔네 엄마의 직장생활이 지옥 같다는 건 알았지만 구체적으로는 아무것도 몰랐죠. 리타는 아슬아슬하게 외줄을 타고 있었지만 저는 아무것도 묻지 않았어요. 제가 꼬치꼬치 물으면 리타가 엇나가거나 상처받은 새처럼 날아가거나 모두를 밀어낼까 봐 두려웠거든요. 그 애를 잃을까 봐 두려웠어요. 저라도 시간적인 여유가 있었으면 좋았을 텐데, 아빠가 또 야간 경비 일에서 잘려서—그래도 2주 반은 버텼네요—컵케이크 가게에서 버는 얼마 안 되는 돈이 너무 귀했어요. 아무도 아빠를 고용하려 하지 않았기 때문에 직업소개소도 이제 포기한 것 같았어요. 아빠는 다시 술집을 드나들기 시작했고요. 저는 방과 후에 눈이 충혈되고 술 냄새가 진동하는 아빠를 데리고 와야 했어요. 방학이 두려웠지만 이 정도일 줄이야! 아침에 일어나면 토사물을 치우거나 아빠가 조준에 실패한 변기를 청소하는 것으로 하루를 시작했어요.

엄마가 돌아가신 후로 우리 집에는 크리스마스트리가 없었어요. 수백만 가정이 손꼽아 기다리는 크리스마스, 꼬마전구, 리스가 저에게는 허락되지 않았어요. 크리스마스 장식은 제 공허함과 그리움을 건드려요. 한번은 트리 대신 꼬마전구 줄을 사서 걸어 놨어요. 아빠가 거기에 발이 걸려서 몽땅 치워 버렸지만요.

엄마가 돌아가신 후로 아빠는 길을 잃었고 정신을 차리지 못했어요. 사실 우리 아빠는 이 이야기와 상관이 없겠지만요.

리타와는 메일이나 메시지를 자주 주고받았어요. 음, 정확히 어떤 이야기였는지 말하긴 어렵고, 솔직히는 말하고 싶지 않아요. 사랑하는 사람들끼리 나누는 평범한 이야기, 고백, 시시콜콜한 이야기들…. 가끔 노래나 사진도 보냈어요.

암튼 그랬어요.

12월 24일이 되었고 저는 컵케이크 가게에서 오후 6시까지 일했어요. 파티아는 출산한 지 한 달밖에 안 됐지만 멋진 케이크들을 많이 만들어 놨어요. 초콜릿으로 만든 호랑가시나무 나뭇잎과 열매 모양 갱엿으로 장식된 색색의 통나무 모양 케이크, 크리스마스트리, 별, 산타 할머니 모양의 귀여운 케이크도 있었어요. 가게에 계피와 오렌지 마멀레이드 냄새가 풍겼고, 마치 영화 속에 들어와 있는 기분이 들었어요. 파티아는 그날 카운터를 봤어요. 갓 태어난 아기 사미라는 남편이 봐주고 있었죠. 파티아가 자기네 식구와 크리스마스이브 만찬을 같이 하자고 했어요. 티무르도 강낭콩 모양 수영장이 있는 새로운 휴양지로 떠나기 전에 가족끼리 크리스마스 파티를 할 건데 걔네 엄마가 저도 오라고 했대요. 고마웠지만 저는 거절했어요.

그 대신, 팔고 남은 컵케이크와 치즈케이크 세 조각은 기쁘게 받았어요. 제가 케이크로 불룩해진 배낭을 메고 나가려는데 파티아가 상자 하나를 내밀었어요.

"집에 가서 열어 봐!"

저는 가게를 나와 자전거를 타기 전에 상자를 열었어요. 그리고 목도리와 모자를 쓴 가족들 사이로 반짝이는 전구들이 수놓은 길 한복판에서 울 뻔했어요. 파티아는 제가 자전거 탈 때 안전하게 음악을 들을 수 있는, 고가의 최신형 헤드셋을 선물해 줬어요. 학교에서 한창 유행이었고, 저는 꿈도 꿔 본 적 없던 물건이었죠.

저는 헬멧을 잘 정리해서 집어넣고 자전거에 올라탔어요. 컵케이크 가게 앞으로 다시 지나가는데 아직 불이 켜져 있더라고요. 저는 고함을 질렀어요.

"파티아, 사랑해요!"

사람들이 웃으면서 저를 쳐다봤어요. 제 눈에는 눈물이 그렁그렁했어요.

귀가 떨어질 것처럼 추워서 미친 듯이 페달을 밟아 집으로 돌아온 후 이미 자기 발로 서지도 못하는 아빠를 데리러 나갔어요. 술집 매니저가 저한테 외상 장부를 내밀었지만 전 욕을 퍼붓고는 아빠를 집까지 끌고 왔어요.

거의 모든 국민이 꼬마전구 아래서 핑거푸드와 샴페인으로 배를 채우고 있다는 걸 알면서 집에 혼자 있는 기분은 참 묘하더라고요.

당연히 리타 생각이 났어요.

저는 아빠를 침대에 눕혔어요.

먼지가 잔뜩 묻은 식탁보를 꺼내 깔고, 컵케이크들을 접시에 담았어요. 잠시 의자에 앉아 만약 엄마가 돌아가시지 않았다면 지금 어떻게 살고 있을까 생각했어요. 그래 봤자 더 잘살고 있지 않겠지만 적어도 집안 꼴이 이 모양은 아닐 거예요. 벽에 금이 가고, 칠이 다 벗겨지고, 구석구석 이렇게까지 지저분하지는 않을 거라고요.

저녁 8시 30분쯤이었을 거예요. 리타는 와플을 굽고 있다고 했고, 다음 날 저녁에는 만날 수 있다고 했어요.

12월 25일.

그래서 저는 미친 제안을 던졌죠.

"우리 숲에서 잘래? 지상낙원 어때?"

리타는 그러자고 했어요.

저는 바로 티무르에게 전화를 걸었어요. 티무르가 아침 일찍 비행기를 타야 해서 서둘러야 했어요. 아침 6시에 일어나 씻지도 않은 채 티무르네로 달려갔어요. 간밤의 성대한 파티 후 잠들어 있는 집들을 바라보면서 어둠 속에서 페달을 밟는 기분은 황홀했어요. 가끔 그런 순간들이 있죠. 나와 세상이 완전히 어긋나 있는데 그것이 아름답게 느껴지고 세상의 흐름을 거슬러 사는 것도 괜찮다고 느낄 때, 왠지 기운이 나요.

저는 텐트와 캠핑 장비를 자전거에 싣고 쏜살같이 집으로 돌아왔어요. 휘파람을 불면서 가방을 쌌어요. 아빠가 침대에 실례를 해서 이불을 전부 빨아야 했는데도 기분이 좋았어요. 아빠에게 오늘 저녁에는 집에 안 들어온다고 말했어요. 아빠가 늘 가는 술집이 쉬니까 술을 못 마실 거예요. 크리스마스에는 마트도 문을 닫으니까 술을 사 올 수 없을 테고 주방 수납장에도 맥주가 남아 있지 않았어요. 덕분에 마음이 좀 놓였지요. 저는 아빠에게 치즈케이크가 남아 있다고 알려 주고 다시 잠자리에 들었어요.

오후 4시쯤 약속 장소로 알려 준 버스정류장으로 리타를 데리러 갔어요. 우리 집에서 15분 거리에 큰 숲이 있는데 거기로 갈 생각이었어요. 어릴 적엔 엄마랑 자주 산책을 나갔고, 자전거 타는 법도 거기서 배웠고, 가을마다 버섯을 따러 가기도 했기 때문에 저에겐 익숙한 숲이에요.

버스가 속도를 늦추며 다가올 때 김 서린 차창 너머로 리타의 얼굴이 보였어요. 저는 리타를 무사히 보내 준 온 우주에 감사했어요. 리타는 연분홍색 외투를 입고 제가 선물한 모자를 쓰고 있었죠. 리타가 버스에서 내리면서 저를 향해 미소 지었어요. 저는 그녀의 손을 잡았고, 우린 사람들의 시선과 호기심, 그리고 세상으로부터 멀어지기 시작했어요.

"괜찮아?" 낮은 집들이 묵주알처럼 줄지어 선 골목을 지나면서 리타에게 물었어요.

"지금은 괜찮아." 리타가 대답했어요.

저는 그때도 아무것도 묻지 않았는데 그게 후회돼요. 물어볼 걸 그랬어요. 정말 그랬어야 했는데. 걔네 엄마가 바로 전날 그 염병할 마트에서 해고당한 걸 알았더라면…. 제가 뭘 할 수 있었을지는 모르지만 그래도 알았어야 했어요. 근데 리타도 그때 그 사실을 알고 있었는지 그것도 잘 모르겠어요.

"따뜻한 옷 가져왔지?" 저는 그렇게만 물었어요.

"응."

저는 몸을 기울여 리타에게 키스했어요. 무거운 짐을 메고 있어서 껴안을 수는 없었지만, 리타는 제 손가락을 자기 손가락 사이에 끼우더니, 자기 쪽으로 끌어당겼어요. 저는 그녀의 입술, 눈, 머리카락과 목에서 풍기는 향기에 빠져들었어요.

자동차가 경적을 울려서 우리는 웃으면서 떨어졌어요. 그러고는 슬슬 달아나기 시작하는 희끄무레한 햇빛 아래서 천천히 발걸음을 옮겼지요.

숲에 들어가 1킬로미터쯤 걷는 동안 산책 나온 가족들, 산악자전거를 많이 마주쳤어요. 하지만 어둠이 내려앉으면서 얼마 안 가 인적이 거의 사라졌어요. 저는 헤드 랜턴을 켰고 우리는 오솔길로 들어섰어요. 아빠가 전기요금을 못 낼 때 저에게 큰 힘이 되어 준 친구지요. 충전식이라서 학교에서 꽂아 뒀다가 밤에 잘 썼어요.

더 이상 사람의 목소리는 들리지 않았어요. 규칙적으로 들리는 소리라고는 우리가 카펫처럼 깔린 낙엽을 밟는 소리뿐이었지요. 우리는 검은 수면이 다른 세계로 통하는 문 같은 늪을 빙 둘러 가다가 점점 더 깊은 어둠 속으로 수백 미터를 내리 걸었어요. 그리고 마침내 제가 찾던 빈터에 도착했어요. 사방이 가시덤불로 둘러싸인 동그란 빈터를 폭이 50센티미터쯤 되는 좁은 오솔길이 가로지르고 있었어요.

저는 배낭을 내리고 텐트를 꺼냈어요. 설치가 쉬운 텐트였지만 말뚝 몇 개는 박아서 고정해야 했어요. 리타가 옆에서 거들어 주었어요.

"동물이 있을까?" 제가 땅을 고르는 동안에 리타가 발로 말뚝을 박으면서 물었어요.

"많지. 멧돼지, 다람쥐, 여우… 운 좋으면 사슴도 볼 수 있어."

리타가 미소를 지었어요.

텐트는 2인용이었어요. 우리는 안으로 들어가 에어매트에 바람을 넣고 그 위에 침낭을 깔았어요.

"짜잔! 어때? 괜찮아?"

"이 정도면 궁전이네." 리타가 웃었어요. 그러고는 잠시 후 물었지요. "화장실은 있어?"

"물론이지!"

저는 배낭에서 두루마리 화장지를 꺼내 내밀었어요. 헤드 랜턴도 줬고요.

"난 텐트 안에 있을게. 너무 멀리 가지는 마, 알았지?"

리타는 텐트 지퍼를 열고 나갔고 저는 그 애의 발소리가 점점 멀어지는 것을 들었어요. 그사이 티무르에게 다시 한번 고맙다는 문자를 보냈지요. 티무르는 햇살이 지평선에 부서져 내리는 여행지에 잘 도착해 있었어요.

5분쯤 지났을 때 리타가 저를 불렀어요. 고함은 아니고, 약간 숨죽인 비명 같은 소리로요. 밖에 나가 봤더니 리타가 헤드 랜턴을 끄고 오솔길 건너편에 서 있었어요. 달이 크게 떠 있었고 헐벗은 나무들 사이로 비치는 달빛 때문에 그 애 얼굴이 빛나는 것처럼 보였어요.

"괜찮아?" 리타에게 다가가면서 속삭였어요.

"뭔가 있었어! 쪼그려 앉아 오줌을 누는데 뭐가 스윽 지나갔어!"

"몸집이 컸어?"

"약간. 워낙 빨리 지나가서 잘 못 봤어. 나 때문에 겁을 먹은 것 같아서 랜턴을 껐지."

저는 리타의 손을 잡았어요.

"춥지 않아?"

"괜찮아."

"헤드 랜턴 꺼 봐."

저는 손으로 불빛을 가린 채 리타를 이끌고 쓰러진 나무 쪽으로 갔어요. 커다란 너도밤나무 앞에 쓰러져 있던 나무였어요. 우린 그 나무에 등을 기대고 앉았어요. 불빛은 끄고요.

굳이 말을 하지 않아도 됐어요. 그저 조용히, 부드러운 나무껍질에 몸을 기댄 채 가만히 앉아 있었죠. 리타는 제 겨드랑이 쪽에 몸을 기댔고, 저는 리타의 손을 꼭 잡고 있었어요. 꽤 쌀쌀했지만, 우린 시간이 좀 필요했어요. 우린 숨결마저 아껴 가며 기다렸어요. 마치 그 침묵 속에 우리 목숨이 달린 것처럼요.

구름이 하늘을 가로질러 달려가더니, 달이 사라졌어요. 우리는 완전한 밤에 잠겼어요. 어둠에 익숙한 눈이 아니면 살아남기 힘든 그런 밤이었죠.

"괜찮아?"

"응." 리타가 속삭이듯 대답했어요.

제 손이 추위에 곱기 시작했을 때 낙엽이 바스락거리는 소리가 났어요.

밤에 숲에 가 본 적 있으세요? 처음엔 귀를 기울이게 돼요. 소리가 확실치 않고 이게 진짜인지, 착각인지 모르겠거든요. 현실 같지 않아서요. 우리의 감각이 부리는 수작이죠. 그러다 그 소리가 다시 들려오기 시작해요. 이어지고, 일정한 리듬을 만들면서 점점 더 분명해지다가 그때 알아차리게 돼요. 이건 땅을 뒤지는 지빠귀나 검은새가 아니에요. 이건 발소리예요. 멀지 않은 곳에서 어떤 포유류가 자신의 왕국을 어슬렁거리고 있는 거죠. 냄새 맡고 물어뜯고 느끼고 추적하고 찢고 감추는 존재. 이 숲의 모든 그루터기와 가시덤불을 속속들이 알고 어둠 속에서도 이끼 한 올까지 구별할 수 있는 시력을 지닌 온혈동물. 그 자유롭고 야생적인 그 동물의 영역 안에 우리가 들어와 스칠 듯 가까이 있다는 것을 알았을 때 너무나 짜릿했어요.

리타는 긴장한 나머지 호흡이 가빠졌어요. 발소리가 가까워지고 있었고 이제 한 마리가 아니었어요. 멧돼지는 아니었어요. 콧김도, 꿀꿀대는 소리도 없었거든요. 느린 걸음, 길고 우아한 다리를 가졌을 것 같은 그 무엇. 리타는 바로 알아챘어요. 그 애가 제 손을 꽉 잡았어요.

우리는 한참을 어둠 속에서 눈과 귀를 활짝 연 채 서로 몸을 꼭 붙이고 있었어요. 우리는 세상의 중심에 있었고 어떤 동물들이 우리 옆으로 지나갔는지는 알 수 없었어요. 그것들은 사라졌고 또 다른 것들이 접근했다가 더 멀리 가 버렸어요. 우리는 그들을 알아내려 하지 않았어요. 보려고도 하지 않았어요. 그저 우리 둘이 받아들여졌다는 사실에 감사했어요. 우리는 조심스러운 손님이었고, 이 아름다운 순간의 특권을 아는, 그런 손님이었어요. 어둠 속에서는 가볍게 스치거나 밟히는 나뭇잎이 어쩜 그렇게 큰 소리를 내고 강렬하게 다가오는지 몰라요. 상상력이 들끓고, 진정한 소리가 들려요. 드물고 귀한 현재의 순간이 우리를 빨아들이죠. 달이 자신을 괴롭히던 구름에서 이따금 벗어나면 휘영청 은빛이 우리 망막에 밀려들었어요. 그럴 때면 어떤 궁둥이, 주둥이, 귀, 웅크리고 있는 날렵한 실루엣, 여우의 털을 알아볼 수 있었어요. 그러다가 구름이 다시 달을 삼키면 어둠이 우리도 함께 삼켜 버렸지요. 우리는 하나의 시(詩)를 관통하고 있었어요. 아니, 그 시를 직접 살아냈어요. 그리고 저는 리타와 함께 이 마법 같은 순간을 나눌 수 있어서 정말 행복했어요. 우리가 어떤 비밀스러운 원 안으로 초대받은 것만 같았어요. 거기까지 들어온 인간은 아마 없었을 거예요.

마침내 소음이 물러났고 저는 리타에게 텐트 안으로 들어가자고 했어요. 그러려면 헤드 랜턴을 다시 켜야 했지요. 오들오들 떨면서 텐트 안으로 들어가는데 발가락을 못 움직이겠더라고요.

티무르가 텐트 안에 매다는 전등도 빌려줬고 티무르네 엄마는 크리스마스 파티 음식을 밀폐용기에 싸 줬어요. 우리는 침낭을 둘러쓰고 맛있지만 차게 식은 음식을 먹으면서 바보같이 웃었어요. 그러다 부스럭 소리가 나서 숨을 죽였는데 그게 또 웃겨서 미친 듯이 웃다가 쌀알이 목이 걸릴 뻔했어요. 여우가 음식 냄새를 맡고—여우는 지독하게 호기심이 많거든요—텐트 입구까지 왔나 싶긴 했어요. 우리는 실컷 배를 채우고 밖에 나가 냉큼 양치질을 했어요. 저는 생수를 큰 페트병으로 두 개 가져왔는데 우리 둘이 하룻밤 지내기엔 충분했어요.

저는 리타에게, 둘이 침낭 하나에 들어가면 더 따뜻할 거라고 했고, 리타를 끌어당겨 같이 들어갔어요. 저는 최대한 몸을 비틀어 가며 지퍼를 올리고, 다른 침낭 하나는 덮었어요. 저는 리타를 꼭 껴안고 키스하면서 그 애의 몸을 더듬었어요. 리타의 따뜻하고 부드러운 몸이 제 몸에 딱 붙어 있었는데….

"비고…." 리타가 속삭였어요.

인간이 아닌 존재들의 구역에 와 있으면 자기 집에서 말하는 것처럼 말할 수 없지요.

"난 아직 경험이… 원하지 않는 건 아니지만… 시간이 필요해. 좀 기다려 줬으면 좋겠어."

저는 그제야 알아차렸어요.

"아! 물론이지! 그런 걸 노리고 캠핑하자고 한 거 아니야!"

당황스러운 침묵이 내려앉았고 저는 더 이상 리타의 몸에 손을 댈 수 없었어요. 리타는 미소를 지었지만 어색한 눈치였죠. 저는 오해를 풀고 싶었어요. 제가 그 애와 같이 자고 싶어서가 아니라, 아니 솔직히 같이 자고 싶긴 하지만, 리타라는 존재 자체를 좋아한다는 걸 알아줬으면 했어요.

"너희 아빠는…." 저는 지푸라기라도 잡는 심정으로 아무 말이나 꺼냈어요.

한 침낭 안에 누워 있는 우리 둘과는 멀어도 한참 먼 화제가 갑자기 왜 떠올랐는지 모르겠어요.

"응?"

"왜 돌아가셨어?"

처음에 리타는 아무 말도 하지 않았고, 저는 괜한 걸 물었구나 자책했어요. 제가 마음먹고 던진 질문이 그 애가 살면서 겪은 가장 큰 고통을 건드린 것 같았죠. 혹은 괜찮게 시작된 데이트를 망치고 있었다고나 할까요.

"미안." 저는 중얼거리면서 자신을 저주했어요. "너무 무례했지. 어떤 얘기든 해도 되고 아무 얘기도 하지 않아도 돼. 너 하고 싶은 대로…."

"우리… 우리 아빠는… 자살했어." 리타가 내뱉듯 말했어요.

저는 등을 대고 누워 손을 머리 뒤에 댔고, 리타는 제 가슴에 볼을 기댔어요. 저는 리타를 끌어안았어요. 리타는 꼼짝도 하지 않았고, 저는 생각을 멈추려고 애썼어요. 리타 몸에서 나는 향기가 텐트 안을 가득 채웠어요.

"네 심장소리 들린다." 리타가 속삭였어요.

저는 빙그레 웃었어요.

"어떻게 뛰는데?"

"빨리 뛰다가 느려졌어. 두근두근, 두근두근, 두근두근…."

저는 리타의 이마에 입을 맞췄어요.

"내가 바보 같은 질문을 했다는 걸 깨달았기 때문에 심장이 빨리 뛴 거야. 하지만 난 자전거를 타기 때문에 심장이 튼튼한 편이지. 튼튼한 심장은 느리게 뛰어."

리타가 한쪽 팔을 제 배 위에 올려놓았어요.

"우리 아빠는 감옥에 있었어. 살인이나 강간 같은 흉악범죄는 아니었고." 리타는 얼른 덧붙여 말했어요. "돈 문제였어. 아빠는 하지도 않은 불법 거래 때문에 체포당하고 형을 선고받았어. 아빠는 죄가 없었고 옥살이를 견디기엔 너무 여리고 너무… 물렀거든. 아빠는 교도소에서 일을 하게 됐는데, 힘든 일을 하고 약간의 급여를 받았어. 감옥에 노동권 따위는, 아니 어떤 종류의 권리도 존재하지 않지. 아빠는 목공 작업실에서 가구 만드는 일을 했는데 어느 날… 못을 삼켰어."

저는 한동안 멍하니 있었어요. 그리고 혀 위에 못을 올려놓은 제 모습을 떠올렸어요. 차가운 금속의 맛, 살갗을 긁는 뾰족한 끝. 그걸 삼킨다는 건, 도저히 삼켜지지 않을 걸 억지로 삼킨다는 건 말이 안 되잖아요. 피에 질식하면서도, 확실히 죽기 위해 또 하나를 집어 들어 삼키는 모습을 상상했어요.

"아빠는 유언을 남기지 않았어. 포스트잇 한 장 남기지 않았지. 아빠는 내출혈로 돌아가셨어."

리타의 숨이 거칠어졌어요. 고통이 그 숨을 꿰뚫고 지나가며 빛나는 가위처럼 숨을 싹둑싹둑 자르고 있었죠. 그때 늘 사려 깊은 티무르가 생각났어요. 그래서 저 역시 고통이 제자리를 찾을 수 있도록 아무 말 없이 기다렸어요. 마음 같아서는 그 애의 고독과 슬픔을 모조리 제가 가져가 영원히 없애 버리고 싶었지만요.

"못을 먹을 수 있다니, 상상도 못 했어." 리타가 다시 입을 열었어요. "사람이 얼마나 절망에 빠지면 그럴 수 있을까? 엄마에게 그 소식을 알려 주러 온 남자는 웃음을 참으면서 말하더라. 아빠는 극악의 고통을 겪고 지옥을 보았기 때문에 그런 결정을 하기에 이르렀겠지. 아빠는 그 지옥을 살아가느니 포기하기를 택했던 거야. 감옥살이를 몇 년 하면 가족에게 돌아올 수 있지만 버틸 힘이 없었던 거지. 우리를 생각해도 견딜 수가 없을 만큼. 그런데 그 인간은 싱글싱글 웃으면서 이렇게 말했어. '못을 삼키는 경우는 처음 봤습니다. 보통 자살하는 죄수는 면도칼을 이용하죠.' 나는 순식간에 나이를 먹었어. 아빠가 체포당하면서부터 이미 예전의 나는 아니었지만. 동생들을 돌보고, 엄마를 돕고, 사람들의 시선과 지적과 비난에 맞서면서 나의 세계는 꼬여 버렸지. 아빠가 우리를 버리고 자살했을 때 나는 한꺼번에 십 년은 늙어 버렸어. 나 역시 벌을 받았던 거야. 아빠가 감옥에 갔어도 살아 있기만 했다면 나는 지금보다 훨씬 쾌활하고 철없고 재미있고, 훨씬 살아 있는 것 같은 사람일 거야. 이건 슈퍼히어로의 저주 같은 거야. 어느 날 주사를 맞고 나서 갑자기 내면이 우중충하고 모나고 무뚝뚝하게 변해 버렸어. 내

안에 있던 부드러움이 사라지고, 나 자신을 잃어버린 기분이 들었어. 너 감옥에 가 본 적 있어?"

"아니, 없어."

그때 이런 생각을 했던 기억이 나네요. 나한테는 '병원'이 바로 그런 곳이라고요.

"감옥은 다른 행성이야. 일단 그 안에 들어가면 딴 세상이지. 갑자기 모든 힘을 잃게 되고 아직은 이 나라 국민인데 국민 취급을 못 받아."

저는 손을 리타 등 뒤로 가져가 손끝으로 살짝 어루만졌어요. 어떤 행동이라도 해야 할 것 같았거든요. 아주 사소하지만 다정한 몸짓 같은 거요.

"아빠는 다정한 사람이었어. 세상에서 제일 맛있는 초콜릿 케이크를 만들 수 있고, 등장인물 목소리를 흉내 내면서 책을 읽어 줬지. 아빠는 우리가 우는 일이 없기를 바랐어. 하지만 아빠는 추악한 거짓 고발에 무너졌어. 아빠가 감옥에 가면서 우리 가족, 우리 삶은 완벽하게 금이 갔어. 아빠가 감옥에서 돌아가셨기 때문만은 아니야. 아빠가 체포당하던 날, 우리의 땅이 쩍 갈라졌고 다시는 그 틈이 채워지지 않았어. 가족과 친구들은 우리에게 등을 돌렸어." 리타가 속삭였어요. "아빠에게 돈을 빌린 사람들은 결국 갚지 않았어. 아빠에게 도움받았던 사람들도 우리가 시궁창에 빠지는 걸 보기만 했지. 엄마가 도와 달라고 울부짖고, 가까운 사람들에게 전화를 돌리고, 나중엔 잘 알지도 못하는 사람들한테까지 애원하는 모습을 보면서 얼마나 서러웠는지 몰라. 아무도 손을 잡아 주지 않았어. 열세 살밖에 안 됐는데 갑자기 모든 게 의미가 없어졌어. 아빠는 원래 돈을 잘 벌었어. 우리는 아늑하고 예쁜 집에 살았고, 엄마는 폴란드어 번역가였어. 엄마는 기분이 좋으면 간식으로 쿠키를 구워 줬어. 바닷가에 방을 한두 주 빌려 놓고 일하러 가기도 했지. 엄마는 바닷바람과 햇볕에 붉게 그을린 뺨을 하고 번역 원고를 잔뜩 완성해서 돌아오곤 했어. 상품 운반원과 간병인 사이에서 태어난 아빠는 공부를 많이 한 지식인 아내를 무척 자랑스러워했어. 엄마는 필라테스와 노르딕워킹을 했는데, 그때의 엄마와 지금의 엄마가 같은 사람이라는 게 믿기지 않아. 지금 우리 엄마는 등이 굽었고 눈을 늘 내리깔고 다녀. 나 원래 사립 중학교에 다녔어. 아빠는 스포츠용품 영업을 했는데 골프 쪽 '명품'이랬어. 어렸을 때라서 기억은 잘 안 나. 그러다가 아빠는 그 일에 싫증이 나서 친구랑 식당을 차렸어. 아빠는 미식가였고 포도주와 치즈에 대해서 잘 알았거든. 리스크가 있는 사업이었지만 엄마가 아빠를 지원하고 나섰어. 아빠가 스포츠용품 일을 그만두기 몇 달 전에 엄마는 우리 집 생계를 책임지기 위해 출산휴가를 떠난 출판사 편집자 자리에 대신 들어갔지. 아빠의 식당은 시내에 있었어. '르 콩투아르 당 레 뉘 아주.' 지금은 문을 닫았지만 맛집으로 소문났었지. 사람들이 많이 지나다니는 동네라서 너도 알 거야, 구도심 쪽, 술집들 근처. 메뉴는 단순하지만 맛있고 가격도 괜찮았어. 샐러드, 치즈 플래터, 맛있는 술. 아빠 식당은 금세 대박이 났어. 2년 만에 아빠는 '르 프티 콩투아르'라는 식당을 하나 더 열었어. 1호 식당은 자리가 잡혀서 동업자 다미앵에게 맡겼고 아빠는 2호 식당을 맡았어. 다미앵은 아빠가 스포츠용품 일을 할 때 만났다는데 웃는 인상이 호감 가는 오십 대 아저씨야. 말이 되게 많고 텐션이 높았어. 그 아저씨의 요상한 궤변에 우리가 얼마나 웃었는지 몰라. 그땐 아무것도 몰랐지…. 아빠는 퇴근이 늦었지만 주말에는 다른 사람에게 가게를 맡기고 가족과 시간을 보냈어. 일하기가 너무 싫을 때는 하루 안 나가거나 오후 일찍 들어오기도 했고. 아빠는 식당을 함께 꾸려 나가는 스태프들을 잘 챙겼던 것 같아. 마힌이라는 솜씨 좋은 방글라데시 요리사를 채용할 때는 그 사람이 비자를 받을 수 있도록 아빠가 도와줬어. 철학과 장학생이었던 도라, 항상 체크무늬 셔츠를 입는 영국인 롭도 있었고. 아빠가 자리를 비울 때는 롭이 운영을 맡았는데, 그 사람이 다미앵이 서류를 헤집고 다니게 내버려두는 바람에 아빠에게 사달이 났던 거야. 그리고 노숙자였던 아미드라는 청년이 있었지. 그 사람이 아주 작은 원룸을 겨우 얻을 때도 아빠가 보증을 서 줬어. 직원들 모두 우리 아빠를 좋아했어. 그런데 있잖아. 그 사람들이 아빠가 구린 일을 한다는 증거, 깨끗하지 않다는 증거가 돼 버렸어. 노숙자, 불법체류자, 떡진 머리의 평화주의자, 그런 힘없는 사람들을 아빠가 조종했을 거라나. 우리는 주말 점심을 아빠 식당에서 먹을 때가 많았어. 마힌은 세계 최고의 초콜릿무스를 만들어 줬어. 엄마는 출판사 편집자 일을 그만두고 다시 번역가로 돌아왔어. 엄마 아빠는 늘 내 곁에 있었고, 쌍둥이들이 태어나면서 정신없어지긴 했지만 그래도 나를 잘 챙겨 줬어. 우린 그때 행복했어. 우리 학교 애들처럼 방학 때면 멋진 곳으로 여행도 가고, 그리스어나 수학 과외도 받고, 춤도 추고, 내 동생들은 바이올린과 피아노를 배웠어….

그런데 하루아침에 세상이 무너졌어. 새벽 6시인가 그랬는데 초인종이 울렸지. 경찰이었어. 영화에서 나오는 것처럼 경찰이 아빠를 수갑 채워 끌고 갔고 그 후 아빠는 영영 집으로 돌아오지 못했어. 마른하늘에 날벼락이 따로 없었어. 분명히 착오가 있었던 거고 경찰이 결국은 사과하면서 아빠를 풀어 줄 거라고 믿었어. 다음 날 학교에 갔는데—아, 그날 당일은 도저히 학교에 갈 수 없어서 결석을 했거든—어땠는지 아니? 전교생이 벌써 다 알고 나를 이상한 눈으로 보는 거야. 쟤네 아버지가 감옥에 갔다, 싹싹하고 선량한 사람인 줄 알았는데 어마어마하게 구린 짓을 하는 악당이었다더라. 내가 상황을 파악하고 이해하기까지는 시간이 좀 걸렸어. 아빠의 동업자 다미앵, 그 개새끼가 1호 식당을 돈세탁과 마약 보관에 썼던 거야. 다미앵은 마약 거래, 그것도 다른 나라들에까지 뻗어 있는 엄청난 네트워크에 연루되어 있었어. 아빠는 뭐가 어떻게 된 건지 전혀 몰랐고. 그 조직과 관련된 두 건의 살인이 연달아 일어났을 때, 상황이 심상치 않게 돌아가기 시작했고, 다미앵은 겁을 먹었어. 서류를 급히 조작했고, 우리 아빠를 뻔뻔하게 고발했지. 아빠는 자신은 아무 관련이 없다고, 착오가 있다고 호소했지만 아무 소용없었어. 회계장부가 아빠를 죄인으로 만들었고, 결국 범죄에 연루된 몇몇 사람들과 함께 수감됐어.

나는 아빠 때문에 너무 화가 나서 돌아 버릴 것 같았어. 사람이 그렇게 순진해도 돼? 어떻게 그렇게 아무것도 모를 수가 있어? 의심조차 못 하다가 당하는 게 말이 돼? 아빠는 2년 동안 구치소에 있었어. 아빠를 좀 더 자주 면회 가지 않은 게 후회되지만 교도소는 정말 가고 싶지 않았어. 교도소에 들어서면 진땀이 나고 토할 것 같아. 죄수들도 무서웠고 그냥 분위기 자체가 암울하고 추악하고 긴장되고⋯ 무장한 교도관들도 무섭고⋯. 어떻게 지내는지 물어볼 때는 숨을 참게 돼. 교도소는 폭력적이고 무자비한 곳이지. 아빠는 면회실에서 온몸을 부들부들 떨고 있었어. 아빠는 살이 많이 빠졌고 주위를 불안한 눈빛으로 두리번거리면서 손톱을 물어뜯었지. 그런 아빠를 보는 것 자체가 인간이 할 짓이 아니었어. 또 다른 악몽은 기다림이었어. 재판을 기다리고, 변호사를 사서 석방을 요청하고, 그 요청이 기각되고, 불면의 밤이 이어지고, 이것저것 따져 보고, 재시도하고, 돈을 대고, 뒤통수를 맞고, 또다시 기각됐지. 그러한 시도들이 돈만 잡아먹는 헛짓거리였음을 깨달았을 때 난 엄마가 죽을 수도 있을 거라 생각했어. 아빠는 돈세탁과 살인 공모

유죄 판결을 받았어. 살인이래. 이해가 돼? 징역 7년이 선고됐어. 우리 아빠는 파리 한 마리 못 죽이는 채식주의자에다 히피 같은 사람, 체벌에 반대하는 보호자, 식당이 잘되면 직원들과 나눠야 한다면서 월급을 후하게 주는 사장이었어. 사회가 그런 아빠에게 엿을 먹였어. 식당은 당연히 문을 닫았고 아빠 재산은 전부 압류당했어. 우리도 살던 집에서 쫓겨났지. 엄마가 간신히 도시 반대편 끝에서 이 서민임대주택을 구했어. 엄마는 시청에 가서 눈물로 호소하고 무릎까지 꿇었어. 무릎을 꿇었다고. 하지만 그게 다가 아니었어. 아빠는 이제 마약 밀매와 관련된 범죄자였고, 젊은이들을 망치는 재앙이었고, 공공의 적이 되었어. 우리는 가진 게 하나도 없었고, 사회적으로 추락했지. 사람들은 우리를 손가락질했어. 심지어 우리가 바닥까지 떨어지고 부서지는 걸 보는 걸 즐겼지. 나는 친구들과 연락이 끊겼고 소셜네트워크에서도 사라졌어. 친구라곤 아무도 없었어. 창피해서 늘 벽에 붙어 다녔고. 새 옷이나 여행은 상상도 못했고, 학기 중에 전학까지 가야 했어. 엄마는 친정 식구들에게 없느니만 못한 취급을 받고 손절당했지. 번역 일감도 뚝 끊겼어. '들었어? 글로리아 남편이 감옥에 갔대! 그래, 폴란드어 번역하는 글로리아! 지금 사는 게 지옥일 거야. 아무것도 모르는 딸 셋을 혼자 키우는 신세라니. 번역료 엄청 낮춰서라도 닥치는 대로 일을 할 모양인데 일이 그렇게 쉽게 들어오겠어?'

엄마는 처음에 웨이트리스로 일했는데 체력은 달리고 근무 시간이 너무 길어서 버텨 내지 못했어. 그다음엔 임시로 비서 일을 하다가 멀티플렉스 영화관 좌석 안내원이 됐는데 껄렁한 젊은애들이 엄마 치마를 들추고 창녀라고 희롱하는 일이 벌어진 다음 그만뒀어. 결국 시내에서 멀리 떨어진 마트에서 계산원 일을 구했어. 예전 삶과도 멀고, 우리를 비웃던 인간들로부터도 먼 곳에서. 딸 셋을 먹여 살리려면 어쩔 수 없었어. 우리 아빠가 진짜 헉 소리 나는 부자였다면 이렇게까지 억울한 일을 당하지는 않았을 거야. 원래 실세들은 잘만 빠져나가잖아."

"그건 맞지."

리타는 제 말을 듣고 꿈에서 깨어난 것처럼 제 쪽으로 돌아누웠어요. 어슴푸레한 텐트 안에서 저는 걔가 저한테 말을 하는 건지 그냥 마음이 답답해서 중얼거리는 것인지 구분이 가지 않았죠. 리타가 저를 빤히 쳐다보다가 이렇게 말했어요.

"내가 이런 사람인데도, 우리 아빠는 감옥에서 죽었고 내가 밑바닥까지 떨어졌다는 걸 알게 됐는데도 나하고 계속 만날 거야?"

"로만은 알아?"

"아니. 말할 기회가 없었어. 솔직히, 말하고 싶은지도 잘 모르겠고."

"우리 아빠는 중증 알코올중독이야. 40도가 넘는 독주를 그렇게 마셔 대는데 간이 멀쩡할 리 없지. 나는 저녁마다 술집에서 아빠를 부축해서 겨우 집에 데려가. 길에서 토하고 난리를 칠 때도 있고. 아빠가 하천 같은 데 빠져 객사할까 봐 걱정될 때도 많아. 새벽 5시에 침대에서 맥주를 마시는 것도 본 적이 있어. 우리 집도 정말 처참하고 엉망징창이야."

리타가 옅게 미소를 지었어요.

"우리 고등학교에는 어떻게 오게 됐어?" 저는 화제를 바꿨어요.

"사회복지사가 도와줬어. 전에 다니던 고등학교에서 힘든 일이 좀 있었거든."

"너희 아빠 때문에?"

"응, 학교 애들이 알고 나서부터 돌변했어. 내가 뭔가 끔찍한 존재로 둔갑해서 이마에 꼬리표를 붙이고 다니는 기분이었어. 우리 아빠는 바보도 나쁜 사람도 아니었어. 그냥 당분간 참고 기다리면…."

"기적 같은 일이 일어나 억울함을 풀게 될 거라고 생각했던 거야?" 제가 대신 말했어요.

"그랬을 거야. 나중엔 포기했지만."

"우리 아빠도 비슷해. 그래서 매달 다른 직업을 전전하고 있지."

"그래도 네 아빠는 곁에 있잖아."

"그 말은 맞아."

우리는 서로 이야기와 애무와 키스를 나누다가 우리도 모르게 잠이 들었어요. 꿈으로 스르르 넘어갔다가 아침에 둘이 거의 동시에 깼지요.

"지금 몇 시지?" 리타가 물었어요.

저는 핸드폰을 확인하고 손으로 입을 가렸어요.

"8시, 근데 너 저쪽으로 가. 안 그러면 내 입냄새에 질식해 죽는다."

리타가 킬킬대고 웃었어요.

"그렇네, 상쾌하진 않네."

"넌 뭐 장미 향기를 풍기는 줄 아냐?"

그래도 저는 리타에게 키스를 했어요.

"아, 이건 아니다, 천년의 사랑도 식을 듯. 얼른 양치부터 하자."

우리는 밖으로 기어 나왔어요.

"어제 네가 쪼그려 앉아 있다가 동물 지나갔다고 아무렇지 않게 말하던 거, 난 그게 너무 좋았어." 제가 고백했어요.

"넌 날 자연 속으로 데려다줬어. 고마워."

리타는 입에 치약 거품을 가득 문 채로 키스를 했어요.

이런 시시콜콜한 얘기, 아무것도 아닌 것 같죠? 전 그렇게 생각하지 않아요. 관계 초반은 늘 어려워요. 상대 앞에서 방귀도 참고 엄청 수줍음을 타지요. 뭐, 아시잖아요? 리타와 제가 그런 단계들을 벌써 다 넘은 건 아니지만 그전에 사귀었던 애들과 다르게 리타하고는 처음부터 당연하고 편안한 뭔가가 있었어요. 그래서… 그래서 진실이 밝혀진 후 받아들이기가 그렇게 힘들었나 봐요. 제가 바보멍청이였다는 생각만 들고요.

우리는 남은 음식을 먹고 짐을 싸서 떠났어요. 리타를 버스정류장까지 데려다 주고 저는 실컷 응석을 부린 아이처럼 가벼운 마음으로 집으로 갔죠.

그 겨울방학은 제 인생에서 가장 좋았던 때였어요. 우리는 거의 매일 얼굴을 볼 수 있게 되었어요. 두세 시간뿐이었지만, 그 시간은 세상에서 훔쳐낸 보물 같았죠. 손을 잡고 다니는 것도, 제 실없는 농담에 배를 잡고 웃거나 영화를 보면서 눈물 흘리는 리타를 보는 것도 익숙해졌어요. 우리는 시내에서 주로 만났고 거리는 아름다웠어요. 저는 파티아에게 리타를 소개했어요.

티무르는 목요일, 그러니까 그해의 마지막 날에 돌아왔어요. 걔네 집 지하에서 소프, 로만, 그리고 소문으로만 듣던 알렉스, 레나, 에메마리와 걔 여친 디안, 파라, 조제, 그리고 또 몇 명이서 파티를 했어요. 전부 15명쯤 됐는데 지하 아지트에서 파티를 한 건 처음이었죠. 지하에 노래방을 꾸몄고 티무르네 아버지가 술과 구토용 비닐봉투까지 준비해 줬어요. 리타는 자기도 참석하겠다고 했지만 저는 크게 기대하지 않았어요.

그런데 리타가 왔어요.

새해맞이 카운트다운이 시작될 때 저는 리타를 껴안고 키스를 퍼부었어요. 티무르가 총 같은 걸로 우리에게 종이 꽃가루를 쏴서 그걸 털어 내느라 한참 웃었고요.

리타도 저를 꼭 안고 웃고 있었죠.

그렇지만 리타의 악몽은 이미 시작돼 있었어요.

로만

00 : 07 : 00

● REC

우리의 조촐한 신년 파티에서 리타는 엄청 행복해 보였어요. 음, 저야 우리 아빠 집에서 할리우드 영화에 나오는 것 같은 성대한 파티를 열고 싶었죠. 하지만 새엄마가 엄선한 손님들이 정장과 등이 훤히 파인 드레스를 갖춰 입고 위엄 넘치는 만찬을 나누기로 했대요. 트림만 해도 모두를 웃길 수 있는 제 이복 여동생, 그 못난이 아기까지 눈알이 튀어나오게 비싼 옷을 입혔죠. 다행히 머리가 텅텅 빈 새엄마만 있는 게 아니라 지적인 친엄마도 있으니 어느 정도 균형은 맞네요.

누가 누군지 모르는 애들까지 다 몰려오지 않은 것도, 남자애들 지하 아지트에서 모인 것도 실은 꽤 좋았어요. 리타는 거기 와 본 적이 있다길래 솔직히 약간 샘이 났어요.

저에게 그 신년 파티는 배트맨의 배트케이브에서 여는 파티처럼 색다른 기분이 들었어요. 티무르가 준비를 잘했더라고요. 사실 일은 다 걔네 엄마가 했지만요. 무엇보다 방음이 된다는 게 제일 좋았어요. 음악을 최대한 크게 틀고 미친놈들처럼 소리를 질러도 뭐라고 할 사람이 없었죠. 완벽한 난장판이 가능한 곳이었어요.

리타는 늦었지만 오기는 왔어요. 제가 빌려준 원피스를 입고 왔는데 진짜 예쁘더라고요. 리타는 키가 저보다 15센티미터나 크기 때문에 제 옷은 안 맞고요. 새엄마 드레스룸에서 찾아 준 옷이에요. 새엄마는 옷이 너무 많아서 드레스룸에 뭐가 있는지도 모를걸요. 리타가 등장했을 때 비고 얼굴을 보셨더라면 좋았을 텐데. 막 표를 내진 않았는데, 비고를 잘 아는 제 눈에는 핫초코에 마시멜로가 녹아 내리듯 걔 심장이 사랑으로 녹아 내리는 게 보였어요. 비고는 느리지만 절도 있는 걸음으로 리타를 맞이하러 갔고 얼른 키스부터 하고 티무르, 소프, 제가 앉아 있던 소파로 데려왔어요. 우리는 동물 알아맞히기 게임을 하는 중이었는데 리타는 제 섬세한 몸짓을 보고 금붕어라는 걸 바로 알아맞혔어요.

음악 소리가 5배쯤 커졌고 우리는 탁자를 한쪽 구석으로 치우고 춤을 췄어요. 15명에서 20명쯤, 사람이 아주 많진 않았지만 옆 사람 신경 안 쓰고 다 같이 흔들어 대는데 완전 미쳤죠. 티무르랑 비고까지 춤추고, 펄쩍펄쩍 뛰고, 빙글빙글 돌았어요. 우리는 모두 기분이 째져서 입이 귀에 걸린 것처럼 웃고 있었죠. 리타가 눈을 감았어요. 리듬에 맞춰 흔드는 팔, 우아하게 출렁거리던 늘씬한 몸매가 지금도 눈에 선해요. 반짝이는, 가벼운, 잡히지 않는 존재, 나비의 귀환이었어요. 비고는 멀어졌다가, 다시 다가와 리타를 안고 구석으로 사라졌어요. 서로를 사랑하는 두 연인은 빛을 뿜어냈지요. 그 일이 있고 나서 다른 아이들과도 얘기를 많이 나눴어요. 그래요, 그 파티는 우리에게 폭풍전야의 고요로 기억되었어요. 한 발짝 물러서서 바라보아야만, 그런 시간을 경험하고 함께할 수 있다는 게 얼마나 큰 행운인지 이해할 수 있죠.

우리는 지하에서 잠이 들었어요. 다섯 명은 부랑자처럼 소파에 쓰러져 자고 나머지는 티무르네 집에서 있는 대로 끌어 온 매트리스들과 히터에 의지해 잠들었어요. 저는 알렉스 옆에 웅크리고 있었죠. 개도 춤을 췄는데 완전 잘 추더라고요. 제가 알렉스 얘기를 늘어놓지 않으려고 얼마나 참고 있는지 아세요? 엄청난 노력이 필요한 일이에요. 비고는 리타 옆에서 자고 있었어요. 리타와 비고는 손을 꼭 잡고 잠들어 있었어요. 개들은 꿈속에서도 서로 사랑하고 있었나 봐요.

우리는 각자 집으로 돌아갔고 며칠 후 학교에서 만났어요. 리타는 별다른 말을 하지 않았어요. 새 컴퓨터가 필요할지도 모르겠다고 하긴 했는데, 전 별로 신경 쓰지 않았죠. 개도 그냥 좀 골치 아픈 일 내뱉듯 말했고 저도 대수롭지 않게 여겼어요. 제가 왜 그랬을까요. 미처 알아채지 못했던 것, 눈에 보이는 것 너머를 보지 못했던 것이 너무 죄책감이 들어요. 우리는 자기밖에 모르는 바보였고 리타는 혼자서 수렁에 빠져들고 있었던 거예요.

개학하고 첫 번째 주에 그 만남이 있었을 거예요. 그전까지는 리타가 우리랑 놀러 다닐 시간이 별로 없었는데 크리스마스 이후로 자유롭게 쓸 수 있는 시간이 많아졌죠. 지금 생각하면, 우리 중 아무도, 그 누구도, 비고조차도 그걸 눈치채지 못했다는 게 너무 안타까워요.

파라가 여자애들끼리 시내에 있는 클럽에 가 보자고 졸랐어요. 평균 연령 35세, 권태와 변비에 시달릴 것 같은 정장 차림 아저씨들이 주로 오는 곳이랬어요. 저는 별로 내키지 않아서 리타에게 네가 안 가면 나도 가지 않겠다고 했어요. 그런데 제 예상과 달리 리타가 엄지척하면서 눈까지 찡긋하는 거예요.

잊을 수만 있다면, 집에 들어가지 않을 수만 있다면 리타는 뭐든 좋았을 거예요. 그것도 나중에야 깨달았지만요.

우리는 토요일 저녁 8시 반에 학교 앞에서 만나서 함께 걸어갔어요. 저와 리타, 파라, 레나, 에메마리, 그리고 디나라고 저는 잘 모르는 파라의 친구가 한 명 더 왔어요. 예쁜 여자애들이 우르르 몰려다니면서 큰소리로 웃고 떠드니까 다들 우리를 쳐다봤지만 도도하게 무시했죠.

그 클럽은 굉장히 넓고 손님이 많았지만 아늑했어요. 편안한 의자와 탁자, 은은한 조명, 숨은 공간들, 알록달록한 칵테일이 있었고요. 예상대로 양복 입은 아저씨들이 많았고 음악 소리가 너무 커서 대화를 나누려면 거의 고함을 질러야 했어요. 제가 평소 즐겨 찾는 스타일의 클럽은 절대 아니었어요. 저는 벽돌이나 원목으로 꾸며진 캐주얼한 뉴욕 스타일, 아저씨들보다는 젊은 남자들이 드나드는 곳이 좋아요. 하지만 파라가 너무 오고 싶어 했고 저도 여자들끼리 시간을 보내고 싶었기 때문에 자리를 잡고 앉기로 했죠. 거긴 뻔뻔하게 눈빛을 보내는 것도 허용되는 클럽이고 좀 과장하자면 남자들 팬티 부푸는 소리가 들릴 정도였죠. 우리 중에서 스포트라이트를 받는 사람은 리타였어요. 리타는 관심받는 걸 불편해했어요. 레나와 에메마리가 남자들 눈에서 흘러넘치는 뜨거운 용암을 알아차리고 리타를 놀렸기 때문에 더 불편했을 거예요. 처음엔 웃겼는데 곧 갑갑하고 부담스러웠어요. 그래서 저는 주문을 하러 가겠다고 일어섰고 리타도 화장실이 급하다면서 일어섰지요.

 리타가 화장실에 간 동안 저는 바에 서서 기다렸어요. 리타는 나왔지만 우리가 주문한 음료들은 아직 나오지 않았어요. 그래서 리타에게 나도 화장실에 다녀올 테니 기다리라고 했죠. 제가 화장실에서 나왔을 때 두 남자가 리타에게 말을 걸고 있었어요. 정육점에서 고기 구경하는 눈빛으로요. 저는 마흔은 되어 보이는 그 남자들에게 리타가 명함을 받는 것을 보았어요. 명함이라니, 너무 촌스럽다고 생각했어요. 비호감의 끝판왕 같은 느낌. 저는 리타의 등 뒤로 불쑥 다가갔고 리타는 미소를 유지하면서 그들에게 인사를 하고는 제 뒤를 따라왔어요.

"누구야? 아는 사람들?" 제가 물었어요.

"아니, 자기들이 뭐라도 되는 줄 아는 꼰대들." 리타가 대답했고 저는 더 묻지 않았어요. 그 우연한 만남이 리타에게 불러올 결과는 잠시도 상상한 적 없어요.

나중에, 퍼즐 조각을 맞춰 보면서야 그때 일이 기억나면서 연결이 됐어요. 그날 저녁 특별한 일은 없었고 그다음 주에도 리타는 그 애답게 자기 일을 착실히 해 나가고 있었어요. 학년 초에 비해 좀 다른 행동을 보이긴 했지만, 그것도 대체로 긍정적 변화이거나 제가 눈치채지도 못할 만큼 사소했어요. 어쨌든 전보다 우리랑 노는 시간이 늘었어요. 저에겐 좋은 일이었기 때문에 이유를 알려고 하지도 않았죠. 근데 가끔 신경이 날카로워 보이긴 했어요. 음, 제 말은 예전에는 대리석처럼 평정심을 지키던 리타가 누군가 짜증나는 말을 하면 날카롭게 반응했다는 거예요. 딱 잘라서 말을 할 줄도 알고요. 하지만 그게 매일 있는 일도 아니고 사람이 늘 기분이 좋을 순 없잖아요? 하루는 리타가 파라한테도 한바탕 퍼부었는데 이유는 기억이 안 나지만 그때 파라는 상처 입은 얼굴, 혹은 적어도 몹시 당황한 얼굴이었어요. 저는 리타에게 파라가 심한 말을 한 것도 아닌데 왜 그렇게까지 화를 내느냐고 했고, 리타는 짜증이 난 것 같았지만 즉시 자기가 잘못했다고 사과했죠. 리타와 둘만 있을 때 괜찮냐고 물어봤더니 "응, 걱정하지 마. 그냥 걔가 한 말이 너무 바보 같아서"라고 했어요. 뭐, 솔직히 좀 그렇긴 했으니까, 저도 그냥 넘겼어요.

1월에도 리타의 절망을 짐작할 만한 실마리는 없었어요. 우리는 여전히 함께 점심을 먹고, 공부를 하고, 진로 얘기를 했어요. 진로를 생각하면 손에 땀이 났는데, 열일곱 살, 열여덟 살에 인생을 결정하라니 누가 그런 꼰대 같은 생각을 한 거예요?

리타는 가끔 비고와 나가거나 혼자 어딘가로 사라졌지만 걔도 혼자 있고 싶거나 다른 사람들을 만나고 싶을 때가 있겠거니 생각했어요. 게다가 리타가 아르바이트 자리를 찾고 있다는 말도 했기 때문에 전혀 이상하게 생각하지 않았죠. 리타는 정말로 일을 찾고 있었어요. 비고가 나중에 말해 줬는데 리타가 이력서 쓰고 도서관에서 프린트하는 것까지 자기가 도와줬대요. 저는 엄마와 쥘리의 아늑한 집에서 새로 입양한 강아지와 지내거나 이탈리아 디자인과 인테리어 잡지를 맹신하는 졸부들의 성채 같은 우리 아빠와 새엄마의 집에서 아무 걱정 없이 지냈죠. 리타에게 일자리가 얼마나 간절했는지, 걔네 집 사정이 얼마나 끔찍했는지 상상도 못 했어요.

이런 걸 두고 '멍청하다'고 하는 거예요.

비고

00 : 08 : 30

아주 잘 기억하고 있죠. 그날은 목요일이었는데 리타가 무슨 애기를 하다가 다시 캠핑을 가고 싶다고 했어요.

저는 잘못 들었나 싶어서 잠시 아무 말도 못 했어요. 우리는 벤치에 앉아 샌드위치를 먹고 있었는데 결국 제 벙어리장갑에 마요네즈를 흘리고 말았죠. 그런데도 제가 그 애 얼굴에서 눈을 떼지 않자 리타가 웃음을 터뜨리면서 제 어깨를 주먹으로 툭 쳤어요.

"질질 흘리지 말고 대답이나 해!"

제가 싫다고 할 리 있나요….

1월 말이라서 이가 딱딱 부딪칠 정도로 추웠지만 저는 상관없었어요. 그때부터 주말까지 모든 것이 형광장밋빛으로 보였죠. 숙제를 하면서도 휘파람이 나왔고, 거리에서 커플을 마주치면 얼간이처럼 실실 웃었고, 컵케이크 가게에서도 노래를 흥얼거렸어요. 아빠에게 뽀뽀하고 싶은 마음까지 들었으니 말 다 했죠. 면도도 안

하고 눈곱도 떼지 않고 온종일 잠옷 바람으로 집 안에서 어슬렁거리는 아빠가 뭐가 예쁘다고요.

저는 티무르네 집에 캠핑 장비를 다시 빌리러 갔어요. 티무르는 저를 놀려대면서 장비를 챙겨 줬고 지하에서 커피를 함께 마시고 집으로 돌아왔어요. 9월에 전학 온 친구가 티무르에게 영화를 보러 가자고 했대요. 단순한 친구 사이가 아닌 것 같았어요. 저는 그렇게 확신했는데, 티무르는 절대 아니라고 우겼죠.

"누가 날 좋아하겠어?"

티무르는 손으로 자기 몸을 가리키면서 한숨을 쉬었어요.

"그만 좀 해라. 자기 연민 금지, 과장 금지. 그리고 세상은 생각보다 괜찮게 굴러갈 때도 있어. 누군가는 분명 널 좋아할 거라고."

"헬스장 등록해야겠어. 빵처럼 부풀어 오른 뱃살부터 빼고 흐물흐물한 팔에 다섯 살짜리 정도 근육은 붙여야지…. 여섯 살이면 더 좋고. 미친 척 운동하면 뭐라도 되겠지."

"진짜 운동할 마음 있으면 팔굽혀펴기부터 해. 9분만 걸으면 되는데 버스 타지 말고. 넌 친절하고 재미있고 어쩌면 부모님의 재능도 물려받았을 거야. 다만 그 재능이 아직 드러나지 않았을 뿐. 너희 엄마는 요리를 잘하시고 아빠는 엄청 깔끔하신데다가 매일 아침 7시면 일어나시잖아. 우리 할머니가 그러셨는데 세상은 일찍 일어나는 자들의 것이래. 그리고 너는 아일린의 넘치는 상상력을 받아줄 줄 알잖아. 그러니까 불쌍한 척 그만해. 내 말은, 걔가 먼저 너한테 다가왔고 같이 영화를 보러 가자고 했다는 거야. 네가 바다사자처럼 개를 쫓아다닌 게 아니라고!"

"바다사자는 쫓아다니지도 못해."

"아냐, 서커스단이나 더러운 동물원에서는 채찍에 맞으면서, 죽은 생선에 낚여서 질질 끌려 다니잖아."

"비고, 넌 언젠가 폭탄을 설치할 인물이야."

"그럴 용기가 있으면 좋겠다! 그때까지 넌 너 자신을 사랑할 용기를 내 봐. 팔굽혀펴기 하기 전에 게임 한 판 할 시간 있어?"

저는 토요일 저녁에 컵케이크 가게 일을 마치고 리타를 만났어요. 티무르에게 텐트, 에어 매트, 이불 말고도 캠핑용 버너를 받아 왔고 핫팩도 열 개쯤 챙겼죠.

우리는 숲에 늦게야 도착했어요. 헤드 랜턴 덕분에 어둠 속에서 뒹굴지 않고 길을 찾을 수 있었어요. 저는 리타의 헤드 랜턴을 따로 하나 사서 숲으로 들어설 때 다이아몬드 반지 건네듯 증정했어요. 미리 선물 포장도 해 두었죠. 그저 헤드 랜턴일 뿐이니까 리타가 웃고 넘길 줄 알았는데, 그랬어도 저는 좋았겠지만, 그 애는 진심으로 고마워하면서 저에게 키스를 하고 아일랜드 공주 같은 머리채 위에 자랑스럽게 얹었어요.

우리는 손을 잡고 걸었어요. 숲에 도착하기 전에는 학교, 친구들, 책, 파티아의 새로운 컵케이크 레시피 얘기를 하면서 떠들었지만,

나무들의 세상에 들어서서는 입을 다물었지요. 숲속 깊이 들어갈수록, 숲의 어둠, 그 침묵이 짙어질수록 경계심이 일어났어요. 우리는 어둠과 함께 생겨난 냄새를 맡았고, 아주 작은 소리나 바스락거림에도 촉각을 곤두세웠죠. 우리는 점점 다른 존재로 변해 가는 것 같았아요. 리타도 저와 똑같은 감각을 느끼고 있는 것 같아서 기분이 좋았어요. 우리의 동물적인 부분을 받아들이면서 냄새 맡고 귀를 곤두세우고 숲의 주민들과 일체를 이루거나, 적어도 그들에게 가까워지고 있다고 느꼈어요.

리타는 자기가 앞장서겠다고 고집을 부렸는데 길도 잘 찾고 꺾어 들어가야 할 지점도 놓치지 않아서 놀랐어요. 지난번 우리가 묵었던 빈터로 통하는 길까지는 찾지 못했지만요.

"원래 숲에서 길 찾기 힘들잖아. 밤이라서 더…."

"다음번엔 꼭 찾을게." 리타가 중얼거렸어요.

가끔은 세 마디면 충분해요. 그 세 마디는 혀끝에서 튀어나온 소리, 문장의 조각, 시시한 단어들일 뿐인데…. 그런데 그 세 마디가 밤하늘을 별로 가득 채우잖아요.

우리는 사슴을 언뜻 봤고 하늘을 가르며 이 나뭇가지에서 저 나뭇가지로 넘어가는 그림자도 봤어요. 아마 부엉이나 올빼미였을 거예요. 헤드 랜턴의 하얀 빛살 속에 우리의 숨결이 흩어졌고 우리 입에서 유령 같은 입김이 새어 나오고 있었어요.

마침내 텐트를 칠 만한 곳에 도착했을 때 우리는 발이 꽁꽁 얼어 있었어요. 저는 텐트 설치에 매달렸고 리타는 낙엽을 치우고 캠핑용 버너에 불을 피웠어요. 쉭 소리 나는 파란색 불꽃이 빈터의 어둠을 밀어내자 주위의 암흑은 더욱 빽빽해졌죠. 그거 아세요? 어둠 속의 빛은 가까이 있는 것을 보이게 해 주지만, 그 빛이 미치지 않는 곳은 우리를 덮칠 것처럼 어둠이 짙어져요. 어떤 의미에서는, 그 일도 마찬가지였죠.

저는 알루미늄 냄비를 꺼내서 강낭콩 통조림을 부었어요.

"임금님 상에 올려도 되겠다!"

"왕비님 상에도." 리타가 웃으면서 말했어요.

우리는 머리를 맞대고 숟가락을 들어 냄비째 강낭콩을 퍼먹었어요. 이마를 맞댄 채 혀를 데일 정도로 뜨거운 걸 먹으면서도 꽁꽁 언 추위가 꼭 들러붙는 강아지처럼 우리 몸을 파고드는 게 참 신기했어요.

저는 설거지할 그릇을 비닐봉지에 넣고 리타에게 떡갈나무에 가서 기대어 앉자고 했어요. 깃털 이불을 가져갔는데도 날씨가 너무 추워서 우리는 5분 만에 포기했어요.

"이러다 병나겠어, 들어가자." 제가 말했어요.

"아쉽다." 리타가 한숨을 쉬면서 일어났어요.

"텐트에서도 들릴 거야."

저는 텐트 안에 들어가 청바지를 벗고 편안한 트레이닝 팬츠로 갈아입었어요.

"들어 봐!"

어떤 소리가 텐트를 가로질렀어요. 그리 멀지 않은 곳, 어쩌면 우리의 떡갈나무에서 들리는 것 같기도 했죠. 큰 피리를 부는 것처럼 울림 깊은 그 소리를 듣자 주황색 눈동자와 동그란 얼굴이 바로 떠올랐어요.

리타의 숨결이 제 뺨을 간질였어요.

"올빼미인가?"

"부엉이 같아."

우리는 잠시 귀를 곤두세웠어요. 우리 몸 전체가 귀가 되어 천년의 노래를 듣고 있는 것 같았죠. 그 노래는 절망의 부르짖음처럼 들렸어요. 옛 로마인들의 한탄처럼, 농노나 마녀가 자기 집에 들어와서 늘어놓는 넋두리처럼요.

"아름답다." 리타가 속삭이고는 미소를 지었어요.

추워도 너무 추워서 이불 속으로 도망갔어요. 리타도 바지를 벗고 냉큼 들어왔죠. 그 애 발이 너무 차가워서 제 발에 닿는 순간, 저도 모르게 비명을 질렀어요.

"발이 다 얼었잖아! 양말 신어!"

"싫어."

"싫다니?"

"양말 신기 싫다고."

저는 천장이 높지 않은 텐트 안에서 이불을 뒤집어쓴 채 몸을 반쯤 일으켰어요. 티무르가 빌려준 랜턴이 서서히 빛을 잃어 가고 있었어요. 마치 소리를 내지 않으려고 조심하는 것처럼 수줍은 빛이 우리를 비추고 있었죠.

리타가 제 쪽으로 돌아누웠어요.

"왜냐하면… 오늘은….'

저는 리타의 의도를 바로 알아차렸지만 아무 말 하지 않았고 움직이지도 않았어요. 리타가 다가와 제 입술에 자기 입술을 포개더니 제 상체를 더듬었고, 저는 전율이 일어났어요. 리타가 제 목을 껴안고 손깍지를 꼈어요.

"사랑을 나누고 싶으니까 양말은 신지 않을래."

저는 웃으면서 리타를 꼭 껴안았어요.

"난 상관없는데, 네가 양말을 신든지 벗든지 나한텐 똑같이 예뻐. 근데 난 양말 신어도 돼?"

이번에는 리타가 웃었어요.

"난 모르겠어."

"양말 신어, 리타. 우리의 첫날밤을 영원히 잊지 못하도록. 우리를 어머니처럼 보호해 주는 이 밤에 네가 이렇게나 아름답고, 우리는 세상의 품에 안겨 있고, 부엉이들이 노래를 불러 주고, 우리 둘 다 양말을 신고 있다면 잊고 싶어도 못 잊을걸."

"좋아."

자세한 얘기는 하고 싶지 않아요. 그건 저만의 비밀, 가장 깊숙이

묻어 놓은 보물이니까요. 다만, 그런 적은 처음이었어요. 너무 좋았고, 모든 게 쉬웠어요. 우리의 몸짓, 말, 내 몸에 딱 붙어 있던 따뜻한 맨살, 떨리던 몸, 우리를 위해서 노래 부르던 부엉이들.

리타가 울고 있다는 걸 알고 제가 중간에 멈췄는데요.

"아니, 계속해, 제발." 리타가 속삭였어요.

"하지만…."

"괜찮아, 비고, 계속해 줘."

리타가 저를 끌어당겨 키스를 했고 저는 그 애에게, 우리의 하나 된 육체에 취해 아무 생각도 할 수 없었어요.

우리는 그 추위에도 땀을 흘리면서 꼭 껴안고 잠이 들었어요.

둘 다 양말을 신은 채로요.

그 후에도 몇 번 더 캠핑을 갔어요. 정확히는, 4월까지요. 리타와 함께한 순간들은 언제나 좋았지만, 그날 밤은 뇌리에 각인이 될 만큼 뭔가 달랐어요. 마법처럼 특별했고, 자꾸만 웃음이 났고, 마음이 놀랍도록 가벼웠거든요. 가끔, 그날 리타가 눈물을 보인 이유를 알게 되는 게 두려웠어요. 일부러 생각하지 않으려고 했죠. 저 혼자 꿈을 꾼 게 아니었으면 좋겠어요. 리타도 정말로 저와 같은 마음이었기를 바랐지만 감히 물어보진 못했어요.

나흘 후, 그러니까 2월 초의 수요일 아침이었어요. 리타가 학교에 나타났는데 눈이 벌겋게 부어 있었죠. 제가 걱정했더니 리타는 집안 문제라고 했어요. 구체적으로 무슨 문제인지 물어봤더니 "세리즈랑 마르고 때문에 못 살겠어"라는 식으로 애매하게 말하고 넘어갔어요. 리타가 저한테 말했더라면, 사실대로 털어놓았더라면 제가 어떻게든 나섰을 거예요. 경찰이나 아동복지기관에 알릴 수도 있었고, 뭐라도 했을 거라고요.

헴스 선생

00 : 04 : 30

혹시 제 발언을 인용하신다면, 나중에 원고를 다시 확인할 수 있을까요? 고맙습니다. 다시 말씀드리지만 제가 큰 도움이 될지는 잘 모르겠습니다.
　1학기는 꽤 활기찼습니다. 그 반은 수업 분위기가 괜찮은 편이었어요. 마찰이 없지는 않았습니다만, 전반적으로 토론이 가능한 학급이었고 애들도 잘 참여했어요.
　리타는 학교에 빨리 적응했어요. 배려심이 깊고 학교생활을 잘 아는 로만과 친구가 되었기 때문이기도 해요. 저는 리타가 형편이 어려운 장학생이라는 사실을 10월에야 알았습니다. 책도 항상 제때 사서 준비하고 과제도 똘똘하고 체계적으로 해 오는 편이었죠.
　올해 제게 가장 인상 깊었던 사건은 자연과 문화라는 주제로 한바탕 난리가 났던 토론입니다.
　음, 3월이었던 것 같아요. 방학 끝나고 나서니까 맞을 거예요. 필요하시다면 제가 정확한 날짜를 확인해 드릴게요.

철학의 정수는 토론이죠. 비록 서툴더라도, 학생들이 논리적으로 이야기하고 개념을 다루려는 순간을 저는 응원합니다. 원래 주제에서 너무 벗어나거나 토론 상대에게 지나치게 매너 없이 굴 때만 개입하지요. 그날 학생들은 인간의 조건, 인간의 '본성'을 논했고 동물적 속성, 포유류와는 구별되는 인간의 고유성까지 다루게 되었습니다. 한 학생이 발라돌리드 논쟁(1550년에서 1551년 사이 에스파냐의 바야돌리드에서 아메리카 식민화에 관해 벌어진 신학토론회)을 예로 들었어요. 그러니까요, 아이들 수준이 꽤 높습니다. 그런데 논쟁이 걷잡을 수 없이 과격해졌습니다.

앙토냉이 유색인종, 특히 이민자에 대해서 아주 고약한 발언을 했어요. '이민자들이 우리나라를 차지하게 보고만 있어서는 안 된다' 뭐 그런 유의 말이었어요. 정확한 표현은 기억 안 나는데 인종 차별로 징계위원회에 회부되어도 이상하지 않을 수준이었습니다. 그런데 제가 주의를 주기도 전에 리타가 거품을 물고 일어났어요. 아, '거품을 물었다'는 표현은 과장이 아니에요. 리타는 거의 숨도 안 쉬고 다다다 말을 쏟아냈어요. "네가 뭔데? 네 아빠가 잘났다고 너까지 잘난 줄 알아? 네가 뭐가 그렇게 잘났냐, 새대가리야. 머리에 똥만 든 파파보이 주제에 네가 뭐라고 훈계야? 설마 네가 유럽과 아프리카를 횡단한 사람들보다 똑똑하다고 착각하는 거야? 너, 집에 처박혀 영상 보고 딸치는 것 말고 할 줄 아는 게 있어? 인간쓰레기 같은 새끼! 빈 깡통! 더러운 똥구멍 같은 새끼!" 처음에는 입만 벌리고 있던 로만이 벌떡 일어나 리타를 억지로 앉혔어요. 멀지 않은 곳에 있던 티무르도 달려와 로만을 거들었죠. 저도 솔직히 그 상황을 인식하기까지 잠깐 시간이 필요했습니다만 얼른 "아! 그만! 거기까지!"라고 외쳤죠. 하지만 제가 책상에서 일어나기도 전에 앙토냉이 반격에 나섰습니다. 앙토냉은 리타를 '바퀴벌레' '사회의 암덩어리' '생활보호자 거지' 그 외 기타 등등으로 부르기 시작했어요. 리타가 분노로 일그러진 얼굴을 하고 책상 위로 튀어 올라 앙토냉의 따귀를 갈겼고요.

제가 물리적으로 개입한 후에야 겨우 분위기가 진정됐습니다.

교사가 된 후로 후회되는 일이 거의 없는데, 이 일은 너무나 후회가 됐어요.

제가 알았더라면.

알았더라면….

죄송합니다, 손수건 있으신가요?

교실은 뒤숭숭했고, 부모들이 들고일어났지요. 리타는 당연히 징계위원회에 회부됐죠. 그런 일이 벌어질 줄 알았더라면 어떻게든 둘이 충돌하지 않도록 막았을 겁니다. 동료 교사들도 리타를 좋아했어요. 무뚝뚝한 체육 교사 샤를도요. 문제는 리타가 완전히 선을 넘었고 학교 측은 그냥 넘어갈 수 없었다는 거죠. 게다가 앙토냉 엄마가 고소를 하겠다고 협박했어요. 리타를 위해서도 교내 처벌에서 그치는 게 나았죠.

리타는 장시간 꾸지람을 듣고 3일 정학을 당했습니다.

그 조치로 우리는 리타를 영영 잃게 됐지요.

우리가 리타를 구할 수도 있었다고 생각해요. 그런데 무슨 일이 벌어지고 있는지 파악조차 못 했다는 게 너무 큰 문제였어요. 저부터요.

그 후로 리타는 교실에서 예전 같지 않았습니다.

딴 세상에 가 있는 사람처럼 보였고, 더 이상 수업도 듣지 않았어요. 그래도 과제는 계속 제출했고, 내용도 여전히 논리적이고 설득력 있었지만, 전에는 없던 맞춤법 실수나 급하게 쓴 듯한 문장이 눈에 띄기 시작했습니다.

리타는 자세부터 달라졌습니다. 마치… 세상의 무게를 다 짊어진 사람 같았죠. 로만이나 다른 친구들과 말할 때는 허리를 펴고 미소를 지었지만요. 그 아이는 자기 일을 철저하게 감추고 있었던 겁니다. 하지만 저는 리타의 과제를 보면서 의욕이 사라졌다고나 할까, 하여간 그런 걸 좀 느꼈습니다. 물론, 일이 일어난 후니까 쉽게 말한다고 생각하실 수도 있어요. 하지만 당시에도 동료 교사들과 그런 얘기를 한 적이 있습니다. 다른 교사들도 맞춤법 오류, 비문, 잘못된 질문 의도 파악 같은 것들을 지적했어요. 우리는 리타가 많이 지쳤다고 생각했습니다. 졸업반 애들은 바칼로레아가 코앞이고 진로 고민도 많을 때니까요. 우리 교사들도 부활절 방학만 손꼽아 기다리고 있었어요.

그런데 그 방학은… 오지 않은 것이나 마찬가지였습니다.

헴스 선생

로만

00 : 07 : 00

아, 맞아요, 위험 징후들이 있었어요. 심지어 아주 많이. 하지만 누가 그런 일을 상상이나 할 수 있겠어요?

리타는 눈이 퉁퉁 부어서 학교에 왔을 때도 세리즈가 배앓이를 해서 잠을 못 잤다고 했어요. 마르고에게 감기가 옮았다, 여동생들이 시도 때도 없이 불러 대서 미칠 것 같다…. 리타는 늘 이유를 댔어요. 그것도 그럴싸한 이유를요! 그런 일만 아니면 우리는 늘 둘이 재미있게 잘 지냈어요. 점심시간엔 레나, 에메마리까지 같이 산책을 나가곤 했어요. 카페에서 라테, 오트밀크 카푸치노를 마시면서 숙제도 같이 했고요. 우린 많이 웃고 재미있게 놀았어요. 그러는 동안 리타는 계속 우리를 속이고 있었는데 전 그 애가 어떤 일을 겪는 중인지 상상도 못 했죠. 리타는 정말 눈곱만큼도 티를 내지 않았거든요.

그리고 그 녀석 말이에요. 비겁하고 비열하기로는 이미 총리감이지만 대통령 자리까지 노리는 녀석. 물론, 그 피 터지는 싸움 자리에 저도 있었어요. 그땐 리타가 앙토넹에게 왜 그렇게 난폭하게 구는지 이해가 안 갔지만, 그 암덩어리가 어찌나 기고만장하고 멍청하고 자기 잘난 맛에 사는지 우리 모두 치를 떨고 있었어요. 그래서 리타가 앙토넹을 엿먹이는 걸 보고 솔직히 속이 시원했어요. 게다가 리타는 위엄 있게, 누구에게도 지지 않을 말발을 세워, 아주 쉽게 혼쭐을 내 줬단 말이죠. 그때 그 암덩어리 얼굴은 정말 볼 만했어요. 물론 그 자식도 반박을 하긴 했지만 이미 박살이 나서 가루가 된 후였죠. 상대가 잘난 여자라서 더 자존심이 상했을 거예요. 물론 지금은 리타의 독기를 이해할 수 있고 그때 뭔가 이상하다고 깊이 생각하지 못했던 게 후회가 돼요. 아마 그런 사람이 저 하나만은 아닐 거예요.

어쨌든 2월부터 리타가 좀 바빠졌구나 생각은 했어요. 매일 수업 마치면 냉큼 사라지던 학년 초만큼은 아니었지만 파티에 얼굴을 비추지 않았고, 비고는 아무렇지 않은 척했지만 저는 비고가 아쉬워하는 걸 눈치챘죠.

겨울방학에 리타가 하루 우리 집에서 자고 갔어요. 리타가 나쁜 꿈을 꾸고 경기를 일으키는 바람에 저도 새벽 6시에 깼죠. 걔네 아빠가 돌아가신 지 얼마 안 된 걸 아니까 여러 가지로 혼란스러워 악몽을 꾸나 보다 했어요. 돌아가신 아빠, 늘 봐줘야 하는 두 동생, 경제적 어려움 등등으로요. 잠이 안 와서 둘이 냉장고에서 만두를 가져와 침대에서 야금야금 먹다가 잠이 들었죠. 다음 날 보니 베갯잇에 기름 얼룩이 남아 있어서 그건 좀 별로였지만 그날 저녁은 너무 좋았어요. 리타가 비고 이야기를 해 줬어요. 비고는 참 배려가 깊고 자상하면서도 독립적인 남친이더라고요. 리타는 두어 번 더 클라이밍 데이트를 했는데 비고가 경사가 말도 안 되는 난코스를 타는 걸 보고 놀랐대요. 그게요, 심하게 기울어진 암벽은 타고 오르는 게 아니라 허공에 매달려 버티는 수준이라서 체력이 진짜 좋아야 해요. 리타는 비고를 만난 건 행운이었다고, 이 학교에 와서 비고와 저를 만나 자기 삶에 활기가 돌아왔다고 했어요. 우리 또래는 대놓고 진솔한 얘기는 잘 안 하는데 리타는 그런 애였어요. 레나가 전에 리타가 참 친절하다면서 친절에 대한 자기 이론을 한바탕 늘어놓은 적이 있는데요. 저는 그 이론도 결국 리타가 탁자에 찻잔 올려놓듯 아무렇지 않게 진실을 보여 주기 때문에 나올 수 있었다고 생각해요. 그게 정말 감동이죠. 우리 둘만의 밤 얘기로 돌아가자면, 우린 침대에 불가사리 자세로 축 늘어져서 몇 시간 동안이나 수다를 떨었어요. 아, 물론 우리 엄마 집에서요. 아빠 집에서 지낼 땐 친구를 안 불러요. 새엄마가 노크도 없이 다짜고짜 들어오거든요. 우린 알렉스와 비고 얘기를 했어요. 어머, 걱정 마세요, 저도 그 얘기까지 할 생각은 없거든요? 아, 물론 굉장히 즐거운 얘기였어요. 뭐, 어쨌든 본론에서 벗어나는 거 알아요.

"알렉스는 잘생겼고 몸도 좋은데 발 냄새가 심해."

"비고는 잘생겼고 몸 좋고 발 냄새도 안 나."

"알렉스는 자면서 방귀도 뀐다?"

리타 얼굴을 봤더니 웃겨서 죽으려고 하더라고요. 리타는 눈을 감고 숨을 고르더니 이렇게 말했어요.

"아침에 일어나자마자 비고에게 키스하는 거 싫어. 내 입냄새 때문에 걔가 헤어지자고 할까 봐."

"걔도 입에서 장미 향기가 나진 않을 텐데."

"그야 그렇지. 하지만 난 상관없어. 입냄새가 나도 난 비고를 좋아해."

"비고를 사랑해?"

리타는 잠시 뜸을 들이더니 침대에 놓여 있던 곰 인형을 껴안았어요.

"응, 그런 것 같아."

"전에도 연애해 봤어?"

"아니, 이런 식으로는 안 해 봤어…. 이런 건 처음이야." 리타는 거듭 그렇게 말하고 저한테 물었어요. "너는?"

"알면서!"

"알렉스를 사랑하는 거지?"

"응, 난 알렉스가 정말 좋아. 사랑하는 것 같아."

우린 배경음악을 틀어 놓고 있었고 제 핸드폰은 알렉스와 레나의 메시지가 올 때마다 진동을 했어요. 리타와 저는 새벽 4시까지 서로 꼭 붙어 피자를 먹으면서 영화를 봤어요.

방학이 끝나고 3월, 아마 3월 말이었을 거예요. 바칼로레아 1차를 끝내고 홀가분해져서 농담도 많이 하고 치근덕대기도 하고 그랬죠. 제가 좋아하는 식당에서 우리 둘만 점심을 먹자고 했어요. 미슐랭 식당은 아니지만 제대로 된 버거 맛집이었어요. 리타도 좋다고 했고, 전 신나게 수다 떨 생각에 들떴어요. 이제 와 생각해 보면 그게 앙토냉하고 한판 붙고 난 다음 날이었고, 리타는 학생부에 곧 불려 갈 걸 알고 있었기 때문에 분위기가 좋지는 않았죠.

"너무 걱정하진 마." 저는 바비큐 소스를 입가에 흘리면서 리타를 위로하려 애썼어요. "선생님들은 다 널 좋아해. 별일 없을 거야."

리타는 감자튀김 옆에 놓인 양상추만 몇 번 건드렸어요.

"넌 아무것도 몰라. 나 아마 정학 당할 거야."

"무슨 소리야, 네가 왜 정학을 당해! 그 자식을 두들겨 팼으면 몰라도…."

리타는 동의하지 않았고 저는 점심을 먹는 내내 분위기를 띄우느라 무척 힘들었어요.

계산을 할 때가 되어 제가 신용카드를 꺼내는데 리타도 지갑을 꺼내더라고요.

"됐어. 내가 먹자고 했으니까 내가 살게."

"아냐, 로만. 이번엔 내가 낼게."

"그러지 마! 제발! 카드 계산 되죠?"

리타가 신용카드를 들고 있는 제 손을 잡고 부드럽게 밀었어요.

"나 요즘 저녁에 아이 돌보미 하고 있어서 돈 있어. 내가 사고 싶으니까 사게 해 줘."

저는 아이 보는 일이 보수가 괜찮은가 보다 생각했어요. 전 평생 아기도, 고양이도, 개도 돌본 적 없으니까 그저 다행이라고만 생각한 것 같아요.

하지만 열흘쯤 지나서인가, 리타가 들고 온 가방을 보고 제 눈을 의심했어요. 그전에도 처음 보는 옷을 입고 온 적이 있었는데 새것이거나 상태가 좋은 옷들이었지만 브랜드까지 확인하진 않았어요. 솔직히 신경도 안 썼어요. 그런데 그 가방은 저도 가격대를 대충 아는 명품이었어요.

"헐, 애 봐주고 번 돈으로 이런 가방을 산다고?" 리타가 옆에 앉을 때 제가 소리를 질렀어요.

그날 리타는 좀 늦었어요. 이미 종이 치고 학생들이 교실에 착석한 후였죠. 리타가 헐레벌떡 교실로 들어와 공책이 잔뜩 든 토트백을 의자 등받이에 걸었어요. 리타는 제 얼굴을 잠깐 보고는 바로 이렇게 대꾸했어요.

"그 집 엄마가 줬어. 돈도 잘 벌고 화장품, 샴페인, 옷, 꽃, 가방 같은 홍보용 협찬 물품도 많이 받는대. 두 가지 중에서 하나를 고르라는 거 있지. 이거 되게 예쁘지?"

이게 바로 리타예요. 얼마나 영리한지 눈 깜짝할 사이에 심리 전문가도 속아 넘어갈 얘기를 지어낼 수 있어요. 전 바보같이 이런 소리나 했지요. "좋은 분들이네. 근데 아이들이 너무 힘들게 하는 건 아니야?"

그때 헴스 선생님이 빨간 스웨터 차림으로 교실에 들어왔고—제 생각에, 그 선생님 옷장에 빨간 스웨터가 한가득 있는 게 분명해요—수업이 시작됐어요.

리타는 전에 봤던 옷도 그 엄마가 준 거라고 주장했고 심지어 그 엄마 이름까지 알려 줬어요. 전 의심할 이유가 없었기 때문에 그냥 넘어갔고요. 어쨌든 저는 리타가 좋은 고용주를 만나서 그 애의 옷장과 지갑이 두둑해졌다는 사실이 기쁘기만 했어요.

저에겐 알렉스와 그의 화끈한 키스가 있었고 리타에겐 비고와 그의 고양이 같은 몸이 있었죠. 그 이야기를 하면서 우린 자주 웃었어요. 그러니까 제가 묻고 싶은 건 이거예요. 그렇게 행복했던 우리에게, 도대체 무슨 안 좋은 일이 일어날 수 있었겠냐고요.

티무르

00 : 07 : 00

사실대로 말하면 저는 그때 정신이 좀 딴 데 가 있었어요. 난생처음 남자와 키스를 했는데 심장이 터지는 줄 알았거든요. 너무 이상했는데 결과적으로는 멋졌어요. 그전까지만 해도 얼마나 찝찝할지 엄청 걱정을 했거든요. 근데 문제는 키스를 하면 그다음 단계가 금방 찾아온다는 거예요. '그다음 단계'라는 건, 당연히 섹스를 말하는 거고요. 머릿속이 온통 그 생각뿐이었어요. 어디서, 어떻게, 그다음은…. 아, 또 딴 길로 샜네요. 죄송해요. 근데 오늘 얘기하려는 것도 섹스랑 관련이 있어요.

어느 날 발표 준비를 하는데, 리타가 불쑥 자기는 주제를 골랐다는 거예요. 스위스의 여성 작가라는데 이름도 되게 이상했어요. 그리젤리디스 레알이라고, 혹시 아세요? 비고가 그 작가의 시집을 가지고 있어서 지하에서 우리 아빠 위스키를 반 병쯤 비우고 읽어 줬어요. 비고는 술을 끊었다가 그날 폭주를 했죠. 전에도 말했지만

티무르

비고는 시인이고 그 작가에게 완전히 반해서 책을 모조리 읽어 치웠어요. 나중에 사건이 터진 후 비고는 넬리 아르캉이라는 작가를 알게 됐는데, 그 작가 책을 읽으면서 몇 번이나 토했어요. 음, 제가 또 헤매고 있네요.

음, 암튼 리타는 주제를 정했다고 선언했어요. 저는 수학에서의 무한 개념을 다룰지 피자 도우를 이용해 원주율이 대략 3.14로 나오는 과정을 실시간 증명할지 고민하다가 후자는 포기했어요. 그 아이디어는 인터넷에서 본 건데 표절은 사기라고 했던 헴스 선생님의 말 때문에 관두기로 했죠. 우리 학교는 대중 앞에서 말하는 훈련을 시킨다는 명목으로 이 성가신 발표 수업을 마련하는데요. 정해진 시간표 외에 보충 수업을 하는 셈이에요. 보통은 3주간 수요일 오후에 나와야 하죠. 원형 강의실에 앉아서 친구들의 발표를 들어야 해요. 당연히 모두가 앞에 나와 발표도 해야 하고요.

리타는 평소처럼 진지하게 발표문을 준비해 왔어요. 리타는 정학을 당했고, 리타뿐만 아니라 우리까지 텐션이 떨어졌죠. 앙토냉 같은 인간 똥덩어리를 좋아할 수 없었던 우리는 그게 남이 받은 벌 같지 않았어요. 그러나 리타는 여전히 똑똑했어요. 조금 약해졌을지는 몰라도 비난받을 일을 한 사람처럼 보이진 않았어요.

기억이 잘 나진 않지만 4월 초였을 거예요.

리타 차례가 되었어요. 발표는 그림 몇 점을 보여 주는 것으로 시작했어요. 처음 보는 그림들이었어요. 황소 머리를 한 여자들, 뿔

이 나 있거나 얽히고설킨 문양들, 뱀, 태양, 검은 피부, 파란 피부, 왕관으로 장식된 여자들…. 리타가 책을 쓴 작가에 대해서 발표한다고 했었기 때문에 이게 뭔가 싶었죠. 그런데 리타가 보여 준 그림들은 그리젤리디스 레알이 그린 거였어요. 분필로 그린 그림들이 진짜 독특해서 보는 순간 그냥 푹 빠지게 돼요. 리타는 이어서 시 한 편을 낭송했어요. 걔는 진짜 영리해요. 레알의 삶에서 중요한 부분을 드러내지 않고 사랑에 대한 시만 소개한 거죠.

우리는 그리젤리디스 레알이 작가이자 시인이자 화가라는 걸 알게 됐어요. 그녀는 독일에서 옥살이를 했고 성매매 여성의 권리를 옹호한 인물로 그 자신도 성노동자였다고 해요. 짐작하시겠지만 아이들이 웅성댔어요. 고등학교 졸업반 발표 수업에서 성노동자를 다루는 게 흔한 일은 아니잖아요. 헴스 선생님이 의자에서 움찔했지만 그 이상 반응하진 않았어요. 선생님도 그 작가를 알고 있었던 거죠.

그런데 리타는 그림으로 아이들을 휘어잡고 있었어요. 그러니까, 그림이 마음에 들 수도 있고 아닐 수도 있는데, 절대 야하거나 진부한 건 아니었어요. 레알은 그런 식으로 그리지 않았거든요. 그래서 우리가 처음 품었던 선입견과 레알이 실제로 말하고자 했던 내용 사이에는 큰 괴리가 있었어요. 리타는 정확히 그걸 노린 거예요. 그 사람의 시와 책, 그리고 《어느 매춘부의 무도회 수첩》 같은 작품은 우리를 초고속 범퍼카에 태워 차원이 다른 세계로 내던졌어

티무르

요. 리타는 우리에게 폭탄을 투척하고는 시 몇 편과 《검정도 색깔이다》의 발췌문을 낭독했어요. 죽음, 사랑, 굶주린 소녀들의 신선한 육체를 탐하는 잘난 신사들에 대한 증오를 드러내는 문장들을요. 죽음과 사랑에 대한 이야기, 그리고 굶주린 소녀들의 살을 탐한 뒤 집에 돌아가선 도덕을 떠드는 그 위선적인 '잘난' 남자들에 대한 증오도 있었죠. 강의실 연단에 선 리타의 빨간 머리는 불타오르는 것 같았고 우리는 그 애의 말을 빨아들이고 있었어요.

10분의 제한 시간을 훌쩍 넘긴 발표가 끝났을 때 로만이 벌떡 일어나 박수를 쳤고, 저도 열광하며 기립박수를 보냈어요. 지금 생각하면 우린 정말 아무것도 모르는 바보들이었어요.

비고는 우리 반이 아니기 때문에 그 발표 수업에는 없었어요. 나중에 우리가 얘기해 줬죠. 그땐 리타의 말솜씨, 메두사처럼 좌중을 꼼짝 못 하게 만드는 존재감과 거침없는 태도를 찬양하느라 바빴어요.

리타가 피범벅이 된 채로 발견됐을 때, 우리 모두 충격을 받았지만 비고는… 아무도 말릴 수 없었죠. 분노를 못 이겨 주먹으로 벽을 치다가 손이 완전히 망가질 뻔했어요. 비고 같은 클라이밍 능력자가 스스로 손을 망가뜨린다는 건 범죄죠. 그 정도로 걔는 완전히 무너졌어요. 다시는 술을 안 마신다던 녀석이 죽을 것처럼 폭음을 하고 침대에 처박혀 씻지도 않았죠. 비고는 제대로 얘기도 하려고 하지 않았어요. 그냥 죽어라 술을 퍼마시고 이해되지 않는 말들을 설사처럼 쏟아냈죠. 왜 리타가 아무 말도 안 했을까, 왜 자기를 멀리했을까, 왜, 왜, 그러다 화제가 바뀌어요. 왜 엄마는 돌아가셨을까, 왜 아빠는 반 부랑자 신세인가, 왜, 왜…. 비고는 수업을 빼먹었고 나중엔 학교에 나오지도 않았어요. 컵케이크 가게도, 클라이밍도 그만뒀죠. 저러다 무슨 일 나겠다 싶었어요. 네, 비고가 자살할까 봐 진심으로 걱정했어요. 비고를 우리 집으로 다시 불러들이는 것까진 성공했어요. 제가 학교 가 있는 동안 개는 지하에 있었죠. 엄마가 대화를 시도했지만 소용없었어요. 그래도 집에 혼자 있거나 걔네 아빠랑 있는 것보다 우리 집에 와 있는 게 나을 것 같았어요. 한번은 토요일이었는데 진짜 겁이 나서 컵케이크 가게로 달려갔어요. 파티아와 얘기를 하고 싶었어요. 저는 파티아와 인사를 하긴 했지만 잘 모르는 사이였어요. 파티아가 자리에 없어서 전화번호만 남기고 막막한 심정으로 돌아오는 길이었죠. 20분쯤 지났을까, 아직 집에 도착하지 않았는데 전화가 왔어요. 파티아가 바로 우리집으로 오겠다는 거예요. 저는 집까지 뛰었고, 똥 눌 때 말고는 힘을 써 본 적 없는 몸뚱이의 고통을 실감했죠. 집에 도착해서 몇 분 후, 저는 파티아에게 문을 열어 줬어요. 파티아는 여왕처럼 우리 집에 등장했어요. 우리 부모님께 선물로 챙겨 온 디저트를 건네고 우아하게 악수를 나눈 후 연신 미소 띤 얼굴로 저를 앞세워 지하로 내려갔어요. 술 냄새 때문에 속이 뒤틀렸어요. 비고는 입을 헤벌리고 시뻘건 얼굴로 비지땀을 흘리며 자고 있었어요.

저는 파티아가 엄청 야단을 칠 줄 알았어요. 정신 번쩍 나게 따귀를 갈긴다든가, 충격 요법을 쓸 줄 알았죠.

하지만 파티아는 아무 말도 하지 않았어요. 그냥 가만히 서서 비고를 바라보고만 있었죠. 잠시 후 그녀는 수건을 물에 적셔서 가져와 비고 앞에 무릎을 꿇었어요. 그 애의 얼굴을 닦아 주고 손등으로 얼굴을 쓰다듬으면서 조용히 잠에서 깨웠죠.

"너는 너를 파괴할 권리가 없어, 비고. 난 널 사랑해. 넌 내 아들이나 마찬가지야. 나랑 같이 가자."

저는 얼떨떨한 표정으로 서 있었지만 비고는 눈을 뜨고 소파에서 일어나더니 비틀거리면서 파티아를 따라 나섰어요.

비고는 파티아와 한 달을 같이 있었어요. 실은 파티아가 비고를 데리고 나가 줬죠. 파티아의 단골이 산속에 있는 오두막집을 빌려 줬대요. 파티아는 비고와 생후 5개월 반밖에 안 된 아기 사미라를 데리고 그곳으로 떠났어요. 남편이 컵케이크 가게를 맡았고요. 파티아는 학교에 전화도 걸었어요. 어떻게 얘길 했는지 모르지만 비고가 무단결석 처리되지 않고 학비 혜택도 계속 받을 수 있도록 손을 써 줬어요. 비고도 파티아를 도왔어요. 사미라와 놀아 주거나 분유를 먹였죠. 파티아는 비고에게 공부를 시켰어요. 사실 저도 자세한 건 몰라요. 둘이 엄청나게 걸어 다녔다는 것만 알아요. 사미라를 업고 주위의 산을 누비고 다녔대요. 비고는 열심히 공부했고, 산에서도 인터넷이 연결돼서 수업도 다 따라잡았어요. 5월에 학교로 돌아왔죠. 학교에 복귀하는 날, 바로 우리 집에 왔어요. 비고가 그날 했던 말 중에 기억에 남는 말이 있어요.

"4월과 5월의 산은 마치 세상이 숨을 고르고 다시 태어나는 것 같았어. 노랗던 풀이 비로소 초록을 띠고, 곤충들이 깨어나고, 새들이 돌아오지. 나는 매일 한밤중에 일어나 사미라의 기저귀를 갈았어. 세상 한복판이 아니라 바깥쪽에 있다 보니까 자꾸 나 중심에서 벗어나더라. 밥해 먹고, 공부하고, 애벌레 돌보고…. 정신 없었지."

그런 얼굴 하지 마세요. 그 표현에는 비고의 애정이 담겨 있으니까요. 비고는 사미라의 대부예요. 우리끼리는 사미라를 '애벌레'라고 부르죠. 그리고 비고는 이렇게 말했어요.

"누군가를 돌보는 일이 날 살린 것 같아."

몇 주 후 바칼로레아 마지막 시험이 시작됐고, 비고는 시험을 치르는 데 집중했어요.

티무르

비고

00 : 11 : 30

᠁|||᠁||᠁||᠁᠁||᠁||᠁

전혀 눈치 못 챘어요. 전 옷이나 브랜드 같은 거 하나도 몰라요…. 몸에 뭘 걸치든 깨끗하고 편하고 너무 보기 싫지만 않으면 된다고 생각하니까요. 네, 그래서 전혀 몰랐어요. 전 리타가 예쁘고 재미있고 감동적이기만 했어요…. 모르겠어요, 그 애랑 같이 있어도 꿈이 아닌지 볼을 꼬집고 싶은 기분이었어요. 로만이 나중에 말해 주더라고요. 리타가 눈알이 튀어나올 정도로 비싼 가방을 들었다고, 옷도 엄청 비싼 거였다고, 하지만 그땐 너무 늦었죠.

4월 17일은 2월 13일과 비슷해요. 2월 13일은 엄마 기일, 제 머릿속에 지울 수 없는 흉터를 남긴 날짜죠. 가끔 큰 소리로 되뇌어요. "사월십칠일, 사월십칠일, 사월십칠일, 사월십칠일…." 자꾸 되풀이하면 그 날짜의 현실성이 희석되고 영양가가 쏙 빠져서 시간의 지도에서 지울 수 있기라도 한 것처럼요. 그렇게만 된다면 얼마나 좋을까요?

리타는 주말에 시간이 없다고 했어요. 엄마와 함께 쌍둥이 생일 파티 준비를 할 거라고 했죠. 거짓말이었어요. 저는 리타를 믿었지만요. 제가 왜 리타를 의심하겠어요? 저는 아무것도 모르는 멍청한 놈이었어요. 아무것도 모른 채 사랑의 장밋빛 구름만 타고 있었던 거예요. 아, 모든 게 장밋빛은 아니었지만 그래도 아침에 눈을 뜨면 행복했어요. 더 바랄 게 없었다고요. 일주일만 있으면 방학이었고 우리 둘은 기차를, 그것도 일등석을 타고 바닷가로 캠핑을 가기로 약속했죠. 행복이, 훔쳐낸 천국의 한 조각이 이제 손만 뻗으면 잡을 수 있는 거리에 있었어요. 파티아는 일기예보를 확인하는 저를 보고 살짝 놀리기도 했죠. 하지만 날씨는 틀림없이 좋을 테고 아침에 눈을 뜨면 맨 먼저 보이는 새파란 텐트, 밖에서 들려오는 발소리, 사람 목소리, 음악 소리, 지퍼를 여는 순간 눈앞에 펼쳐질 청명한 하늘이 그려졌어요. 몇 주 전부터 돈도 착실히 모으고 있었죠.

저는 컵케이크 가게에서 일했고 파티아는 3월 말부터 가게에 다시 나왔어요. 예전보다 늦게 출근하고 일찍 퇴근하긴 했지만 파티아가 가게에서 큰소리로 웃고, 이것저것 지시도 내리고, 별난 신상 케이크도 맛보게 해 줘서 좋았어요.

4월 17일 오후 4시, 저는 그때 잠시 쉬는 중이었어요. 오전 10시 개점부터 쉴 새 없이 일하느라 점심도 먹지 못했죠. 사물함에서 핸드폰을 꺼내 확인했다가 기절할 뻔했어요. 리타가 2통, 로만이 27

통, 티무르도 거의 그 수준으로 전화를 했더라고요. 당장 리타에게 전화를 걸었죠. 전화를 안 받아서 티무르에게 걸었어요.

"잠깐 어디 앉을 데 있어?" 티무르는 생뚱맞은 소리를 했어요.

"무슨 일인데?"

"잠시 차분히 앉아서 얘기하자. 너 컵케이크 가게에 있지? 파티아 옆에 있어?"

"개수작 집어치우고 본론만 말해. 네가 이러면 더 겁나."

"리타가 병원에 실려 갔어. 리타가… 구타를 당했어."

이게 무슨 말인가 이해하려 했지만 머릿속으로 정보가 들어오지 않았어요. 마치 뇌가 기름투성이인 것처럼 말들이 뉴런에 착 달라붙지 못하고 미끄러지기만 했죠.

"비고, 리타가 많이 다쳤어."

"어디를 어떻게 다쳤는데? 누가 때렸다는 거야!" 제가 빽 소리를 질렀어요.

저는 이미 일어나서 앞치마를 벗고 있었지요.

"나도 아는 게 별로 없어. 알아보는 중인데 일단 봐서는… 그게…"

"씹할, 말해!"

"앙토냉 아빠가 리타를 죽도록 때린 것 같아."

"앙토냉 아빠?" 저는 바보같이 그 말을 따라 했어요.

"응, 리타가 간신히 구조대를 부른 것 같은데 발견됐을 때는 피가 웅덩이를 이룰 만큼 출혈이 심했고 여기저기 부상이 있다고 해. 대학병원 응급실로 이송됐고 지금은 면회가 안 돼. 로만이 보고 오려고 했지만….”

저는 전화를 끊고 파티아에게 이렇게 말했어요.

"리타가 병원에 실려 갔어요."

그러고는 가게 밖으로 튀어 나가다가 어떤 손님과 부딪혔어요.

미친 듯이 페달을 밟아 병원으로 달려갔어요. 신호등도 무시하고 앞을 가로막는 운전자에겐 고함을 질렀지요. 1초를 아낄 수 있다면 누가 죽어도 상관없다는 마음이었어요. 머릿속에서 앙토냉 아빠가 여기서 왜 나오느냐는 의문이 맴돌았어요. 철학 시간에 대판 싸운 건 알고 있었지만 이미 한 달도 더 된 일인데? 앞뒤가 맞지 않았어요. 저는 물속으로 가라앉는 기분이 들었어요.

자전거를 병원 앞 나무에 내동댕이치고 냅다 뛰었어요. 어느 건물, 어느 곳으로 가야 하는지부터 알아내야 했죠. 저는 부들부들 떨고, 고함을 지르고, 땀을 흘렸어요.

마침내 리타가 있다는 곳에 도착했지만 들어갈 수 없었어요. 병원에서 리타는 다른 구역으로 이송됐고 경찰이 함께 있다고 말해 줬어요. 그래서 대기실에서 두 시간쯤 기다렸어요.

대기실에서 리타의 엄마 글로리아를 알아보았어요. 리타와 똑같은 빨간 머리에 아홉 살쯤 되어 보이는 쌍둥이 여자애들을 데리고 있는 아주머니…. 망설이다가 옆에 앉아도 괜찮은지 물었어요.

글로리아는 제가 무슨 동물 탈이라도 쓴 것처럼 빤히 쳐다보았지만 곧 현실을 깨달은 듯 고개를 끄덕였어요.

저는 등받이가 덜렁거리는 의자에 기대 앉아 리타 엄마에게 말을 걸었어요.

"저는 비고라고 해요. 리타 친구예요."

글로리아는 저를 뚫어지게 쳐다보더니 상황을 파악했어요.

"넌 아니? 이게 어떻게 된 일인지?"

"아뇨."

묻고 싶은 사람은 나였는데 리타네 엄마도 자초지종을 모른다는 게 이해가 안 갔어요. 쌍둥이들은 미끄러운 신발을 신은 채로 의자들 사이를 왔다 갔다 하면서 재잘거리고 흥얼흥얼 노래를 불렀어요. 둘이 정말 똑같이 생겼더라고요. 그 아이들 얼굴에서 리타와 닮은 구석이 보여서 또 속이 뒤틀리는 것처럼 아팠어요.

"우린 언제 볼 수 있어?"

"누구를?"

"리타 언니 말이야, 이 바보야! 언니 봐야지!" 쌍둥이 중 한 명이 외쳤어요.

글로리아는 미동도 하지 않았어요. 그냥 제 얼굴만 보고 있었죠. 그때 대기실로 경찰 두 명이 들어왔고 글로리아가 냅다 일어나 그들에게 달려갔어요. 경찰들이 뭐라고 했는지는 못 들었는데, 제가 무슨 반응을 하기도 전에 글로리아가 바닥에 쓰러졌어요. 너무 놀라서 순간적으로 굳어 버렸는데 하얀 가운 입은 여자가 글로리아에게 달려갔어요.

저는 접수대로 달려가 리타의 오빠라고 둘러대고 면회를 요청했어요. 줄무늬 가운을 입은 남자가 저를 유심히 쳐다봤어요. 그 사람은 제가 아까 리타 엄마랑 얘기하는 걸 다 봤을 거예요.

"제발, 부탁드려요."

그는 글로리아 주위에 몰려 있는 사람들을 흘끗 보고는 저에게 고개를 끄덕였어요. 저는 그 사람을 따라서 자동문들이 끝없이 이어지는 미로 같은 복도를 걸어갔어요. 그러다가 칸막이들로 한 칸 한 칸 좁게 나뉘어 있는 어느 병실로 들어갔어요. 칸막이 사이로 침대에 누워 있는 환자들이 얼핏 보이고 호흡기에서 나는 소리, 고통스러운 신음, 기계 신호음이 뒤섞여 들렸어요. 환자들 옆의 수액 거치대가 작은 병사들처럼 꼿꼿이 서 있었죠. 갑자기 엄마가 생각났어요. 눈이 움푹 파일 만큼 수척해지고 낯빛이 회색으로 변했던 우리 엄마가요. 저는 걸음이 안 떨어졌어요. 정신을 차리려고 입안을 꽉 깨물었더니 피 맛이 났어요. 저를 안내해 준 그 사람 머리칼 색이 뭐였는지, 어떻게 생겼는지 기억도 안 나요. 어쨌든 그 사람이 7번 침대를 손가락으로 가리키고는 돌아갔어요. 저는 살그머니 침대로 다가갔어요.

차마 눈을 뜨고 볼 수 없었어요. 리타는 얼굴이 시퍼렇게 멍들고 부어올라 있었어요. 부종이 심해서 한쪽 눈은 아예 보이지도 않았죠. 한쪽 팔에 깁스를 하고 목에도 둥그런 보호대를 착용하고 있었어요. 저는 가까이 다가갔지만 그 애는 의식이 없었고 수액을 맞는 중이었어요. 혹시 아플까 봐 건드리지도 못했죠. 리타가 죽을 수도 있었다는 생각을 멈출 수가 없었어요. 리타가 죽을 뻔했는데 전 그 자리에 없었다고요. 젠장, 이게 무슨 악몽인가요.

저는 몇 분을 기다렸지만 더는 견딜 수 없었어요.

병실에서 나왔죠.

대기실에서 글로리아나 쌍둥이들의 흔적은 찾아볼 수 없었어요. 자전거를 찾는 데만 40분이 걸렸어요. 어디다 던져놨는지 기억이 안 났거든요. 그렇게 겨우 집으로 돌아왔어요.

집에 와서 손에서 피가 날 때까지 화장실 벽을 주먹으로 내리쳤어요. 아빠는 집에 없었어요. 아빠가 밤늦게 들어왔을 때도 저는 아무것도 묻지 않았고 아빠가 어찌 되든 신경도 안 썼어요. 밤새도록 천장을 쳐다보며 오늘 일을 되짚었어요. 앙토냉의 아빠가 리타와 무슨 상관이 있다는 거지? 앙토냉에게 문자를 오십 통 넘게 보냈어요. 새벽 2시쯤인가, 로만도 저한테 문자를 보냈더라고요. 리타가 어떻게 됐는지 아느냐고 묻더군요. 저는 바로 전화를 걸었어요.

"내가 보고 왔어. 잠들어 있어서 대화는 못 했어."

"의사도 만나 봤어? 경찰은?"

"못 만났어."

밤이 우리의 목소리를 삼켜 버렸어요. 잠시 후 침묵을 깨고 제가 말을 꺼냈어요.

"앙토냉한테 문자 보냈는데 답이 없어."

"답을 할 리가 없지…." 로만이 중얼거렸어요.

"걔네 아빠가 한 짓이 확실해? 넌 누구한테 들었어?"

"리타."

저는 침대에서 벌떡 일어났어요.

"리타가 말했다고?"

"응."

로만의 목소리가 갈라졌어요.

"리타는 숨도 못 쉬었어. 구조대를 부르고 바로 나한테 전화했대."

저는 듣고만 있었어요. 로만은 울고 있었어요. 저도 눈물이 났고요.

"리타가… 죽을까 봐, 그 아파트에서 죽을까 봐 무섭다고 했어."

"아파트?"

"나도 잘 모르겠어. 리타가 이러더라. '나 이 아파트에서 죽고 싶지 않아. 무서워. 나 죽나 봐, 로만. 숨이 안 쉬어져. 일어설 수가 없어. 구조대원들에게 문을 열어 줘야 하는데 어쩌지, 나 무서워.' 그래서 내가 가해자를 아느냐고 물었더니 리타가 그러는 거야. '앙토냉 아빠. 미친놈이야. 너는 절대 가까이 가지도 마.' 앙토냉 아빠가 뭘 어쨌다는 건지 이해가 안 돼. 걔네 아빠가 재수 없는 졸부인 건 맞는데, 그게 리타랑 무슨 상관이지?"

저는 얼굴을 손으로 비볐어요. 그러면 정신이 들 것 같아서요.

"개새끼! 죽여 버릴 거야!"

로만의 흐느낌이 저를 진정시켰어요.

"내일 다시 가 볼 거야. 너도 뭔가 더 알게 되면 나한테 알려 줘."

"당연하지." 로만이 딸꾹질을 했어요. "너도 그래 줘. 나 걱정돼서 못 견디겠어. 리타 괜찮을까?"

"간호사한테 들었는데 위험한 상태는 아니라고 했어."

그 말은 사실이었어요. 병원에서 나오는 길을 못 찾아 헤매다가 오십 대 정도로 보이는 그 간호사를 만났거든요. "7번 침대의 어린 여성 환자? 걱정 안 해도 돼. 괜찮을 거야."

로만은 훌쩍거리면서 전화를 끊었어요. 저는 리타에게 332번째인지 347번째인지 모를 문자를 또 남겼어요. 아까 들렀는데 자고 있더라, 사랑해, 또 갈게, 사랑해, 내가 도와줄게, 사랑해. 손가락이 덜덜 떨렸어요. 그 순간, 사냥개들과 사냥꾼들에게 쫓기는 사슴이 된 것 같은, 숨이 막히는 절망감을 느꼈어요. 이미 포위되어 있는 걸 알면서도 몸부림치는, 너무 늦었다는 걸 알아 버렸을 때의 그 희망 없는 느낌.

티무르가 전화를 했어요. 걔도 안절부절못하고 있었죠. 우리는 바보같이 각자 집에서 발만 동동 구르고 있었던 거예요. 그래서 저는 일어나서 로만에게 전화를 걸고 티무르네 집으로 달려갔어요.

로만은 자기 엄마를 깨웠어요. 엄마가 바로 티무르네 집까지 태워 주셨대요. 우리는 그날 밤의 남은 시간을 소파에서 셋이서 딱 붙어 보냈어요. 속닥속닥 얘기하다가, 함께 울다가 했죠. 이런저런 가설들을 세우면서 킬킬거리기도 했고요. 벼랑 끝에 서 있을 때는 그렇게 해야 버틸 수 있으니까요. 우리는 티무르네 찬장을 싹 비웠고, 옷도 갈아입지 않은 채 엎어져서 잠이 들었을 때는 이미 해가 떠 있었어요.

친구들이 곁에 있어 주지 않았다면 제가 무슨 짓을 저질렀을지 몰라요.

의사들은 리타가 며칠 더 안정을 취해야 한다고 했어요. 여러 군데가 찢어지고, 두개골이 손상되고, 손목과 팔이 부러지고, 갈비뼈가 골절되면서 폐에도 구멍이 났고, 경추에도 금이 갔다고 했어요. 리타는 병원으로 이송된 바로 그날 밤에 수술을 받았어요.

저는 점심시간에 병원에 갔어요. 글로리아는 없었어요. 아마 쌍둥이를 보고 있었겠지요.

손가락 끝으로 문을 가만히 밀고 들어갔어요. 핸드폰도 진동으로 바꿔 놓고, 숨을 죽인 채 살금살금 걸음을 옮겼죠. 리타는 문턱에 서 있는 저를 보자마자 울음을 터뜨렸어요. 그 애는 울음을 그치지 못했고 저는 어찌할 바를 몰라 침대 옆에 그냥 서 있었어요. 저러다 숨이 막힐까 봐 걱정이 됐어요.

제가 한 발짝 다가가니까 리타가 제 손을 잡았어요. 손가락 하나에는 부목이 덧대어 있었어요.

"비고…." 리타가 오열하면서 중얼거렸어요. "나…."

그때부터 저도 울음이 터졌어요. 마음이 놓이기도 하고 화가 나기도 하고 이해할 수 없는 감정들이 터져 나왔어요.

"너무 무서웠어, 씹할, 네가 어… 어떻게 되는 줄 알고 무… 무서워서…." 저는 말을 더듬었어요.

저는 고개를 숙이고 멍, 피, 흉터가 없는 이마의 한 부분을 찾아 입을 맞추었어요. 리타는 더 크게 울면서 이 말만 반복했어요.

"미안해. 미안해…."

저는 리타가 제정신이 아니라서 그런다고 생각했어요. 먹통이 된 소프트웨어처럼 아무 말이나 하는 줄 알았죠.

"쉬이이이…." 저는 리타의 귀에 속삭였어요. 그 순간, 그 애를 안아 주지도 못하고, 우리 사이의 거리를 좁힐 수 없다는 사실이 끔찍하게 느껴졌어요.

리타의 부은 얼굴 틈 사이로 눈물이 흘러내렸어요. 조용히 흐르는 눈물이 아니었어요. 제 눈물처럼 가지런하지도 않았어요. 눈물은 얼굴의 움푹 패인 곳과 부은 곳을 따라 상처 사이를 헤집고 흘렀어요. 반창고나 상처에 막혀 흐르다 멈추기도 했어요. 저는 리타가 얼마나 망가졌는지 새삼 실감했어요.

"어제는 네 오빠라고 거짓말을 했어. 곧이곧대로 말하면 들여보

내 주지 않을 것 같아서."

리타가 콧물을 훌쩍였어요.

"내가 우리 엄마나 비고라는 친구가 오면 만나게 해 달라고 말해 뒀어."

저는 그 애의 이마에 달라붙은 머리카락을 떼어냈어요.

"리타…."

"비고, 미안해. 나… 할 말이 있어."

리타는 자기 이야기를 들려줬어요. 제가 함께 겪었다고 믿었던 이야기가 아니었어요. 그건, 오직 리타만이 알고 있었던 이야기였죠. 리타가 지옥 끝까지 떨어졌던, 진짜로, 끔찍했던 이야기.

리타

00 : 57 : 30

다시 말씀해 주세요. 그 일 이후로 집중하기가 힘들어서요. 기사 쓰시는 건가요? 책을 쓰세요? 이 일에 관심을 보일 사람이 있을까요? 네, 한 번도 생각해 보지 않았어요. 그런데 말씀하시니까 생각났는데 서점에 가 보면 온갖 사건 사고를 다룬 책들이 많잖아요. 지난주에 현대 문학에 대한 팟캐스트를 들었는데 거기서도 그런 얘기가 나오더라고요. 전엔 안 그랬는데 요즘은 이틀에 한 번꼴로 잠을 못 자요. 그래서 헤드폰을 쓰고 라디오나 팟캐스트나 오디오북을 들어요. 목소리들을 들으면서 저를 잊어요. 그것이 침몰하지 않고 공황 발작에 저항하는 유일한 방법이에요. 공황 발작에 지면, 특히 세상이 잠들어 있는 동안은, 너무 힘들어지거든요.

저는 사회면 뉴스가 됐어요. 아시죠? 세상은 제가 이 거대한 어둠의 수영장에서 죽어 가도록 내버려뒀어요. 그 수영장은 '심각한 사회적 문제를 가진 사람들' '운이 나쁜 사람들' '나쁜 친구를 사

리타

권 사람들' '불쌍한 여자애들' 전용이라고들 하죠. 가끔 생각해요. 차라리 죽었으면 좋았을 텐데. 그러면 적어도 모든 게 끝나긴 했을 텐데. 그럼 끝도 없이 기다리기만 하는 듯한 이 견딜 수 없는 기분은 느끼지 않았을 테니까요. 저는 망각을 기다려요. 그들을 잊기를, 제가 잊히기를 기다려요. 용서받기를, 이해받기를, 도움받기를 기다려요. 수영장에서 나와 몸의 물기를 닦고 깨끗한 옷으로 갈아입고 새 삶을 시작하기를 기다려요. 제 몸이 다시 태어나고 자유로워지는, 더러움이라곤 없는 삶을요. 저는 친구들을, 활짝 편 손을 기다려요. 저는 웃음과 사랑을 기다려요. 저는 아무것도 보이지 않는데 태양은 무심히 빛나지요. 잠시도 풀지 못하는 경계심은 또 어떻고요. 저 사람이 날 알아보면 어쩌나, 이 사람이 내가 누구인지 아는 건가, 내 사건이 생각났을까, 상대가 평범한 사람 대하듯 말을 거는 건가, 아니면 '저 여자애 있잖아, 쟤가…'라고 수군대나….

그리고요, 가명을 써 주실 수 있나요? 제 이름도 그렇고, 다른 사람들 이름도요. 제가 얼마나 이름을 지우고 싶어 하는지 아실 거예요. 정보를 제공하고 진실을 알리는 게 중요하잖아요. 어떻게 공포가 수면으로 떠올라 사람 목덜미를 휘어잡고 놓아주지 않는지 알려 주세요. 사회면 뉴스는 뱀 같아요. 제 증언이 경고 역할을 할 수 있다면 좋겠어요. 그게 아니면 수락하지도 않았을 거예요. 이 고통은 제 안 구석구석에 끈적하게 들러붙어 있어서, 이 지독한 진창을 다시 뒤적이는 건 정말 힘든 일이에요….

오, 이미 생각해 두셨다니 감사해요. 리타요? 좋아요, 예쁜 이름이네요. 고맙습니다. 다른 사람들 가명도 생각해 두셨어요?

괜찮네요.
그럼, 다른 사람들도 인터뷰하셨어요?

그렇군요. 로만은 최고죠. 티무르, 웃기는 친구고요. 근데 이제 걔들하고 안 만나요. 너무 창피해서 못 보겠어요. 퇴원 이후로 문자가 와도 답을 안 했어요.

아뇨, 괜찮아요. 그냥 좀 추워서요.
저기…
비고도 만나셨나요? 어떻게 지내요? 건강해 보이던가요?

비고는 제 밤을 밝혀 준 혜성이었어요. 이젠 사라져 버렸지만요.

네, 고맙습니다. 물 한 잔만 주세요.
아직도 악몽을 꿔요. 그들의… 몸, 구타, 거짓말을 꿈에서 또 겪어요. 커다란 집 안에서 계속 쫓기고 복도가 끝없이 이어지는데 진한 초록색 카펫이 깔려 있어서 발소리도 안 나요. 고개를 돌릴 때마다 계단, 꽉 닫힌 문만 보이고 숨을 곳은 아무 데도 없어요. 저는

리타

비고를 불러요. 제가 부르면 비고가 듣고 대답해요. 하지만 비고가 어디 있는지는 모르겠고 저는 끝내 그들에게 잡히고 말아요. 그들이 저를 땅바닥에 내동댕이치고 달려들어 옷을 찢어발겨요. 또 다른 악몽은 엄마에게 뭔가를 설명하는데 입에서 엉뚱한 말이 튀어나와 전혀 다른 얘기가 되어 버리고 엄마는 제대로 얘기해 봐라, 정확히 무슨 얘기냐, 채근하는 거예요. 아빠라면 절 도와줄 수 있을 텐데 아빠는 이제 돌아가셨고 제 입에선 울타리를 부수고 울면서 달려 나가는 염소 떼처럼 단어들이 앞다투어 튀어나와요.

네, 그게 좋겠어요. 처음부터 얘기해 볼게요.

개학 다음 날이 아직도 생각나요. 교실 올라가기 전에 과호흡이 와서 1층 화장실에 숨어 종이봉투에 입을 대고 숨을 쉬었죠. 초콜릿빵을 쌌던 봉투인데 버릴 데가 안 보여서 주머니 속에 넣어 놨었거든요. 아빠가 돌아가신 후로, 음, 그 얘기부터 해야겠군요.

아… 어디까지 알고 계세요? 네, 우리 엄마에 대해서도 아세요? 대형 마트에서 일한다는 것까지 들으셨다고요?

음, 적어도 초반 상황은 알고 계시네요. 그 부분까지 되풀이하지 않아도 되니까 저도 마음이 편해요.

사실, 아무도 그 '사건' 자체에 대해서는 작가님한테 말하지 않았을 거예요. 제가 그 얘기를 주변 사람들에게 숨겼거든요. 철저히, 치밀하게요. 제 주변 사람이 진실의 그림자라도 감지하면 안 됐어요. 저는 제가 떠다니던 두 세계를 도끼로 내리쳐 갈랐어요. 늘 그 사이를 이리저리 헤매는 기분이었고요. 친구들과 있을 때조차도 조심스럽게 움직여야 했어요. 눈치 보며 말하고, 행동을 계산하고, 틈만 나면 거짓말로 상황을 꾸몄어요. 제 안의 진실이 새어 나가지 않게 방어막을 친 거예요.

한쪽엔 학교라는 안심되는 세상이 있었어요. 앙토냉, 그 비열한 자식을 들이받았을 때만 빼고요. 그 가족의 추악한 위선을 제가 뻔히 아는데 그 새끼가 더럽게 잘난 척을 하더라고요. 그 일만 빼면 다 좋았어요. 로만, 티무르, 배꼽 잡는 수다, 점심, 엉덩이가 시릴 정도로 차가운 벤치, 레나와 에메마리, 문자, 선생님들, 카페, 과제, 비고. 비고, 비고, 그 애의 손길과 심장을 쿵 하게 하는 미소. 그 미소가 너무 아름답고 환해서 지구도 잠시 도는 것을 멈추고 감탄할 것 같았어요.

다른 쪽 세상은 지옥이었어요.

두 세상을 분리해야 했어요. 그 둘은 침투 불가능한 막으로 차단되어 서로 잘 모르는 상태로 남아야 했어요. 그 막의 불투과성에 제 생존이 달려 있었죠. 그 막이 제 얼마 안 남은 자존감을 지켜 줬고, 제가 거울에 얼굴을 비춰 보며 간신히 버틸 수 있게 해 줬어요. 그 자존감의 부스러기를 저는 점점 실제처럼 느끼게 되었고, 심지어 폭풍 한가운데에서도 그걸 거의 진짜 믿게 되었어요. 그 증거로, 비고가 절 선택했잖아요. 다만, 걔는 모르고 있었죠. 만약 비고가 알았다면, 아, 걔가 알았다면 저를 붙잡아 줬을까요? 계속 그 생각을 했어요. 낮에도, 밤에도, 거리에서, 침대에 누워, 버스 안에서, 비고가 키스할 때, 저를 꼭 안아 줄 때도요. 그 막은 탈출구이기도 했어요. 저는 그걸 넘어서 지옥에 떨어졌지만, 다시 빠져나올 수 있었어요. 그 지옥을 껍질처럼 벗어 두고 나왔죠. 최소한 그렇게 되도록 애썼어요.

물론 지금 돌이켜보면 이런 생각도 들어요. 실은 다 말했어야 했던 게 아닐까. 최소한 비고한테는 말할 걸 그랬나. 하지만 비고를 끌고 들어오면 걔까지 더러워지고 이 추악함이 옮을 것 같았어요. 그리고 무서웠어요. 비고가 저를 판단하고 싫어할까 봐, 경멸할까 봐 무서웠죠. 저에게 그것보다 두려운 일은 없었거든요.

네, 시간순으로 말하려고 노력해 볼게요. 아까 말했지만 그 4월 17일 이후로 정신을 못 차릴 때가 많아요. 잡념에 빠지지 않고 생각을 이어 나가기가 힘들어요.

아빠의 체포 이후로 몇 년간 학교생활이 엉망진창이었어요. 성적 문제가 아니라 친구관계가요. 저는 중학교에서 왕따였어요. 욕을 먹고 맞기도 했고요. 누가 제 물건을 훔쳐서 운동장이나 길가에 던져 놓거나 변기 속에 버렸어요. 발을 걸거나, 제 의자에 껌을 붙여 놓거나, 미술 시간에 '고의는 아니지만' 물감을 제 옷에 뿌리거나, 식판에 물을 쏟거나 침을 뱉었죠. SNS나 문자로 당한 괴롭힘은 말할 것도 없고요. 다들 신이 나서 저를 물어뜯었어요. 슬픔과 부끄러움에 짓눌려 자기변호도 할 수 없는 사람에게 다 함께 미움의 에너지를 쏟아붓는 건 참 쉬운 일이죠. 고등학교에 가면 상황이 나아질 줄 알았는데 그렇지 않았어요. 어떤 멍청이가 우리 아빠 일을 소문 내면서 뻔한 괴롭힘을, 이전보다 더 심하게 당했죠. 보건실이 절 구해 줬어요. 저는 쉬는 시간마다 보건실에 가서 보건 선생님과 카드놀이를 했어요. 다른 사람이 없을 때는 보건실 침대에서 책도 읽고 복습도 하고 과제도 했어요. 한번은 절 괴롭히는 애들이 화장실 안까지 따라 들어왔어요. 어쨌든, 그랬어요. 이런 일이 널렸는데 어른들은 외면하기 바빠요.

엄마가 교장을 만나 도움을 요청한 적도 있어요. 교장은 웃으면서 유감을 표했지만 아무런 조치도 취하지 않았죠. 범죄자의 딸을 피해자로 봐 주겠어요? 교장은 교사들에게 어떤 언질도 주지 않았고, 아무도 저와 한 조가 되려고 하지 않아서 조별 과제를 저 혼자 해야 했어요. 그러면 선생님은 왜 혼자 했냐고 저를 혼냈고 다른 애들은 숨죽여 킥킥댔지요.

고등학교 1학년에 올라갈 때 사회복지사 선생님이 새로 왔는데 그분이 제 상황과 성적을 보고 전학을 권유했어요. 선생님이 서류 작성도 도와주고, 여기저기 알아봐 줘서 제가 이 고등학교에 오게 됐어요. 지금과 다른 삶을 살았다면 자연스럽게 진학했을 학교이지만 아빠가 자살한 죄수인 삶에서는 꿈꿀 수 없는 학교죠.

하지만 너무 겁이 났어요. 사람들이 제 과거를 알게 되는 것도 두려웠지만 단지 그것 때문만은 아니었어요. 이 학교에 대한 소문을 들었거든요. 저는 부자 세상에 뚝 떨어진 지저분한 가난뱅이 계집애로 찍힐까 봐 두려웠어요. 그런데 처음부터 로만 같은 친구를 만났으니 말도 안 되게 운이 좋았죠. 첫눈에 반한 친구랄까, 그냥 걔의 모든 점이 좋았어요. 환한 얼굴, 〈스타워즈〉의 레아 공주처럼 양쪽으로 돌돌 말아 올린 머리, 알록달록한 오버사이즈 스웨터, 연두색 코듀로이 팬츠도 맘에 들었죠. 숨도 안 쉬고 촌철살인의 말을 아무렇지도 않게 다다다 쏟아 내는 것도, 이혼한 부모님 얘기를 솔직하고 유머러스하게 하는 것도 좋았어요.

물론 지금이니까 이렇게 말하는 거고요. 로만의 성격은 그 후에 차차 알게 됐지요. 어쨌든 저는 빵 부스러기가 가득한 종이봉투에 숨을 쉬고 나서 책상에 앉기도 전에 쓰러지지 않을까 걱정하면서 303호 교실에 들어섰어요. 로만 옆자리가 비어 있어서 거기 앉았는데 걔가 저를 보고 환하게 웃는 거예요. 저는 마치 걔가 손을 내밀기라도 한 것처럼 참아 왔던 숨을 비로소 내뱉었어요.

그 전날에는 교실 맨 뒷자리에 앉았어요. 개학 날 학교에서 반을 잘못 알려 줘서 그 교실로 간 건데, 스타킹에 올이 나가서 어디론가 꺼져 버리고 싶었죠.

로만은 신데렐라의 요정 대모님 같은 친구였어요. 걔 덕분에 티무르, 레나, 에메마리, 파라, 소프, 그리고 비고도 알게 됐지요. 다들 재미있고 성격도 좋았어요. 가끔, 공원이나 광장에서 같이 점심을 먹을 때, 샌드위치를 우적우적 씹다가 나 혼자 멀리서, 혹은 위에서 그 즐거운 대화를 내려다보는 것 같은 기분이 들었어요. '이렇게만 계속하면, 아무도 알아차리지 못한다면, 얘들에게 혀를 내두를 범죄자의 딸 리타가 아니라 평범한 리타로 남을 수만 있다면, 이 유쾌하고 선량한 친구들이 아무것도 모른다면 나는 다시 살 수 있고 숨 쉴 수 있어. 내 곁에도 바람은 불어….'

그 친구들과 솔직한 일상을 공유하진 못했지만 나름 만족하며 적응했어요. 남편 없이 마트 계산원 일을 하면서 생계를 꾸리는 우리 엄마가 로만, 티무르, 레나의 부모님 같을 순 없었고 제가 예전처럼 부유하게 사는 것도 불가능했죠. 웬만큼 정상적인 학교생활을 하는 것만으로도 마음이 편했어요. 제 삶의 그 밑바닥을 함께 경험한 유일한 사람이 바로 비고였어요.

비고를 처음 본 때는 개학 다음 날, 진짜 우리 반을 제대로 찾아간 그날이었어요. 비고가 뭔가 평온한 느낌으로 운동장을 느린 걸음으로 지나가는 걸 봤는데, 세상이 걔한테만 슬로모션으로 돌아가는 것 같다는 인상을 받았어요. 코를 긁적거리거나 웃거나 하는 동작이 느린 것 같은데도 마법처럼 박자가 맞아들어가는 느낌? 자꾸 눈이 가더라고요. 그리고 비고에겐 제가 분석하려 해도 도저히 그럴 수 없는 뭔가가 있어요. 걔는 편안하고, 수다도 떨고, 남의 말도 잘 들어주고, 잘 웃어 주지만 딴 세상에 가 있죠. 그러니까 비고의 어떤 부분, 주의력의 일부는 항상 현재와 우리에게서 벗어나 있어서 궁금증을 불러일으켜요. 쟤는 지금 어디에 가 있을까? 무슨 생각을 하는 걸까? 지금은 비고를 잘 아니까 그 애 안에는 깎아지른 절벽들, 별이 빛나는 밤하늘, 손가락이 까질 만큼 험준한 암벽이 있다고 생각해요. 그래서 비고는 속에서부터 빛이 나는 거예요. 비고가 움직일 때 숲과 새가 함께 움직이고, 비고의 피부와 시선에서 그 세계가 내비치지요.

비고는 처음부터 인상적이었어요. 걔는 로만의 친구들 무리에 속해 있었고 자연스럽고 편안하게 행동했어요. 그래서 우리는 몇 마디 나누고 농담도 한두 번 주고받았어요. 로만네 집에서 첫 파티가 있었을 때, 비고가 만취한 로만을 업고 화장실에 데려가서 토하게 했어요. 그때 비고를 따라갔고, 위층 방에 그 애와 단둘이 있었죠. 그 방은 제 과거를 생각나게 했어요. 이제 다시는 누리지 못할, 이미 파묻혀 버린 과거를요. 비고와 그 방에 있었던 시간이 일 년 중 가장 행복했던 시간이었어요. 아니, 제 기억에 좋았던 순간들은 전부 비고 덕분이었어요. 토할 것 같은 늙어빠진 아저씨들이 축축한 손으로 제 몸을 만질 때 저는 비고를 생각했어요. 유체 이탈을 해서 그 애의 얼굴, 미소 짓는 입술, 봄을 실어 오는 눈동자를 생각했어요.

처음 몇 달은 정말 힘들었어요. 엄마는 퇴근이 늦었고 아빠가 돌아가신 지 열 달밖에 안 되어 그 슬픔에서 벗어나지 못했죠. 저는 두 번째로 나이 많은 식구로서 제 몫을 하려고 노력했어요. 돌봄센터에서 동생들을 데려오고 애들 숙제를 봐주고, 애들과 카드놀이나 퍼즐을 하면서 제 공부도 했어요. 시설 좋은 도서관이 있어서 게임이나 책을 자주 빌려왔어요. 예전에는 보고 싶은 책이 있으면 사서 봤기 때문에 도서관을 자주 이용하지 않았는데 어느 때부턴가 도서관이 저를 지탱해 줬죠.

가을에 엄마가 다니는 마트의 경영진이 바뀌면서 새로운 매니저가 왔어요. 며칠 후 보니까 엄마 등이 굽어 있더라고요. 아빠가 돌아가시고 나서 엄마는 이미 구부정해졌죠. 그 소식을 들었을 때 한 번, 그리고 아빠가 스스로 생을 마감했음을 이해하면서 또 한 번. 아시겠지만, 우리 아빠는 죄를 짓지 않았어요. 죄가 있다면, 바보처럼 순진했던 죄밖에 없어요. 엄마 얘기로 돌아가면, 주로 곁에 있던 사람들이 엄마를 무너뜨렸죠. 엄마는 아무도, 정말 아무도 자기 편이 없다는 걸 깨달은 날 완전히 무너졌어요. 친동생과 사촌들에게 문전박대당하고, 동료들은 엄마 문자를 씹고 뒷담화를 했어요. 엄마는 번역가협회에서도 제명당했어요. 이웃들도 마찬가지였고요.

엄마는 죄인 취급을 당했어요.

기억나요, 아빠가 끌려간 후 어느 날 아침이었어요. 엄마가 침대에 앉아 울고 있었죠. 엄마는 팬티 바람이었고 제가 노크를 했는데 옷을 걸칠 생각도 안 했어요.

리타

"우리… 이사 가자." 엄마가 콧물을 훌쩍이면서 중얼거렸어요.

"이사요? 어디로요?"

"우리를 받아주는 곳이면 어디든. 이제 돈이 없어. 엄마가 일을 구해야 해. 번역 말고 다른 일. 진짜 일. 아빠 재산은 다 압류당해서 이제 아무것도 없어. 너나 나나 무일푼이야. 길에 나앉게 생겼다."

저는 무릎을 꿇고 맨가슴이 드러난 엄마를 껴안았어요. 엄마는 완전히 무너져 있었죠. 저는 우리가 아빠만 잃은 게 아니라 우리의 삶, 일상, 친구, 가족까지 잃었다는 것을 깨달았어요.

전부를요.

우리는 누구에게도 의지할 수 없는 삶으로 넘어왔어요. 오로지 우리 자신의 힘으로, 우리 자신만 의지하고 살아야 했어요. 너무 무서웠어요.

네, 고맙습니다. 물 마시고 싶었어요. 말을 하니까 목이 타네요. 죄송해요. 뭔가 이 얘기 저 얘기 두서없이 이야기한 것 같네요.

어쨌든 엄마는 고생고생해서 그 일자리를 얻었고 우리는 현관에서 늘 지린내가 나고 엘리베이터는 절대로 작동하는 법이 없는 이 너절한 아파트로 이사를 왔어요. 엄마가 호신용 스프레이를 사 줘서 외투 주머니에 늘 넣고 다녔지만 이 동네 사람들은 대체로 친절하고 치안에 신경 쓰는 엄마들도 많아서 그걸 쓸 일은 없었어요.

아빠가 체포당하고 이곳까지 오는 동안 엄마는 딴사람이 됐어요. 너무 두들겨 맞아서 다시는 허리를 펼 수 없게 된 사람처럼 움츠러들어 있었지요.

마트에 새 매니저가 왔을 즈음에는 그래도 엄마가 좀 안정된 줄 알았는데 갑자기 상태가 나빠졌어요. 만성절 방학에 저는 아이 보는 일로 돈을 좀 벌었어요. 그 돈을 엄마에게 드렸지만 엄마는 아무런 변화가 없었고 저는 숨이 막혀 죽을 것 같았어요. 무슨 일이 있는 거냐고 물어볼 때마다 엄마는 이 말만 했어요.

"걱정하지 마. 일이 너무 바쁘고 새 매니저가 못살게 굴어서 그래. 우리를 얼마나 닦달하는지 맨정신으로 살 수가 없어."

그 이상의 얘기는 들을 수 없었어요.

비고, 소프, 레나와의 클라이밍은 마법의 나라로 떠난 소풍 같았어요. 혼자서는 절대로 넘을 수 없는 벽을 뛰어넘게 도와줬죠. 안전벨트에 허벅지를 끼우고 나서부터 시끄러운 드라마, 티격태격하는 동생들, 속에서부터 말라 죽어 가는 엄마까지 다 잊을 수 있었어요. 학교에 갈 때마다 춥고 습한 구덩이를 벗어나 태양을 만나러 가는 기분이었어요. 집에 돌아갈 때는 다시 어두운 굴속에 처박혔고요. 전 동생들과 엄마를 사랑하지만 그들과 있을 때는 빛이 사라지고 변기 속이나 침대 밑에서 괴물들이 출몰했어요. 그러다 학교에 가면—클라이밍장에서는 더더욱!—죽어 가던 불씨가 확 타오르고 다시 사는 것 같은 기분이 들었어요.

방학 때 제가 돌봤던 여자애들은 정말 귀여웠고 부모님도 좋은 사람들이었어요. 아침에 일어나 그 집에 일하러 가는 건 오히려 좋

앉아요. 엄마는 세리즈와 마르고를 돌봄 센터에 보내기로 했고, 저는 센터가 문 닫기 직전에 동생들을 데리러 갔죠. 하루는 길었지만 우리는 수다를 떨면서 집으로 돌아왔어요. 동생들은 그날 무슨 활동을 했고 어땠는지 재잘재잘 떠들었고, 저는 파스타 물이 끓거나 동생들이 텔레비전을 보는 동안 숙제를 했어요.

그 무렵부터 비고가 문자를 보내기 시작했어요. 비고는 저와 뭔가를 같이 하고 싶어 했는데 핸드폰에 비고의 이름이 뜰 때마다 저는 답문을 보내고 싶은 마음을 눌렀어요. 미친놈이 커터로 심장을 찌르는 것처럼 마음이 아팠어요

비고도 평범하지 않다는 걸 알았지만 그건 중요하지 않았어요. 비고가 절 불쌍하게 볼까 봐 무서웠어요. 걔 눈에 제가 다른 사람처럼 비치기를 바랐어요. 그거 아세요? 밤마다 엄마가 변기에 앉아 우는 걸 보면서 생각했어요.

'비고가 이런 사정을 안다면 참 비참하게 사는 불쌍한 계집애라고 생각하겠지.'

비고를 몰랐으니까 그렇게 생각했던 거죠. 지금은 알아요. 그때까지는 막연하게 아는 사이였어요. 그렇지만 이미… 학교에서 친구들과 왁자지껄 이야기할 때, 비고가 있으면 벽돌 건물에 비치는 햇살, 벤치 색깔, 가게 진열창, 공기 냄새까지 달라졌어요. 비고가 가까이 있으면 저는 흥분해서 손끝이 저리고 살갗, 근육, 뼈의 모든 부분이 그 사실을 의식하는 것 같았어요. 그 전율이 제가 살아 있

음을, 이 무한한 세상에서 저는 아주 작은 존재이지만 또 다른 존재가 저와 공명한다는 것을 알려 주었어요.

제가 일하는 집 엄마가 오늘은 안 와도 된다고 연락한 날, 비고에게 만나자고 문자를 보냈어요.

그 차갑고 푸른 하늘 아래서 비고에게 키스한 순간, 저는 아빠도, 엄마도, 바보 같은 인간들도 다 잊었어요. 그건 마치… 하늘로 붕 뜨는 느낌이었어요. 더 이상 아무도 우리를 건드릴 수 없었죠. 세상이 갑자기 우리를 소중히 여겨 줬어요. 나뭇잎들도 우리에게 귀 기울이고 새들이 우리를 엿보고 풀잎까지 미소를 보내 줬어요.

그런데 믿기 힘드시겠지만, 이제 저는 동화 속 세상을 믿지 않아요. 더 이상 그런 것들을 믿을 수 없게 되었어요. 어느 날 아침, 악의와 우둔함으로 똘똘 뭉친 손가락이 우리 집 초인종을 눌렀어요. 그 초인종 소리가 집 안의 공기를 긴장시켰고, 아빠는 비틀거리며 문 앞으로 나갔어요. 경찰들이 아빠를 붙잡았고, 두 번 다시 그 손을 놓아 주지 않았어요.

비고의 거칠고 따뜻한 손이 제 피부를 쓰다듬자 경찰의 제복도, 두려움도, 전부 사라졌어요. 우리 둘은 마치 숨겨진 문 뒤에서 발견한 멋진 세상 같았어요. 저는 여전히 동생들을 돌봤고 불평하지 않으려고 노력했지만 가끔은 걔들이 미웠어요. 절 너무 힘들게 하고, 제가 비고와 보낼 수도 있을 소중한 시간을 빼앗았으니까요. 크리스마스 날 점심 전까지는 겨우 시간을 빼내어 잠깐 얼굴 보고 몇 마디 나누고 거리나 광장에서, 가게 앞에서 키스를 하는 게 전부였어요. 비고가 조금씩 자기 얘기를 해서 그 애의 성격, 상처, 트라우마도 알게 됐죠. 비고의 말을 통해 걔네 엄마, 아빠, 클라이밍, 파티아, 티무르를 만났어요. 비고라는 나라가 제게 문을 열었는데 그 나라는 정말 근사했죠. 저는 그 나라를 실컷 탐색하고 싶었어요.

그 무렵, 우리 엄마는 투명인간이 됐어요. 밤이면 엄마가 침대로 쓰는 소파로 돌아오는 소리가 들렸죠. 엄마는 다크서클이 짙어졌어요. 어느 날 아침, 엄마가 화장하는 제 옆에서 세면대에 침을 뱉는데 이가 하나 빠졌어요.

"엄마! 왜 이래요! 식사는 하고 있어요?"

"당연하지. 나이 들면 다 이래."

하지만 엄마 말투가 이상했어요. 입술을 떼고 혀를 움직여 단어를 발음하는 것조차 초인적인 노력이 필요한 것처럼 보였어요.

저는 불안했지만, 제겐 동생들이 있었고, 이웃집의 텔레비전 소리와 회색빛 아파트들에 기대어 어떻게든 그 불안을 밀어내려 애썼어요. 그리고 비고, 로만, 다른 친구들에게 매달렸어요. 그 애들은 약동, 기쁨, 웃음이었으니까요.

제가 얼마나 오랜만에 생일 축하를 받았는지 아세요? 엄마가 해주는 생일 축하는 빼고요. 12월 4일 아침, 학교 앞에 도착했는데 비고, 로만, 티무르, 레나, 오스카, 소프, 에메마리가 사과파이를 들고 환하게 웃으면서 저를 기다리고 있었어요. 행복하고 고마워서 가슴이 먹먹했어요. 제가 거기에 속해 있다는 게 너무 좋았죠. 로만이 선물한 예쁜 목걸이는 그날 이후로 한 번도 빼지 않았어요. 저는 푹신한 금빛 구름을 밟는 것처럼 가벼운 걸음으로 학교로 향했어요. 비고가 좋은 식당에서 점심을 사 줬어요. 인테리어가 과하지도 덜 하지도 않았고 음식도 맛있었죠. 비고는 클로드 루아의 시집을 선물해 줬어요. 저는 모르는 작가였죠. 예쁜 방울이 달린 초록색 모자도 줬는데 제 외투랑 아주 잘 어울렸어요.

"음, 사실 색깔은 로만이 골라 줬어." 비고가 웃으면서 말했어요.

"상관없어. 마음에 쏙 들어. 그게 중요한 거지."

클로드 루아를 읽어 보셨어요? 부드러운 손길 같은 섬세함으로 사랑을 말하는 시인이더라고요. 저는 그 시 속에서 비고와 나의 연결고리를 읽었어요. 동생들이 잠든 밤에, 어떤 대목들을 조용히 읊조리면서 눈물을 흘리기도 했어요.

크리스마스 방학이 됐어요. 저는 어떻게든 잘 버텨 냈고 성적도 괜찮았어요. 엄마한테 성적표를 보여 드리니까 웃으시더라고요.

대형 마트는 크리스마스 시즌에 엄청 바빠요. 눈코 뜰 새 없고 근무 시간표도 무자비하고 손님들이 구름처럼 밀려들어요. 사람들은 줄을 서서 서로 밀치면서 투덜거리고 진상들이 대거 등장하죠. 저는 엄마가 하루 이틀이라도 휴가를 내서 좀 쉴 줄 알았는데 엄마는 "말도 안 되는 소리"라고 했어요.

크리스마스이브에 엄마는 폐점 시각인 오후 7시까지 근무하기로 되어 있었어요. 그런데 오후 2시밖에 안 됐는데 엄마가 집에 온 거예요. 세리즈와 마르고는 돌봄 센터에 있었고 제가 5시에 데리러 갈 예정이었죠. 저는 새벽부터 일어나 동생들을 센터에 맡기고 와서 색종이를 잘라 만든 꽃술을 집에 걸고 숙제도 미리 해 두려던 참이었어요. 비고는 컵케이크 가게에서 일하고 있었고 다른 친구들은 자기들이 얼마나 운이 좋은지 모른 채 파티를 준비하고 있었을 거예요.

"엄마?" 저는 주방에서 엄마를 불렀어요.

엄마가 커다란 장바구니를 바닥에 내려놓는 소리가 났어요. 그리고 엄마가 타일 바닥에 그대로 쓰러졌어요. 저는 벽에 부딪혀 둔탁한 소리를 내며 찌그러진 통조림들을 피하면서 엄마에게 달려갔어요.

엄마를 일으켜 겨우 앉히고서 물었어요.

"괜찮아요?"

"걱정하지 마. 요즘 스트레스가 많아서 그래. 몸이 반응하나 봐."

타일 바닥은 차가웠어요.

"오늘은 일찍 왔네요?"

"근무 시간표에 착오가 있었어. 잘됐지 뭐." 엄마가 미소 지었어요. "엄마 목요일까지 쭉 쉰다."

저는 전혀 의심하지 않았어요.

"3일이나 쉬는 거예요? 잘됐다!" 저는 환호했어요. "제가 색종이로 꽃술도 많이 만들고 대추야자에 초콜릿 코팅도 해 놨어요."

엄마에게 손을 내밀었어요. 엄마 손은 앙상했고 무게가 느껴지지 않았죠. 저는 손목에 힘을 주어 엄마를 일으켰어요.

"잘했어. 동생들이 신나겠다. 치즈 코너에서 일하는 조디라는 동료가 있다고 했잖아, 저녁마다 영어 학원에 다닌다는. 걔가 유통기한 지난 거랑 팔고 남은 걸 좀 챙겨 줬어. 크리스마스이브 파티를 할 수 있겠다."

저는 엄마와 함께 장바구니 두 개를 주방으로 옮겼어요. 물건을 정리하고 우리가 가진 접시 중에서 그나마 예쁜 것을 골라 식탁에 내놓았죠. 4시 반에 저는 동생들을 데리러 가면서 엄마에게 잠시 눈이라도 붙이라고 했어요.

저녁에는 우리가 예전에 쓰던 와플 메이커를 켰는데 기적적으로 작동을 했어요. 그리고 비고에게 메시지를 보냈죠. 엄마가 집에 왔으니 동생들 걱정 없이 만날 수 있다고요.

동생들이 식탁을 차렸어요. 도서관에서 빌려 온 모노폴리를 했고 몇 달 만에 가족이 둘러앉아 맛있는 음식을 먹었죠.

다음 날 엄마가 친구 집에서 자고 와도 된다고 했어요. 엄마는 제가 하고 싶은 일을 못 하게 하는 사람이 아니기 때문에 뭘 굳이 숨길 필요는 없어요. 하지만 전 비고에 대해서 말하지 않았어요.

리타

비고는 제 피난처, 비밀의 섬이었어요. 비고와 함께 있을 때는 시간의 굴레와 침체된 일상에서 벗어났지요. 비고는 제 차지였어요. 징징대는 동생들이나 확 쪼그라든 우리 엄마 차지가 아니라요.

숲에서 보낸 밤은 저에게 살아갈 힘을 주었어요. 정말이에요. 그래서 엄마가 샤워도 안 하고 잠옷 바람으로 어슬렁거릴 때도 엄마를 이해하고 포용하고 지지할 용기를 낼 수 있었어요. 집에 먹을 것이 다 떨어졌을 때 그 밤에서 여유를 끌어냈고, 제가 약해질 때마다 그 밤에서 산소를 끌어왔어요. 그 밤이 제게 얼마나 각별했는지 모르실 거예요. 그 후에도 몇 번 밤을 함께 보냈고 그때도 늘 좋았지만 이미 제가 수렁으로 굴러떨어진 다음이었죠. 그런데 그 밤은… 저를 씻겨 주고, 용서해 주고, 추악함과 어리석음, 탐욕으로 고통받는 저를 아름다움으로 채워 주었어요.

제가 비고를 믿는다는 것을 그 애가 알았으면 했어요. 텐트 안에서 비고에게 꼭 붙어 우리 아빠와 우리 가족이 어떻게 박살 났는지 다 털어놓았죠. 비고가 다 들어 주고 이해해 줄 거라고 믿으면서도 마음 한편으로는 그 애가 절 버릴까 봐 무서웠어요. 너무 많은 사람이 우릴 버렸으니까요! 하지만 비고는 '너무 많은 사람' 중 하나가 아니었어요. 비고의 눈빛은 제 얘기를 듣고 나서도 변함이 없었죠. 제가 경험이 없고 아직 같이 자고 싶지 않다고 했을 때도 비고는 너무 다정하게….

네, 고맙습니다. 죄송해요.

비고 같은 사람은 일생에 한 번밖에 못 만나요. 한 번이라도 만나면 운이 좋은 거죠.

죄송해요. 그 밤 얘기는 더 하지 않을래요. 이해해 주시면 좋겠어요.

며칠은 살 것 같았어요. 엄마가 집에서 동생들을 봐주니까 저는 숙제도 느긋하게 하고 오후에 비고를 만나러 나갈 시간도 있었죠. 몇 달 만에 영화관도 가고 클라이밍도 했어요. 클라이밍에 집중하고, 고양이처럼 우아하게 암벽을 타는 비고를 보면서 천국이 따로 있나 싶었죠. 네, 맞아요, 괜히 그런 소릴 했다가 친구들에게 놀림 좀 받았어요. 하지만 비고가 암벽 타는 거 보셨어요? 눈을 뗄 수 없을 정도로 멋져요.

엄마가 다시 출근해야 하는 날이 왔어요. 동생들을 돌봄 센터에 데려다주라고 해서 그렇게 했죠. 그때부터 뭔가 좀 이상했어요. 방학이니까 저보고 데리고 있으라고 할 줄 알았거든요.

집에 왔더니 엄마가 잠옷 바람에 헝클어진 머리를 하고 주방에서 뜨거운 커피를 마시고 있더라고요.

"엄마 출근 안 해요?"

"안 해."

저는 뭐라고 대답해야 할지 몰라서 일단 제 잔에도 커피를 따랐어요. 제가 의자에 앉기도 전에 엄마가 중얼거렸어요.

"해고당했거든."

저는 선 채로 굳어 버렸어요. 손에 든 커피잔이 흔들렸어요.

"무슨 일이 있었던 거예요?" 제가 잠시 후 물었죠.

"잘 모르겠어…."

"뭐를요?"

"너한테는 설명 못 해."

엄마는 말하는 내내 저와 한 번도 눈을 마주치지 않았어요.

"왜요?"

"넌 아직 어려서 몰라."

저는 재활용 센터에서 가져온 작은 주방 탁자에 엄마와 마주 보고 앉았어요.

"엄마, 무슨 일이 있었는지 말해 주세요."

엄마가 고개를 저었어요.

"저도 이제 아이가 아니고, 이 집에서 엄마가 기댈 수 있는 사람은 저 하나뿐이잖아요. 엄마, 전 아빠가… 아빠가 체포당한 날부터 더 이상 아이가 아니에요. 아빠가 돌아가신 바로 그날, 전 웃자라 버렸어요."

눈물 한 방울이 이미 다 식은 커피에 떨어졌어요.

"엄마…."

뼈만 남은 엄마 손을 잡았어요. 그 손이 어찌나 창백한지 살갗 아래 혈관이 초록색 실처럼 그대로 내비쳤어요.

"저한테 다 말해도 괜찮아요. 정말이에요."

그때 엄마는 속에 품고 있던 수류탄이 폭발한 것처럼 울음을 터뜨렸어요. 큰소리로 오열하고 눈물 콧물을 쏟아냈죠. 저는 엄마 손을 잡았어요.

엄마는 제 손을 뿌리치고 손바닥으로 얼굴을 닦았지만 눈물은 비처럼, 폭포처럼, 도랑처럼 흘러내렸어요. 저는 생각했어요. 엄마는 크리스마스이브에, 혹은 그전부터 알고 있었구나. 지금까지 우리에게 숨겼다가 지금 터졌구나.

"엄마, 제발 말을 해 보세요. 저도 알아야죠. 무슨 말이든 괜찮아요."

엄마는 딸꾹질을 하고 코를 풀면서 지난 몇 주간 마트에서 있었던 일을 털어놨어요.

새로 온 매니저는 개새끼였어요. 우리 엄마만이 아니라 다른 직원들, 특히 여직원들을 별것 아닌 일로 혼냈대요. 그런데 우리 엄마는 그런 일자리도 절박했고 또 그런 새끼들이 형편 곤란한 냄새는 기가 막히게 잘 맡거든요. '치마 예쁘네, 좀 짧으면 더 예쁘겠어.' '글로리아, 방긋방긋 웃어야 손님들 기분이 좋지!' '가슴이 예쁘니까 그게 돋보이게 옷을 입어 봐요.' 그런 말을 하면서 느끼하게 웃어도 엄마는 참았대요. 엄마는 온갖 더러운 성희롱 발언을 들었지만 처음에는 어색한 웃음으로 넘어갔어요. 나중엔 너무 불편해서 반응도 하지 않았고요. 그러다 한번 문 앞에서 매니저는 나오고 엄마는 들어가는 상황이 됐는데 그 사람이 몸을 밀착해 오더래요.

엄마는 그 구역질 나는 몸뚱이와 닿고 싶지 않아서 도마뱀처럼 최대한 몸을 뒤로 뺐어요. 엄마는 저한테 그런 얘기를 하는 게 민망해서 몇 번이나 얼굴을 붉혔어요. 계산대에 서서 마감을 하고 있는데 그 새끼가 확인을 한답시고 엄마 뒤에 와서 등에 자기 몸을 기대기도 했대요. 엄마는 토할 것 같았지만 잘릴까 봐 입을 꾹 다물고 눈을 내리깔았어요. 그런데 동료들도 매니저를 욕하기는커녕 엄마가 꼬리를 치니까 저 사람이 덤빈다는 식으로 수군대기 시작했어요. 치즈 코너의 조디 아줌마만 빼고요. 58세의 그 아줌마가 어느 날 여러 사람 있는 데서 그 비열한 놈한테 대놓고 말했대요.

"그만 좀 해요, 매니저. 또 그러면 치즈 나이프로 거시기를 잘라 버릴 거야!"

저는 엄마에게 왜 노조에 가입하지 않았는지 물었어요. 엄마는 취직된 지 얼마 되지 않았는데 노조부터 들어가면 안 좋게 볼까 봐 겁이 났다고 했어요. 매니저는 계획을 세우고 있었죠. 첫 단계는 엄마를 늦은 시각까지 마트에 잡아 두는 거였어요. 그런 날은 자기도 퇴근을 늦췄죠. 한번은 실수인 척 엄마 가슴을 쓱 만졌는데 엄마가 비명을 지르니까 내숭 떨지 말라고 했대요. 또 한번은 엄마가 다른 직원이 기저귀를 매대에 쌓는 걸 도와주고 있었는데 그 새끼가 엉덩이를 만지고 갔고요. 그러다 엄마가 옷을 갈아입느라 팬티 바람일 때 그 새끼가 탈의실에 들어와서 히죽거리는 사태까지 갔어요. 차 열쇠를 깜박 두고 간 조디 아줌마가 다시 돌아온 덕분에 겨우 봉변을 면했죠.

엄마는 커피를 마시는 건지 콧물을 마시는 건지 모르는 와중에도 말끝마다 "미안하다, 리타, 엄마가 미안해…"라고 했어요.

그리고 어떤 사람이 참으로 친절하게도 엄마 사물함에 빨간색 마커로 '걸레'라고 써 놓고 갔대요. 엄마는 점점 위축됐어요. 작은 초식동물이 수풀 뒤에 몸을 숨기듯 자기 몸을 최대한 조그맣게 만들고 눈에 띄지 않으려 했지요.

12월 19일은 늦게 출근하는 날이었어요. 엄마가 탈의실에 들어갔을 땐 아무도 없었어요. 그때 매니저가 카우보이처럼 문을 쾅 열어젖히고 들어와 엄마에게 달려들었어요. 엄마는 발버둥을 치고 달아나 조디 아줌마에게 구조 요청을 했어요. 조디 아줌마가 그날 퇴근할 때까지 엄마와 계속 같이 있어 줬어요. 그리고 24일에 출근했더니 매니저가 해고 통보를 했대요.

우리의 커피는 차가워졌고 엄마는 음산한 주방에서 떨고 있었어요. 저는 엄마가 한 이야기는 일부에 지나지 않을 거라고, 실제로는 훨씬 더 많은 희롱과 음모와 공격이 있었을 거라고 믿어 의심치 않았죠.

"그 미친놈, 노동법 위반으로 고소해 버려요!"

"무슨 돈으로? 고소를 한다는 건 변호사를 산다는 뜻이야. 그리고 누가 날 위해 증언을 해 주겠니?"

"조디 아줌마 있잖아요!"

"넌 네가 다 컸다고 생각하지, 우리 딸." 엄마가 부드러운 목소리로 말했어요. "넌 아직 너무 순진해. 아무리 조디라고 해도 나를 위해 자기 일자리까지 걸겠어?"

저는 커피를 다시 데우려고 일어났어요. 제가 어렸을 때 아빠는 늘 "커피는 끓이면 맛없어!"라고 무슨 선언하듯 말하곤 했어요. 하지만 이제 돈을 아끼기 위해 우리는 식은 커피도 다시 끓여서 먹었고 그건 그것대로 맛이 있었어요.

"이제 어떡할 거예요?"

바보 같은 질문이었지만 제 분노와 혼란을 달리 어떻게 표현해야 할지 몰랐어요. 우리 엄마가 물건 취급을 당한 거잖아요. 전 그 쓰레기를 찢어발기고 싶었어요. 무력감은 세상에서 가장 괴로운 감정인 것 같아요.

"새 일자리를 찾는 수밖에 없지."

그날 아침 엄마는 소파에 누워서 화장실 갈 때와 커피 마실 때 빼고는 한 번도 일어나지 않았어요. 엄마가 심각한 우울증에 빠졌어도 도와줄 사람이 없었어요. 우리 곁엔 아무도 없었으니까요.

그 방학에도 저는 계속 비고를 만나서 함께 웃고 키스를 했어요. 엄마 일은 얘기하지 않았고요. 가끔 그때를 생각하면 너무 그리워서 후회가 되기도 해요. 하지만 사실은요, 비고에게 그런 얘기까지 하지 않기를 잘했다고 생각해요. 다시 말하지만 비고가 있어서 저는 지옥과 거리를 둘 수 있었어요. 우리가 산책할 때, 핫초코를 나

뉘 마실 때, 제가 비고의 살냄새를 맡을 때는 우리 엄마도 별문제 없다는 생각이 들었어요. 그래요, 지치고 쪼그라든 엄마도 언제든지 용기를 내면 다시 일어설 수 있을 것 같았죠. 제가 속사정을 얘기하는 순간 그 마법이 깨질 거라는 불안감이 엄습했어요. 저와 비고의 하늘이 그토록 맑고 푸른데 굳이 먹구름을 끌어들이고 싶지 않았어요. 불행은 사람을 밀어내요. 불행이 길어지면, 그러다 쌓이고 쌓이면, 친구들도 두 손 들고 도망가죠. 감옥, 자살, 빈곤 그리고 이제 엄마의 우울증까지? 비고가 저를 선명하게 알지 않았으면 했어요. 이제 막 싹튼 인연이 제 고통의 반대편에, 다채롭고 환상적인 상태로 남았으면 했어요.

아, 비고가 절 원망하는 건 당연해요. 걔가 병원에 왔을 때 제가 다 말했어요. 전부 사실대로 털어놨죠. 얼굴이 부어오르고 입술이 다 찢어져서 말하는 것도 고통이었어요. 숨만 쉬어도 악 소리 나게 아팠어요. 하지만 더는 침묵할 수 없었죠. 세세한 부분까지는 말하지 않았지만 지난 몇 달간 있었던 일을 그대로 전하려 했어요. 비고는 배신감을 느꼈을 거예요. 상상하지 않을 수 없었겠죠. 그 남자들과 제가… 얼마나 열불이 났겠어요? 그날 이후로 비고를 보지 못했어요. 아, 바칼로레아 최종 시험 치를 때 얼핏 보긴 했는데 저도 얼른 자리를 피했고 비고도 절 따라오지 않았어요. 연락도 하지 않았어요. 비고도 그랬고요.

아뇨. 비고한테 서운하지 않아요. 삶이 원망스럽고, 우리 아빠가 원망스럽고, 죄 없는 아빠에게 유죄를 선고한 나라가 원망스럽죠. 엄마가 어떻게든 살아 보겠다고 몸부림치는데 그러면 안 되는 거잖아요. 가난하고 힘없는 여성들을 이용해 먹으려는 개새끼들이 원망스러워요. 물 밖으로 고개라도 내밀려고 애쓰는 여성들의 발목을 잡고 차갑고 어두운 바닥으로 끌어내리려는 탐욕스러운 손길들이 얼마나 많은지 몰라요. 가난한 사람들을 소외시키고 그들이 가난을 선택했다는 식으로 조롱하며 죄책감을 조장하는 사회가 원망스러워요.

평행세계에 사는 리타는 절대로 법학을 택하지 않을 거예요. 그 리타의 아빠는 좋은 동업자를 선택해서 감옥에 갈 일이 없을 거고요. 그 리타의 엄마는 시련을 겪은 후에도 주위 사람들에게 지지와 위로를 얻고 마트 매니저는 심장마비나 교통사고로 죽어요. 그 리타는 언어나 문학을 전공하고 꿈이 참 많아요. 팔뚝에 문신이 하나 있을 수도 있고, 몸에는 아무런 근심이 깃들어 있지 않죠.

저는 절박하게 몸부림치고 있어요. 여전히 집중하기 힘들지만 잠 못 이루는 와중에도 열심히 공부해요. 그들에게 저항하고, 그들을 쓸어 버리고 싶어요. 그들과 대등한 위치로 올라서서 그들을 쩌려볼 거예요. 매니저가 계산원이나 청소부를 더 이상 희롱하지 못하고 그 여성들이 존엄을 되찾기를 바라고요. 제 힘으로 그 여성들이 자신감을 갖고 고개를 빳빳이 들고 다니게 할 거예요. 그 개새끼들, 특히 권력을 쥐고 있거나 그 근처에서 얼쩡거리며 쾌락을 좇는 부자들이 개망신을 당하고 고개를 못 들게 됐으면 좋겠어요.

하지만 아직 거기까지 도달하진 못했어요.

1월에 저는 동생들을 돌보고, 장도 보고, 통장 잔고를 쥐어짰어요. 그리고 아무 일 없는 것처럼 개학을 맞이했죠. 엄마는 실업급여를 받을 수 있었지만 신청서 작성할 기력도 없어서 제가 필요한 서류를 찾고 복사해서—도서관의 친절한 선생님들이 복사기를 쓰게 해 줬어요—챙겨 와 엄마에게 사인만 하라고 했어요. 저는 숙제와 씨름했고, 수업 시간에 졸기도 했어요. 점심도 못 챙겨 먹었어요. 쌍둥이들부터 먹여야 했으니까요. 실업자로 살아 보셨나요? 네 식구가 가족 수당만으로 살 수 있나요? 저는 엄마에게 제발 병원에 가라고 애원했지만 엄마는 꿈쩍도 안 했어요.

"엄마는 그냥 기운 차릴 시간이 필요해. 걱정하지 마, 우리 딸. 내일은 일 구하러 나가 볼게. 이제 나아질 거야."

더 나은 내일은 결코 오지 않았어요.

저는 무료 급식소를 찾아서 일주일에 두 번 줄을 섰어요. 일자리도 알아봤고요. 이력서도 몇 장 뽑아서 점심시간이 길 때는 식당, 옷 가게, 소품 가게를 돌아다녔어요. 안녕하세요, 파트타임 알바를 구하는데요. 몇 살이에요. 열여섯 살인데요. 아, 너무 어려서 안 되겠어요. 미안해요. 안녕하세요. 너무 어려서 안 되겠네요. 미안해요. 안녕하세요. 안 돼요.

로만과 비고에게 사실의 일부를 말하긴 했어요. 돈을 벌어야 한다고요. 가끔 점심에 산책을 하고 학교로 들어오면 로만이 샌드위치를 내밀곤 했어요. 처음엔 왜 이걸 사 주냐고 물었어요.

"네가 알바 구하느라 너무 바빠서 밥을 못 먹는 것 같아서. 네 배에서 꼬르륵 소리 나면 내가 수업에 집중이 안 된단 말이야."

우리는 함께 웃었어요. 저는 샌드위치를 맛있게 먹었죠.

일자리를 찾을 수 없어서 예전에 다니던 고등학교 사회복지사 선생님을 찾아갔어요. 그 학교 정문만 봐도 토할 것 같았고 안으로 들어가는데 몸이 부들부들 떨렸어요. 지워지지 않는 마커로 가방이나 필통에 쓴 욕설, 웃음소리가 떠올랐지만 선택의 여지가 없었죠. 그 선생님은 늘 그렇듯 친절하게 맞아 주셨어요. 네, 그날 제가 실수했어요. 그 선생님께 말했어야 했어요. 하지만 선생님이 "그래, 어떻게 지냈니? 아주 좋아 보인다!"라고 하시니까 차마 "집에 먹을 것도 없어요"라는 말은 못 하겠더라고요. 그래서 선생님이 듣고 싶어 할 절반의 진실만 전하고 왔어요. 전학 간 학교가 참 좋다, 괜찮은 친구들을 많이 만났다….

그래도 며칠째 고민하던 질문을 던지긴 했죠.

"선생님은 제가 공부를 더 해야 한다고 생각하세요? 대학에 진학해서요."

선생님은 의아하다는 듯이 저를 빤히 쳐다봤어요.

"너, 성적 좋잖아?"

저는 고개를 끄덕였어요.

"나중에 무슨 일을 하고 싶은지 구체적으로 생각해 봤니? 관심이 가는 일 있어?"

저는 고개를 저었어요.

"일단은 다들 가는 길로 가렴. 특히 그 길에 좋은 친구들이 있다면. 바칼로레아를 치르고 나서 생각해도 늦지 않아."

저는 중요한 얘기를 입술에 머금은 채, 복도에서 학생들과 눈을 마주치지 않으면서 학교를 나왔어요. 전 직업학교 쪽으로 빠질 생각을 하고 있었어요.

안 해 본 게 없었어요. 엄마에게 충격을 주려고 소리도 질렀어요. 울면서 애원도 해 봤어요. 엄마 마음을 약하게 만들려고 동생들을 앞세우기도 했죠. 하지만 다 소용없었어요. 엄마의 머릿속에서 자식들을 돌봐야 한다는 생각은 사라진 것 같았어요. 엄마는 매번 미안하다고 하면서 내일은 좀 나아질 거라고, 다시 한번 일어나 보겠다고 약속했어요.

1월 말 토요일 저녁에 로만, 파라, 레나, 에메마리, 그리고 다른 몇 명과 외출을 했어요. 저녁을 만들어 놓고 나가면—완두콩 통조림과 파스타—엄마가 동생들을 봐줄 수 있겠다 생각했어요. 사실 며칠을 망설였어요. 엄마도 걱정됐지만 클럽에 가려면 돈이 많이 드는데 정말 돈이 하나도 없었거든요. 클럽에 들어가서, 지갑을 깜박 잊고 나왔다고 거짓말을 했어요. 로만이 제 몫을 대신 내 줬죠.

저는 그곳이 불편했어요. 거짓말을 했기 때문만은 아니었죠. 돈 냄새가 풀풀 나는 클럽이었는데 남자들은 모두 30대 중반이 넘어 보였고 양복 차림에 광이 나게 잘 닦은 구두를 신고 있었어요. 여자들은 모두 완벽하게 차려 입고 네일 아트를 하고 있었고요. 저는 로만이 주문을 하러 갈 때 따라가서 화장실에 잠시 숨었어요. 어딘가로 도망가고 싶었지만 집에 가긴 싫었죠. 아무 일 없는 듯 친구들하고 놀고 싶었지만 아저씨들의 끈적끈적한 시선을 받는 건 불쾌했어요. 어쨌든 화장실에서 심호흡을 하고 마음을 다잡은 후 다시 나왔어요. 그래도 지저분한 잠옷 차림의 엄마와 집에 있는 것보단 나았으니까요.

로만이 자기도 화장실에 갈 테니 우리가 주문한 음료를 기다리고 있으라고 했어요. 그때 남자 둘이 저에게 다가왔어요. 그들의 태도, 옷차림, 시계를 보니 대충 짐작이 갔어요. 은행 직원, 사업가, 혹은 대기업에 다니는 남자들일 것 같았죠.

"안녕, 혼자 왔어요?" 한 명이 물었어요.

"이런 미인이 혼자 왔을 리는 없을 것 같은데?" 다른 남자가 덧붙였어요.

저는 고개를 들고 웃으면서 대답했어요.

"같이 온 사람이 있어요."

저는 물론 비고를 생각하고 한 말이었어요. 그들은 몰랐겠지만요. 그들은 저를 눈으로 훑었고 처음에 말을 건 남자가 껄껄 웃으면서 명함을 줬어요. 미국 영화의 한 장면처럼 엄지와 검지로 명함을 잡고 쓱 내밀더군요.

"누군가가 필요하면 전화해요."

로만이 나와서 우리는 자리로 돌아갔어요. 저는 최대한 자연스럽게 보이려고 애쓰면서 걸었죠. 하지만 제 등과 엉덩이, 제 뒷태에 그 남자들의 시선이 꽂히는 걸 느낄 수 있었어요.

나오면서 명함은 쓰레기통에 버렸고, 그 일은 두 번 다시 생각하지 않았어요.

엄마의 실업 급여는 여전히 감감무소식이었어요. 저는 집에서 냉장고와 찬장을 탈탈 털고 슈퍼마켓 세일 코너와 무료 급식소를 전전했어요. 동생들은 사인펜과 새 양말이 필요했어요. 제 고물 컴퓨터는 맛이 가기 시작했죠.

며칠 후 시내에서 그 명함 줬던 남자를 우연히 마주쳤어요. 그 남자는 핸드폰으로 통화를 하면서 바쁘게 걸어가던 중이었죠. 저는 그때 이력서를 들고 있었어요. 그가 저를 알아보고 바로 손짓을 하더니 "나중에 다시 걸게"라면서 통화도 끊고 저를 쳐다봤어요.

제 손에 들린 이력서를 본 거죠.

"일을 찾고 있어? 아직 좀 어리지 않나?"

"내가 몇 살로 보여?"

리타

제가 반말을 했는데—상대가 다짜고짜 반말하는데 저만 존댓말을 쓸 순 없잖아요—그 아저씨는 오히려 좋아하는 눈치였어요.

"한창 건방 떨 나이지. 오히려 좋아." 그 사람이 느끼하게 웃어댔어요.

제가 돌아서려는데 그 사람이 제 손을 잡았어요. 우악스럽거나 제멋대로 하는 태도는 아니었죠. 생각해 보면 '그 행동'으로 모든 것이 바뀐 것 같아요. 그것도 꾸며 낸 태도였지만 그때는 점잖은 면이 있어 보였거든요.

저도 그 사람을 쳐다보았고 그가 바짝 다가오면서 말했어요.

"돈은 다른 방법으로도 벌 수 있어. 난 친절하고 후한 사람이야."

처음에는 무슨 말인지 못 알아들어서 인상만 쓰고 있었어요.

"너라면 큰돈 낼 의향도 있어."

그가 제 손을 지그시 힘주어 잡았어요.

"내 명함 가지고 있어?" 그가 물어볼 때까지도 전 정신을 못 차리고 있었죠. "다시 줄게. 마음의 준비가 되면 전화해. 믿어도 좋아. 아주 즐거운 시간을 보내게 될 거야."

그 남자는 가 버렸고 제 손에는 빳빳한 명함과 100유로 지폐가 들려 있었어요.

학교로 돌아오는데 몸이 벌벌 떨리고 구역질이 올라왔어요. 온몸이 끈적끈적해진 기분이 들었죠. 마음 같아서는 명함과 지폐를 하수구에 버리고 싶었어요. 하지만 그럴 수 없었어요. 학교 끝나고 집에 오는 길에 동생들에게 줄 예쁜 양말과 고급 사인펜 세트를 샀어요.

집에 오니 오후 6시 30분이었어요.

아파트 안이 어두컴컴했어요.

저는 엄마도 자살했을까 봐 거실 소파로 미친 듯이 달려갔지만 엄마는 자고 있었어요. 엄마를 세게 흔들었더니 엄마는 머리를 산발한 채 벌떡 일어났어요. 저는 가방만 던져 놓고 쌍둥이를 데리러 나갔어요. 동생들이 학교 문 앞에서 기다리고 있었어요. 돌봄 센터 원장님이 어둠 속에서 무서운 눈을 하고 서 있었어요. 저는 죄송하다고 연신 사과를 하고 애들에게는 버스가 안 와서 늦었다, 집에 가면 너희에게 줄 선물이 있다고 둘러댔죠.

"옛날 집 아니고 지금 사는 아파트 말이지?" 세리즈가 말했어요. 쌍둥이는 평소처럼 재잘대면서 자기네가 그린 그림도 보여 주고 숙제도 꺼내서 보여 줬어요. 저는 동생들에게 도로 집어넣으라고 타일렀고요.

집에 갔더니 엄마가 파스타 삶을 물을 끓이고 있었어요. 아까와 달리 집 안에 불이 켜져 있어서 안심했어요. 동생들이 엄마를 에워쌌고 저는 아무렇지도 않은 척했어요. 저는 사인펜과 양말을 나눠 줬고, 동생들이 좋다고 소리 지르면서 양말을 신는 모습을 보고 나서 화장실에 들어가 문을 잠그고 숙제를 했어요.

그날 밤, 잠을 설쳤어요. 그 남자가 준 돈에서 아직 43유로가 남아 있었죠.

다음 날은 멍하니 하루를 흘려 보냈어요. 속이 체한 듯 답답해서 아무것도 먹지 않았어요. 다행히 그날은 비고와 시간표가 안 맞아서 얼굴 볼 일이 없었어요. 저는 미소를 짓고 다녔지만 그 애를 피할 수 있어서 오히려 좋았어요. 비고라면 제가 절망에 빠져 있다는 걸 알아차릴 테니까요.

집에 갔는데 엄마한테서 악취가 나는 거예요. 제발 샤워하고 잠옷도 빨라고 잔소리를 했어요. 밤에는 악몽을 꾸다가 몇 번이나 깼어요. 제가 자주 꾸는 꿈이 하나 있어요. 아빠가 지금도 우리랑 같이 사는 것처럼 이 아파트 문을 밀고 들어와 미소 짓는 거예요. 이제 아빠가 있으니까 걱정 말라고 하면서 저한테 "사랑한다"라고 해요. 그런데 갑자기 아빠가 자기 셔츠에 피를 토해요. 피투성이가 된 아빠가 바닥에 쓰러져서 저에게 손을 내밀어요. 저는 아빠가 숨 막혀 죽어 가는 걸 보면서 도와 달라고 소리 지르다가 꿈에서 깨요.

목요일, 아침 9시에 수업이 있었어요. 버스에서 내리면서 문자를 한 통 보냈죠.

"자드예요. 클럽에서 만난, 이력서."

자드(jade)는 비취, 차갑고 단단한 돌이에요. 저는 그런 여자가 되고 싶었어요. 앞으로 마주할 상황을 이겨 내려면 그런 이름이 필요했어요. 바로 답문이 왔죠.

"어떻게 지내? 내가 필요해?"

저는 핸드폰 화면에서 눈을 들었어요.

하늘은 무슨 가루를 흩뿌려 놓은 것처럼 희끄무레했고 상점들은 아직 문을 열지 않은 데가 많았어요. 자전거들은 전용 도로를 쌩쌩 지나고 있었고요. 버스 한 대가 길 건너편에 서서 남자, 여자, 아이 한 무리를 보도에 토해 냈어요. 저는 빛바랜 겨울 풍경과 제 닳아빠진 신발 코를 보면서 관짝에 들어가는 듯한 느낌이 들었어요.

"화요일 저녁에 시간 돼요. 얼마 줄 건데요?"

다리에 힘이 쭉 빠졌어요.

문자를 보냈어요.

문자를 보냈다고요. 제가 문을 연 거예요.

핸드폰을 주머니에 넣기도 전에 신호음이 울렸어요. 남자가 제시한 금액은 어마어마했어요. 그 사람이 주소랑 약속 시간, 그리고 기쁘다는 말을 덧붙였어요. 기쁘다고? 뭐가? 저는 그 단어를 곱씹어 봤어요. 그건 그냥 아무렇게나 던진 말이 아니었어요. 갑자기 버스에서 내리는 사람들, 헤드폰을 쓰고 일하러 가는 사람들에게 욕을 퍼붓고 싶었어요. 사람이 이 지경이 되어도 내버려두는 당신들, 진짜 비겁하다고 소리를 지르고 싶었어요.

비고와 점심을 먹을 때 또 캠핑을 가고 싶다고 했어요. 저는 비고가 거절하거나 다른 계획이 있을까 봐 겁이 났어요.

하지만 비고는 그러자고 했죠.

그때도 비고가 저를 구원하고 보호한 셈이에요. 비고가 아니었으면 전, 음, 죄송해요, 너무 끔찍한 얘기라서요. 걔가 없었으면 저는 좋아하는 사람과 첫 경험도 못 해 보고 저를 돈 주고 산 아저씨와 몸을 섞어야 했을 거예요. 그 사실이 죽을 때까지 절 따라다녔을 테고요. 비고 덕분에, 제 첫 경험은 놀라울 만큼 아름다웠고, 다정했어요. 비고의 품에서 몇 번이나 생각했는지 몰라요. '이 순간이 끝나지 않으면 좋겠어. 그냥 이대로 세상이 끝나 버리면 좋을 텐데.'

소녀의 꿈 같은 거죠.

비고는 제가 처음으로 사랑을 나눈 상대예요. 사실상 유일한 상대죠. 다른 사람들과 있을 때도 늘 비고를 생각했어요. 정확히는, 우리 둘이 다람쥐와 새들이 오가는 숲속이나 정원 속에 있다고 상상했어요.

다시 숲을 찾은 그날 밤도 무척 아름다웠어요. 하지만 저는 이미 이후의 일을 알고 있었어요. 제 마음은 이미 순수하지 않았어요. 그래서 처음으로 캠핑 갔던 밤에 더 애착이 가나 봐요. 그 밤이 마법 같았던 이유는, 그때는 희망이 가득했기 때문이에요.

화요일에 시간 맞춰 약속 장소로 가서 벨을 눌렀어요. 책가방도 메고 갔죠. 큰 문이 철컥 소리 내며 열렸고 저는 으리으리한 옛날 건물로 들어갔어요. 호화로운 양탄자가 깔린 대리석 계단을 올라

3층에 하나뿐인 방문을 두드렸어요. 저는 속으로 되뇌었어요. '아직 늦지 않았어. 지금이라도 돌아서서 계단을 내려가면 돼.'

그건 거짓말이었어요. 엄마는 구직 센터 면접에도 가지 않았으니까요.

세세한 부분까지는 이야기 안 해도 되죠? 그건 도저히….

그 아저씨는 자기를 톰이라고 불러 달라고 했지만 저처럼 가명이었을 거예요. 청바지에 하늘색 후드티 차림이었는데 어울리지 않았어요. 톰이 샴페인 두 잔을 따라서 저는 어쩔 수 없이 입술만 적셨어요. 제가 앉은 소파는 운동장만 했고 방은 무슨 미술관처럼 꾸며져 있었죠.

"여긴 친구 집이야. 2년간 외국에 나가면서 친구들에게 편하게 쓰라고…."

친구들이 그 집을 어떤 용도로 편하게 쓰는지 짐작이 가죠?

문지방을 넘는데 이상한 기분이 들었어요. 무용 수업이 떠오르고 몸이 저절로 반응했어요. 허리가 쭉 펴지고 거만하지 않지만 도도하게 턱을 드는 자세가 딱 잡혔어요. 갸름한 크리스털 샴페인 잔을 든 저는 또박또박 말을 하고 있었어요.

"저는 이런 건 안 하고요, 그것도 안 하고요, 그리고…."

톰은 얼빠진 얼굴로 저를 빤히 보더니 재미있다는 듯이 과장되게 웃었어요.

"뭐야, 너 뭘 좀 아네!" 톰은 거의 탄성을 지르고 있었죠.

리타

바보 같고… 자기밖에 모르고 자기 욕망에 절어 있는 인간들….

그의 수염에 제 살갗이 긁혔어요. 그 사람이 저를 위층 침실로 데려갈 때도 저는 떨지 않았어요. '모든 것이 끝난 다음에야' 몸이 떨렸어요. 계단에서 비틀거렸고, 기절할 것 같아 난간을 붙잡았어요.

쓰레기통에 다 토했어요. 이번에도 길에서 괴로워 몸부림치는 저에게 괜찮은지 물어보는 사람은 아무도 없었죠. 잠시 눈길을 주고 지나가는 사람들뿐이었어요.

저는 장을 볼 수 있을 만큼의 돈이 있었고 신선한 채소와 과일을 샀어요.

그날은 밤새 울었어요.

아무도 눈치채지 못했어요. 수요일 아침에 동생들을 센터에 데려다 줄 때까지도 엄마는 일어나지 않았어요. 버스에서 '톰'이 어제 보낸 문자 두 통을 다시 확인했어요.

"또 볼 수 있나?"

10분 뒤에 한 통을 더 보냈더라고요.

"지인에게 네 번호 줘도 될까?"

저는 이미 그 길에 들어와 있었던 거예요.

말은 이렇게 하지만 제가 만난 남자는 그 둘뿐이에요. 구렁텅이에 떨어진 와중에도 운이 좋았던 건 '두 번째 손님'에서 끝났다는 거죠.

다음 날 비고를 보는 것도, 로만을 보는 것도 힘들었어요. 티무르, 소프, 레나… 다 마찬가지였어요. 죄가 얼굴에 쓰여 있기라도 한 것처럼 부끄러웠어요. 제가 선택한 게 아니라, 살아남으려고 어쩔 수 없이 겪은 거라면, 그건 제가 아니라 이 사회가 저지른 범죄예요. 제가 그러지 않았으면 '자유, 평등, 우애'를 호기롭게 떠드는 이 나라에서 우리 식구는 굶어 죽었을 거예요. 제가 자유롭긴 했나요? 제가 그 남자들, 친구들과 정말 동등했을까요? 아, 걔들은 아무 잘못이 없지만… 곧 알게 될 거예요.

톰의 '지인'과 약속을 잡기 전에—그 사람 가명은 샤를이었어요—서점에 갔어요. 서점 직원에게 문학과 성노동이라는 주제로 발표 준비를 하는데 시간이 별로 없다고 설명했어요.

"몇 학년이죠?"

"고등학교 졸업반이에요."

"그럼, 이 책을 권해도 되겠네요."

저는 두 권을 사고 다른 책들도 있는지 찾아보려고 도서관에 갔어요. 책들이 마침 다 있어서 사서 선생님들을 안아 드리고 싶을 만큼 기뻤어요.

그리젤리디스 레알이 저를 구해 줬어요. 너무도 끔찍한 얘기를 훌륭한 글과 그림으로 담아냈으니까요. 레알은 재능이 많았는데 자식들을 먹여 살리려고 거리나 술집에서 몸을 팔았죠. 나중에는 다른 성노동 여성들과 연대해 그들에 대한 존중을 요구했고요. 레알은 열렬히 사랑하는 사람이 있었는데도 성노동을 했고 몇몇 고객에 대해서는 무시무시한 글을 썼어요. 저는 몇 대목은 외워 버렸어요. 그 남자들과 함께 있을 때 그 구절들을 속으로 읊조리기도 했어요.

당신을 잊기 위해
눈을 감을 때,
이토록 어두운 시간에
당신이 죽기를 빈다.

전 더 이상 혼자가 아니었어요. 그리젤리디스 레알이 저와 함께 있었고 전 그의 글에서 용기를 얻었어요. 네 행만 읊었지만 이 시는 아주 길어요. '모든 여성에게' 헌정하는 시죠.
저도 그중 하나였어요. 저는 열여섯 살이고 '여성'이었어요.
하지만 그리젤리디스는 서정적이고 사랑스럽고 상냥하기도 했어요. 그래서 비고와 함께 있을 때면 다른 구절을 떠올렸어요. 우리 사이를 잘 표현해 주는 그런 구절들이요.

오늘,
그대 맨 입술에 내 육신의 잔을 바칩니다.
이 잔에 우리는 우리 피의 소문을 섞었습니다.

두 갈래의 맑은 강줄기가 서로를 향하듯이.

침묵하는 매일매일이 고통이었어요. 하지만 제가 여러 번 말씀드린 것처럼, 비고를 지키는 건 곧 저 자신을 지키는 일이었어요.

한 주 반쯤 지나서 그 '지인'도 같은 장소에서 만났어요. 저는 돈이 없지만 동생들은 밤 크림 케이크와 초콜릿 퐁뒤를 사 줬어요. 엄마는 찬장에서 그 디저트 상자를 보고 잠깐 놀랐지만 제가 속옷가게 점원 일을 구했다고 했더니 별말 없었어요. 엄마는 뭔가 이상한 점을 보지 못했거나 봤더라도 외면하고 싶었을 거예요.

지인, 그러니까 샤를은 톰보다 열 살은 더 많아 보였어요. 그는 문을 열어 주고 나를 빤히 쳐다보더니 제 외투와 책가방을 벗겨서 귀부인 핸드백 다루듯 서랍장 위에 올려놓았어요. 샤를은 저에게 "응접실로 가요"라고 했고 저는 이렇게 외치고 싶었어요. '가식 떨지 마, 딸뻘 되는 여자나 찾는 주제에, 변태 새끼!'

샴페인은 없었고 일종의 호구조사가 있었어요.

"자드? 맞지? 몇 살?"

"열아홉."

"대학생?"

"여기 수다 떨려고 온 거 아닌데요." 제가 쏘아붙이자 상대가 굳어 버렸어요.

샤를은 이내 미소를 지었어요.

"톰이 성깔 있다고 하더니 맞네."

"칭찬으로 들을게요. 지켜야 할 규칙 얘기도 들었죠?"

"응."

우리는 침실로 자리를 옮겼어요.

뭐 하나 여쭤봐도 돼요?

작가님은 몇 살이세요?

48살이 되면 45살이나 48살쯤 되는 남자의 몸이 아무렇지 않게 느껴지나요?

제가 봤을 때는 어떤지 아세요? 우리 아빠가 발가벗고 다가오는 것 같아서 정말 역겨웠어요. 그런데 미소를 지으면서 아무렇지 않은 척해야 했죠.

저는 옷을 입고 돈을 받았어요.

그리고 나왔어요.

저는 또 쓰레기통에 토했어요.

핸드폰에 그들의 이름을 '똥돼지1'과 '똥돼지2'로 저장했어요.

그다음 주에 톰을 만났어요. 집에 와서 한 시간 15분 동안 샤워를 했어요. 엄마는 여전히 자고 있었고 아무것도 몰랐어요. 그다음 주에는 샤를을 만났어요. 밖에 나오니 밤이었지만 가게들은 아직 열려 있었어요. 비누와 샴푸를 잔뜩 사서 샤워부터 했어요. 겨드랑이 아래, 귀 뒤, 온몸 구석구석을 박박 문질러 가면서 씻었고 머리를 세 번이나 감았어요. 그들의 흔적은 단 한 점도, 그 타락한 DNA의 한 가닥도 제 몸에 남기고 싶지 않았어요.

저는 밀린 집세의 일부를 냈어요.

비고와 키스할 때, 그 애가 저를 애무할 때, 저는 불사조가 되어 나의 재에서 다시 태어나지요. 저는 한 더미의 차가운 재였거든요. 비고는 제게 생기를 불어넣어 줬어요.

로만이나 다른 친구들이랑 있을 때는 제 안에서 헤매고 있던 옛날의 리타가 다시 부풀어 올랐고 아주 잠깐이나마 그 남자들을, 그들의 몸뚱이와 헐떡거리는 신음을 잊을 수 있었어요. 피가 철철 흐르도록 그들의 살갗을 찢어발기고 싶었어요. 그러면 그들이 닥치고 저를 놓아 줄 테니까요.

성적이 들쑥날쑥해지기 시작했지만 포기하지는 않았어요. 틈만 나면 공부를 하려고 노력했지요. 어느 순간부터 저는 손톱을 물어뜯기 시작했어요. 죽고 싶은 심정이었죠. 우리 아빠처럼요. 하지만 그랬다면, 동생들을 죽이는 것과 다를 바 없었어요.

그 후 톰과는 다시 보지 않았어요. 그쪽에서 연락이 오지 않았고 저도 연락하지 않았죠. 어떤 면에서는 해방감이 들었어요. 저는 바보처럼 아무 의문도 품지 않았고요. 샤를은 저에게 매주 한 번씩 보자고 했어요. 저는 "봐서요"라고 답했어요. 나중에야 샤를이 톰에게 연락을 못 하게 했다는 걸 알았어요.

그는 이미 저를 자신의 소유물로 여기고 있었죠.

엄마는 나름대로 애쓰고 있었지만 병원에서 치료를 받아야만 했어요. 제가 엄마를 병원까지 끌고 갈 수는 없었어요. 가끔은 따귀라도 때려서 정신 차리게 하고 싶은 마음을 억눌렀어요. 그래서 저는 동생들을 돌보는 데 집중했어요. 동생들 알림장도 제가 확인하고 답글을 썼고, 꽃핀과 반짝이 스타킹도 사 줬어요. 제가 언성을 높이면 동생들은 조용해졌어요. 수요일마다 도서관에도 데리고 갔고요.

어느 토요일 오후에 샤를이 차를 한잔 하고 가라고 하더니 제 대답을 듣지도 않고 차를 끓이는 거예요. 그는 항상 자기가 말하고 자기가 대답하는 사람이었거든요. 진즉에 미친놈인 줄 알아챘어야 했는데 저는 제 역할, '여자' 역할에 너무 집중해 있었어요. 그냥 여자가 아니라 행위 중에도 나이 많은 남자를 강하게 밀어내면서 "이제 내가 위에서 할게요"라고 당당하게 말하는 여자요. 그 남자 입 냄새 때문에 얼굴을 가까이 하고 싶지 않았거든요. 그래서 남자의 행동이 비정상적이라는 걸 알아차릴 여유가 없었어요.

그날 샤를은 선물상자를 들고 왔어요. 제 '후줄근한' 가방 대신 들었으면 좋겠다면서 비싼 명품 가방을 가져왔더라고요. 그때 머릿속 어딘가에서 울린 경보에 귀를 기울였어야 했어요. 비싸고 예쁜 가방이었지만 저하곤 어울리지 않았어요. 그런데 전 그 가방을 받았어요. 학교에서 '나도 너희랑 같은 애야'라고 보여 주고 싶었거든요. '장학금 받는 애'라고 비웃는 앙토냉 같은 놈들에게 한 방 먹이고 싶었어요. 저는 샤를의 행동에 별 의미를 두지 않았어요. 그냥 남자들은 원래 아무거나 선물하는가 보다 했어요. 사실 샤를은 자드라는 여자애와 이제 좀 가까워졌다고 착각을 하고 있었던 거예요. 저하고는, 제가 연기하고 있는 인물의 생각과는 상관없이 말이에요. 우리는 가짜에 푹 빠져 있었죠. 가짜 사랑, 가짜 이름. 그 남자는 진짜와 가짜를 구별 못 하는 인간이었고요. 그가 준 가방, 치마, 스웨터 같은 것도 저나 자드에게 준 게 아니었어요. 그냥 머릿속에서 자기 것이라고 상상하는 어떤 여자에게 선물한 거죠. 저는 빈 껍데기였고, 그 사람은 거기에 자기가 원하는 여자의 이미지를 투영하면서 자드의 꿈이나 욕망이 오로지 자기 것이라고 생각했어요.

토요일 오후 얘기로 돌아갈게요. 그 사람은 저에게 차를 마시고 있으라고 하고는 멀끔하게 씻고 나왔어요.
탁자 위에 있던 핸드폰이 울렸어요.
그때…
전 다리가 후들거려 앉아야 했어요.
전화벨이 울리는 동안 화면에 사진이 떴거든요. 전화한 사람 이름도 함께 떴죠. '앙토', 앙토냉이었어요. 지나갈 때마다 작은 소리로 욕을 해서 제가 철학 수업 시간에 몇 번이나 본때를 보여 줬던 그 개새끼, 대단한 집 자식이라고 잘난 척이 오지는 그 똥덩어리 말이에요. 걔 아버지가 열여섯 살, 아니 열아홉 살짜리 여자애와 돈을 내고 섹스를 하는 인간이었던 거죠. 처음엔 한 방 먹은 것처럼 정신을 못 차렸고 곧 증오심에 휩싸였어요. 전 제 후줄근한 가방만 챙겨 그 집을 나왔어요.

5분 만에 핸드폰이 울렸어요.

"선물을 안 가져갔던데."

샤를은 언짢은 목소리였어요.

"네."

일부러 그런 게 아닌데 목소리가 퉁명스럽고 쌀쌀맞게 튀어나왔어요.

"기분 상했어?"

저는 소리를 지르고 싶었어요. '기분 상했냐고? 이 더러운 새끼야, 난 네가 쳐다보기만 해도 기분이 상해. 내가 다 구겨져 버리는 것 같다고!' 하지만 그런 말은 하지 않았죠.

"가방이 마음에 안 들어?"

그 순간, 제 신세를 깨달았어요. 인질…. 저는 취향이 까다롭고 당당한 젊은 여자 연기를 하면서 그에게 하인 대하듯 말을 할 수 있었지만 그 사람이 없으면 멀끔한 신발과 옷, 먹을 것으로 가득 찬 냉장고도 없었을 거예요. 사는 집에서도 내쫓길 판이었고요.

"아니에요, 그냥 급하게 나오느라."
"분홍색 좋아해?"
"네."
"다음 주에 보는 거지?"

저는 마치 이중인격자가 된 것 같았어요.

낮에는 학교생활을 해요. 비고의 미소와 간간이 주고받는 포옹으로 저는 갑자기 제 몸으로 돌아오곤 했죠. 저녁엔 동생들을 돌보고 제 공부를 해요. 그 궤도에 신선한 육체를 노리는 악마가 도사리고 있죠. 요한 하인리히 퓌슬리의 〈악몽〉이라는 그림 아세요? 저한테는 샤를이 그 젊은 여자의 몸을 깔고 앉은 노란 눈의 인큐버스예요. 아빠의 수감과 죽음으로 저는 늙어 버렸죠. 환멸에 찌든 중년 여성처럼요. 그러다 로만과 있으면 다시 어려지고 에메마리나 레나의 야한 얘기에 폭소를 터뜨리면서 제 또래로 돌아가요. 그런데 제 주위 어른들은 제가 그 또래 여자애처럼 살게 내버려두지 않았어요.

앙토냉과 철학 시간에 대판 했을 때 그 새끼 목을 졸라 버리고 싶었어요. 세상에서 자기가 제일 잘난 줄 알고 남들은 다 자기 발밑으로 보는 새끼. 꼴통으로 태어나 꼴통 같은 생각만 하는 새끼. 사람 깔보는 그 미소에 제 뚜껑이 열리고 만 거예요.

학교에서 3일 정학을 당하고서 생각했어요. '나한테 누가 신경

을 쓰겠어.'

아, 헴스 선생님 말씀하시는 건가요? 그분이 저를 그렇게 내버려 두는 걸 보고 따귀라도 때려 주고 싶었어요. 뭐, 선생님도 어쩔 수 없었을 거라 생각해요. 앙토냉 엄마가 엄청나게 항의를 했거든요. 선생님이 그런 압박에 굴하지 않고 제 편을 들어줬으면 좋았겠죠. 선생님은 제가 그런 일을 당해도 되는 애라고 생각했을지도 몰라요. 그 일은 더 이상 생각하고 싶지 않네요. 저한테 상처 준 사람이 어디 한둘인가요.

그나마 다행이었던 점은 학교에서 우리 엄마를 불렀다는 거예요. 엄마는 자기에게 자식이 있었다는 기억을 갑자기 되찾았어요. 엄마는 죄송하다는 말을 백 번도 더 했고 전 엄마를 원망하지 않으려고 노력했어요.

저, 이제 피곤하네요. 괜찮으시다면 간략하게 말할게요.

그다음 주에는 샤를이 웃옷을 하나 사 줬어요. 짐작하시겠지만 분홍색, 솔직히 진짜 예쁜 옷이었어요. 따뜻하고 포근했죠. 가방도 받아 왔어요.

샤를은 시, 그림이나 조각상 사진을 보내기 시작했어요. 저는 들여다보지도 않았죠. 보고 싶다는 문자도 몇 번 받았는데 답문은 한 번도 보내지 않았어요. 제가 뭐라고 해요? 나도 보고 싶어, 이 시 참 멋지다… 그렇게 맞장구를 칠까요?

"왜 답이 없어?" "자드, 너 삐쳤니?"라는 문자도 받았어요.

아니, 도대체 무슨 생각을 하는 거냐고요.

그다음에 만났을 때 저한테 그걸 읽어 봤냐, 어떻게 생각하냐 물어보기에 전 그냥 노려보기만 했어요. 그 후 침실로 따라갔죠.

엄마는 드디어 소파와 분리됐어요. 제가 정학 맞은 게 효과가 있었나 봐요. 엄마는 저에게 질문을 퍼부었고, 저는 바칼로레아를 앞둔 졸업반 학생으로 사는 것도 힘든데 싱글맘 노릇까지 해야 해서 힘들다고 했어요.

엄마는 엄청나게 울고 나더니 자신을 다잡기 시작했어요. 제 컴퓨터로 이력서를 보내고 직업소개소에 전화도 걸었어요. 집 안에 좋은 기운이 서서히 다시 돌고 있었죠. 전 엄마가 그리웠어요. 완전히 회복하기까지 몇 주 더 걸렸지만 전시회 안내원도 며칠 하고 초등학교 청소도 며칠 하다가 어느 동물병원의 데스크 일을 맡게 되었어요. 저는 이제 해방될 수 있겠다는 희망을 품기 시작했어요. 그리고 제 느낌이 맞았어요. 그 수의사가 엄마를 좋게 봐서 자기랑 친한 변호사 사무실에 소개를 했는데 지금까지 엄마가 그 일을 하고 있으니까요. 하지만 당시에는 일이 그렇게 잘 풀릴 줄 몰랐어요. 엄마는 매일 아침 차려입고 출근을 하고 제자리를 찾아가고 있었어요. 며칠은 집에 들어갈 때마다 가슴이 벌렁벌렁했어요. 오후 6시에도 엄마가 소파에서 잠만 자고 있는 것 아닐까? 엄마가 씻기는 했을까? 세탁기는 돌렸을까? 살림살이를 압류당하는 와중에도 다행히 세탁기는 건져서 매번 빨래방을 가지 않아도 되었거든요. 엄마가 옷을 갈아입었고 거실 배치를 바꾸거나 주저앉을 것 같았던 주방 선반을 깔끔하게 정리해 놓았다는 사실을 확인할 때마다 제 숨통을 막아 놓았던 작은 풍선이 하나씩 터지고 어깨가 가벼워지는 것 같았어요.

이제 모든 것을 망가뜨린 그 사건 얘기를 할게요.

저는 안정된 일자리를 찾았는지 알아보려고 엄마에게 질문을 퍼부었어요. 제가 너무 몰아세웠는지 어느 날 아침에 엄마가 왜 그러느냐고 물어보더라고요.

"일이 너무 힘들어요. 그만두고 싶은 마음이 굴뚝 같아요. 바칼로레아 2차도 얼마 안 남아서 공부할 시간이 필요해요."

"네가 일을 해?" 엄마는 깜짝 놀랐어요.

엄마는 정말 병들어 있었나 봐요. 그동안 제가 했던 이야기들을 전혀 기억하지 못했어요.

"그럼 엄마는 지난 몇 달 동안 어디서 먹을 게 나왔다고 생각해요?" 저는 소리를 질렀어요.

엄마에게 쏘아붙이면서 죄책감을 느꼈지만, 그날도 샤를을 만나기로 되어 있었어요. 이제 그 인간의 체취, 얼굴, 몸짓을 더는 견딜 수 없었죠. 눈 하나 깜짝 안 하고 그 인간의 배를 갈라 버릴 수도 있을 것 같았어요.

그는 그 집에서 절 기다리고 있었고 문이 닫히자마자 달려들었어요. 제가 밀쳤더니 금방 잠잠해졌죠. 그가 느끼한 미소를 날리면서 물었어요.

"내가 등 뒤에 뭘 감추고 있게?"

"모르겠는데요."

그는 움찔하다가 선물상자를 내밀었어요.

저는 한숨을 쉬었고 샤를은 인상을 썼어요.

"선물이 마음에 안 들어?"

"아뇨, 그건 아녜요."

저는 억지로 미소를 지었어요. 머릿속에서 계속 맴도는 말이 저에게 용기를 주었어요. '이제 곧 당신을 두 번 다시 보지 않을 거예요, 영원히…'

문제의 선물은 반지였어요. 커다란 다이아몬드가 박힌 반지였는데 모조일 것 같진 않았죠.

저는 말문이 막혔어요.

"그럼 마음에 드는 거네." 샤를은 제 의견은 묻지도 않고 결론을 내렸어요.

그러고는 저를 침대로 데려갔어요.

저는 반지가 마음에 들지 않았어요. 다이아몬드 같은 거 관심도 없었어요. 아무 말 하지 않았던 이유는 딴생각을 하고 있었기 때문이에요. 이걸 팔아서 비고와 여행을 가야겠다는 생각이요. 우리는 캠핑을 가기로 되어 있었고 저는 밤낮으로 그 생각밖에 없었어요.

리타

식당에서 먹을거리를 사야지. 돈이 있으니까 근사한 곳에서! 여름에 엄마와 쌍둥이를 데리고 바닷가에 며칠 여행을 가야겠다!

저는 반지를 팔려고 보석상을 돌았어요. 그러다 나이 많은 보석상 주인이 다른 곳보다 높은 가격을 부르기에 그곳에 팔았어요.

그 가게에서 나오면서 행복하기만 했어요.

이제 4월 17일에 무슨 일이 있었는지 감이 오죠? 샤를은 토요일 점심에 문을 열어 주면서 제 손가락부터 확인했어요.

"반지 어디 갔어?"

목소리가 낮고 무서웠어요.

저는 기분이 좋았고 바야흐로 끝이 다가오고 있었죠. 엄마는 다시 일을 하기 시작했고요. 그래서 변명 같은 건 생각해 보지도 않았어요.

"아…."

샤를은 문을 쾅 소리 나게 닫고 제 팔을 낚아챘어요. 얼마나 세게 잡았는지 팔이 욱신거렸어요.

"그걸로 뭐 했어?"

그 쓰레기 같은 인간은 내 몸과 영혼을 더럽힌 주제에 진심으로 제가 그 더러운 반지를 간직할 거라 생각했을까요?

저는 이성을 잃었어요.

"반지 같은 거 관심 없어요! 당신이 뭣 때문에 돈을 주는데? 내가 당신을 좋아하기라도 할 줄 알았어요? 호감이라도 있는 것 같아요?"

그의 얼굴이 일그러지더니, 순식간에 낯선 얼굴이 되었어요.

"지금 뭐라고 했어, 창녀 주제에."

전 그때 이미 머리가 돌아 있었죠. 그 사람과 보낸 시간, 그동안의 연기, 그를 참고 또 참아야 했던 모욕감이 제 안에 증오와 분노를 폭발시켰나 봐요.

"그래, 맞아! 나는 창녀고 걸레라서 너랑 있는 거야! 그리고 넌 돈이면 뭐든지 살 수 있는 줄 아는 불쌍한 늙다리지! 내가 너랑 그 멍청한 반지에 관심이라도 있을 줄 알아?"

샤를이 제 목이 돌아갈 정도로 세게 따귀를 때렸어요. 하지만 전 멈추지 않았어요. 꾹꾹 눌린 분노가 봇물처럼 터지면서 저는 주먹을 쥐고 고래고래 소리를 질렀죠.

"그럼 네 역겨운 몸뚱이, 역겨운 배때기를 비벼 대는 시간이 나한테 즐거울 줄 알았어? 개새끼야, 나 열여섯 살이야! 알아들어? 열여섯 살이라고! 네가 시 같지도 않은 시를 보낸 상대는 네 아들 새끼랑 같은 반 여학생이야, 알아? 나 고등학생이야, 고등학생! 열여섯 살짜리가 너 같은 남자를 진짜로 좋아할 것 같아?"

따귀가 다시 날아왔고 저는 균형을 잃고 바닥에 쓰러졌어요. 하지만 지고 싶지 않았고 겁이 나 죽을 것 같았지만 입을 다물지 않았어요.

"그 좆 같은 반지는 팔아 버렸어!"

저는 뭔가에 기대어 몸을 일으키려 했지만 숨이 막히는 통증이 밀려왔어요. 얼굴이 산산조각 난 것 같았어요. 그대로 바닥에 뒹굴었고 이 생각이 머리를 스쳤어요. 저 새끼, 내 얼굴을 발로 찼어, 또 때릴 거야. 그래서 저는 두 팔로 머리를 감쌌어요.

몸뚱이 여기저기가 터지고 가슴이 활짝 드러났어요. 등과 다리 어디가 부러진 것 같았죠. 쌍년, 쌍년, 욕하는 목소리가 들렸어요. 몸을 동그랗게 말고 있는 동안 뼈가 이상한 소리를 내면서 부서지고 살갗과 근육이 터지고 찢어졌어요. 쌍년, 쌍년. 비 오듯 주먹이 날아오는데 도무지 끝날 것 같지 않았어요. 시간도 맞아서 쪼개진 듯했고, 어느 순간 제가 진짜 이 정신병자 손에 죽을 수도 있겠다는 생각이 들었어요. 쌍년. 소리를 지르고 싶었지만 입 안에 피가 가득했어요. 아빠가 못을 삼켰던 것처럼 전 피를 삼켰어요. 저 역시 가라앉고 죽어 버리겠죠. 저는 피가 왈칵 솟고 살이 문드러지는 와중에 숨을 쉬려고 노력했어요. 그러다 갑자기 눈앞이 시커메지면서 정신을 잃었어요.

정신을 차렸을 때는 주위에 아무도 없었어요. 저는 외투도 벗지 않고 있었죠. 주머니에서 겨우 핸드폰을 꺼내 비고에게 전화를 걸었는데 안 받더라고요. 응급구조대에 전화를 걸었는데 운 좋게 바로 연결이 됐어요. 주소를 불러 주고 "구타를 당했어요. 살려 주세요"라고 했어요. 입이랑 얼굴이 다 망가져서 말이 잘 안 나왔기 때문에 장난전화로 오해받을까 봐 걱정됐어요. 비고에게 한 번 더 전화했는데 연결이 안 되어 로만에게 걸었어요. 그때 울음이 터졌는데 앙토넹의 아빠가 날 죽이려고 했다는 말 빼고는 무슨 얘길 했는지 기억이 안 나요. 하지만 로만의 목소리를 들어서 너무너무 행복했어요. 제 발음이 꼬이기 시작하자 로만의 목소리에 걱정이 가득했어요. 저는 친구의 목소리에 매달렸어요. 그 목소리가 제 뗏목이자 구원의 손길이었어요. 저는 다시 정신을 잃었어요.

병원에서, 경찰에 다 얘기했어요.
그다음엔 엄마에게 말했죠.
마지막으로, 비고에게도요.
제가 그 애에게 비수를 찌른 거예요.
이게 다예요.

이제 더 할 얘기가 뭐가 있는지 모르겠네요.
첫 번째 재판은 9월에 있었어요. 샤를의 본명은 드니였고 징역 8개월 형을 받았어요. 하지만 제약회사 고위직에다 전과도 없고, 지역 유지로 이름이 난 놈이라 감옥에 가지도 않고 전자발찌만 차고 집에 있대요. 이럴 거면 재판을 왜 하는 건지 모르겠어요.
손해 배상 관련해서 또 다른 소송이 있을 예정이에요. 변호사가 그러는데 보상금은 크지 않을 거래요. 제 발로 걸어 다닐 수 있으니까 죽도록 맞았어도 보상금은 크지 않나 봐요. 우리 아빠는 단지 동업자를 잘못 선택했다는 이유로 감옥에서 죽었는데 말이에요.

네, 고맙습니다. 죄송해요. 제가 물을 다 마셔 버렸네요.
필요한 정보는 다 얻으셨어요?
이제… 조금 홀가분하네요.
그런데요, 죄송하지만 부탁 하나 해도 될까요.
일단 녹음기 좀 꺼 주시겠어요?

비고

00 : 05 : 00

● REC

전…

이제 무슨 말을 해야 할지 모르겠어요.

아뇨, 리타에게 자초지종을 듣긴 했지만 그렇게 자세한 건….

작가님에게 말한 것처럼 자세히 말하진 않았거든요.

리타가 저한테 들려주라고 했다는 거죠? 확실한가요? 절 속이는 건 아니죠? 이제 뒤통수는 맞고 싶지 않아요.

리타는요? 걔는 제가 한 말이랑 다른 친구들 녹음 들었어요?

그게 낫죠. 그게 제가 원하는 건지는 잘 모르겠지만요.

설명하기가 힘드네요.

리타가 그런 일을 당하고 나서 저는 적극적으로 나서고 싶지 않았어요. 저도 남자잖아요. 걔가 남자들한테 그렇게 모욕과 학대를 당했는데, 물론 전 그 쓰레기들과 상관없지만, 뭐랄까… 그 애의 몸

비고

이 원할까요? 남자를요. 어떤 남자든지요. 그 시기를 생각나게 하는 사람들과 분리되어 자기를 추스를 시간이 필요할 거고요. 그리고 리타 엄마가 삶의 의지를 다시 찾았잖아요. 그래서 전 뒤로 물러났어요.

저에게도 침묵에 귀 기울일 시간이 필요했어요. 그런데 그렇게 시간이 지나 버렸고 이제 돌아가는 법을 모르겠더라고요.

혹시 생수 말고 더 센 건 없겠죠?

아, 바보가 된 기분이에요.
실제로 바보가 맞고요.

아뇨, 그건 문제가 안 돼요. 리타는 제 소유물이 아니잖아요. 걔는 제 것이 아니고 제 것이었던 적도 없어요. 저도 그리젤디스 레알을 읽어 봤어요. 리타한테 그 작가 얘기를 듣고 나서요. 감정과 몸은 분리할 수 있다는 데 동의해요. 근데 그 더러운 새끼들이 리타의 약점을 이용한 건 구역질 나요. 그 새끼들 내장이 다 터질 때까지 쇠몽둥이로 패 버리고 싶어요.

저를 시대착오적인 놈이라고 생각하시겠죠. 뭐, 어쩌면 그게 맞을 거예요. 감상주의에 빠진 머저리. 하지만 사랑은 좋은 일이든 나쁜 일이든 함께 나누는 거잖아요. 부숴 버리는 것이든, 아픈 것이든 다 나눠야죠. 우린 부엉이 울음소리와 낙엽 밟는 사슴의 발소리를 들었고, 밤에 뜨는 달을 보았고, 꼭 껴안고 한 몸이 되었고, 함께 웃고 춤을 추었어요. 세상이 우리에게 미소 짓고 하늘은 끝없이 넓었던 그때, 우리 둘은 함께였어요. 하지만 우리는 악운을 쫓아내고 돌풍이 불어닥칠 때도 함께였어요. 세상은 어떨 때는 태양 같은 금빛 얼굴을 하고 어떨 때는 송곳니를 드러냈지만 둘이 함께할 때는 그 추악함을 물리칠 수 있었어요. 그게 늘 통하진 않았지만 때때로 얼마나 힘이 됐는데요. 리타와 함께할 때 전 그렇게 믿었어요. 적어도 우리 사이엔 진솔함이, 일종의 절대적 진실이 있다고 생각했죠. 거짓이나 가식 없는 둘만의 작은 세상으로 도망칠 수 있다고 믿었다고요. 둘이 꼭 껴안으면 추악한 세상이 침범할 수 없는 사랑의 고운 그물이 우리를 감싸는 것 같았어요. 각자 집에 돌아갈 때도 그 그물이 우릴 보호해 줬고, 저는 그걸 정말 소중히 여겼어요.

그런데 이제 와서 알게 된 거예요. 제가 두 손으로 꼭 쥐고 있다고 믿었던 그 행복은, 우리 둘만의 마법처럼 특별한 보물이라고 여겼던 그건 그냥 제 환상이었어요. 존재하지 않았어요. 리타는 홀로 괴물들을 상대하고 수렁에서 허우적대면서도 저한테 한 마디도 하지 않았어요. 하긴, 제가 무슨 도움이 됐겠어요? 심각한 문제가 있을 때 한쪽이 다른 쪽에게 기댈 수 없는데 둘은 무슨 둘이에요? 저는 아빠가 알코올중독으로 쓰러졌을 때 리타에게 전화했어요. 제가 어쩔 줄 몰라 할 때 리타가 아는 의사 전화번호를 알려 주고 어떻게 하는 게 좋을지도 말해 줬어요. 그런데 이게 뭔가요? 걔가 몸을 파는 상황까지 갔는데…. 엄마가 그렇게 무너져 가는데 아무 얘기도 안 했어요. 리타는 진열장에 놓인 보석이고 장갑 낀 손들이 그 보석을 만지작거리고 재고 있는데 그냥 고개를 돌리고 있으라고요? 저도 상처를 받았어요.

오해는 하지 마세요. 그 역겨운 새끼들이 어쨌든지…. 제 머릿속에서 리타는 결코 더럽혀진 적이 없어요. 오히려 그 반대죠. 리타는 용감해요. 그 부도덕하고 가소로운 어른들 앞에서 당당히 맞섰잖아요.

하지만 리타 혼자 그 짐을 다 짊어지고, 저는 쓸모없는 나무 인형처럼 아무것도 할 수 없었다는 게… 너무 가슴 아팠어요.

그런데 이제 리타의 목소리를 듣고 나니까….

제가 리타의 섬이자 피난처였다니 기뻐요. 황홀할 만큼요. 그래서 더 괴롭고, 그 가능성을 보지 못한 제 자신이 미워요.

어쨌든, 이제 너무 늦어 버렸죠.

음, 제 꼴을 보세요. 제가 티슈를 다 써 버렸죠?

이제 집에 가고 싶어요. 할 이야기는 다 한 것 같아요.

아니라고요?

잠시만요, 저…

물 한 병만 주세요.

정신 차리려면 얼굴에 물이라도 뿌려야 할 것 같아서요.

바로 옆에 있다고요?

아니, 언제부터 거기 있었는데요?

제가 여기 있는 걸 리타가 어떻게 알았어요? 작가님이 알려 주셨어요?

리타가 진짜 여기 있다고요?

확인해 주세요.

제발요. 그냥 살짝 보고 오시면 되잖아요.

분홍색 외투를 입고 제가 생일선물로 사 준 모자를 쓴 리타가 눈앞에 아른거려요. 숨이 잘 안 쉬어지네요. 사실은 아무도 없는 거 아니에요?

보셨어요?

저 쓰러질 것 같아요.

다리가 후들거려요. 진짜예요?

왼쪽 문 바로 뒤에 있단 말이죠?

네, 고맙습니다, 정말로.

작가님도 참 로맨틱하시네요.

다시 한번, 감사드려요.

후우, 리타 만나러 가 볼게요.

고맙습니다!

● 친애하는 한국의 독자들에게

　나의 담당 편집자 셀린 비알과 《리타》를 처음 언급했던 때가 2016년이었습니다. 그때는 아직 이 소설의 아이디어가 흐릿하기만 했지요. 궁지에 몰린 소녀와 사랑에 푹 빠진 소년이라는 캐릭터만 생각해 놓은 상태였어요.

　리타와 비고는 내 머릿속 한구석에서 서로 딱 달라붙은 채 성장했습니다. 무료 급식소에 줄을 서는 가난한 대학생들, 기차에서 희롱당하는 청소부들, 2020년 팬데믹으로 인한 첫 번째 봉쇄 당시 집단 괴혈병에 걸렸던 센생드니 중학교 학생들의 충격적 이미지와 함께 이들의 이야기에 점점 살이 붙었지요. 그리고 세계 7위의 부자 나라인 프랑스에서조차 수천 명의 아이들이 돈이 없어 굶은 채 등교한다는 사실을 알게 되면서 이 이야기는 더욱 단단해졌습니다.

리타와 비고는 그들의 것이 아닌 무자비한 세상에서 만나 서로를 발견하고 알아보았습니다. 이 두 사람은 아름다움과 나뭇잎 스치는 소리를 사랑하고, 살아 있는 모든 것이 그들의 피난처가 됩니다.

이 이야기를 어떻게 풀어 나가야 할지 오랫동안 망설였습니다. 그러다 합창 같은 소설을 써 보기로 했어요. 말로 표현할 수 없는 충격을 공유하면서 말로써 돌봄과 공감을 이야기하는, 아름다우면서도 끔찍한 합창이지요.

이 이야기는 일종의 추락에 대한 기록입니다. 때때로 사회가 얼마나 아이들을 보호하지 못하는지 그 무능을 드러내는 이야기이기도 합니다.

무엇보다 가슴 뛰면서도 연약한 사랑 이야기이기도 하고요.

여러분이 리타와 비고의 편에 서 주었으면 좋겠습니다.

마음을 담아,
마리 파블렌코